百色眼鏡の灯

The light of the kaleidoscope

松尾詩朗

南雲堂 SSK ノベルス

目次

はじめに

福島県会津坂下町。只見《ただみ》線で会津坂下を降りて、国道49号線を塔寺にむかって歩いていくと、すぐに鬱蒼《うっそう》とした山林に囲まれてしまう。その山林の一カ所に、一本の獣道を、目のきく人間だったら見つけることができるはずだ。

『中山の鬼オヤジ』は、その獣道をはいって、しばらく歩いたところの掘建て小屋に住んでいる。

　鬼オヤジは、そこにひとりでいる。早くに女房を亡くし、それからは娘と二人で暮らしていたという話だが、オヤジはひとりだ。

　娘は、ある日のこと突然にいなくなった。姿をくらましてしまった。それでもオヤジは、娘を探して山を歩きまわるとか、近所を尋ねてまわったりとか、そんなことは全然しなかったらしい。

　なぜなら、オヤジは娘がいなくなった理由を知っていたからだ。娘は、オヤジに喰われてしまったのだ。だから、もういない。

　もしかしたら、女房も、やっぱりオヤジが食べてしまったんじゃないか。いや、きっとそうだ、そうに違いない。

　会津坂下から、塔寺までの道を行くときは気をつけろ、山林に注意して歩け。もしもガサガサと、何かが動く物音がしたら、一目散に逃げだせ。さもないと、鬼オヤジに喰われてしまうぞ――。

　地元の子どもたちの間で、語り継がれていく内に伝説となった『中山の鬼オヤジ』。喰われた娘は小学生だったり高校生だったり、はたまた嫁入りの決まった夜に喰い殺されたりと、学校によって設定は変化する。

どこまでが本当で、どこからが嘘かわからないが、とにかく鬼オヤジは実在する。鬼オヤジは、もとは近所の工場で働く工員だった。だが、その工場はつぶれてしまった。噂によると、ひとりずつ仲間をおびき出しては喰っていたとかで、人手が足りなくなってしまったからだそうだ。

鬼オヤジに会いたい？　国道49号線を、塔寺にむかって歩いていくと、家族でやっている小さな宿が見えるはずだ。人のよさそうな女将が洗濯をしているから、聞いてみるといい。獣道のありかを、きっと教えてくれる。

けれど、それからさきは知らない。殺されて食べられても、文句を言うなよ。

第一章

1

第一話『記念写真』

満月の夜空。

耳を澄ますと聞こえてくる、コオロギの鳴き声。月明かりに浮かぶ、墓石と卒塔婆《そとば》。

とある墓地の入口で、二人の少女が手持ち無沙汰に立っていた。

「お待たせ！」

そこへ、また別の少女たちが二人、小走りにやって来た。

「ちょっと、大遅刻よ」

「ゴメン。でも美香子が悪いのよ。家に迎えに行ったら、いきなり行きたくないって言い出すんだもん」

墓地に到着した彼女は、遅刻を謝りながらも口を尖らせ、美香子と呼ばれたとなりの少女を見た。

「だってさ……。お姉ちゃんがさ、あたしの浴衣を勝手に」

ジーパンのポケットに手を突っこみながら、美香子が少しふて腐れて言う。

それを聞いて、待っていた二人は顔を見合わせ、笑いだした。

「不測の事態ならしようがないじゃない。絶対に浴衣を着てなきゃだめだなんて、言ってないんだから」

先に来ていた二人のうち、ひとりが慰めるように言ったが、美香子の機嫌はなおらない。墓地の入口で待っていた二人も、自分を強引に連れだした彼女も、全員おろしたての浴衣に身を包んでいるのだ、ひとりだけTシャツにジーパンではつまらない。

「はじめようよ」

グリーン系の、浴衣の腕に時計をしていたマドカが、袖から二つ折りの手書き地図を出して言った。それに合わせて、同じく袖からペンライトを取りだしたのは君江、マドカと一緒に先に墓地へ到着していた少女だ。黄色系の浴衣を着ている。ペンライトに照らされた地図に、四人はひたいを寄せた。

「これが、河田のお墓までの順路。間違えると、クモの巣だらけになるからね」

「クモ？」

マドカの説明に、赤い浴衣の少女が肩を震わせた。美香子を連れてやって来た、ちゆりである。

「あたし、夕方のうちに、墓石の前にピンバッジを四つ置いておいたの。裏に、みんなの名前付きで。ひとりずつ行って、自分の名前のあるバッジを持って帰ってくること。できなかったら、明日から一週間みんなにお昼をご馳走すること、いいわね」

異議は許さないとでも言うようなマドカの強い口調に、君江、ちゆり、美香子の三人は押し切られるようにうなずいた。

「じゃあ出発前に、記念に一枚」

言いながら、マドカは袖から、今度はコンパクトカメラを取りだした。

「大丈夫？　こんなところで写真なんて。何か写るんじゃゃない？」

レンズをむけられ、美香子が怯えた声を出した。

「それが目的なんじゃない。何か写ってくれたら、テレビか雑誌に送るのよ」

あっけらかんとした顔で、マドカはカメラを近くの石に置いた。アングルを決めて、タイマーを起動。墓場の入口で、四人は記念写真を撮った。


すすきが揺れている。

その陰に、マドカとちゆり、美香子の三人がしゃがんでいた。

「結構かかるね。君江」

腕にとまった蚊をたたきながら、ちゆりがぽつんと言った。

「夕方チェックしたときは、七分でもどって来られたんだけど」

少し心配顔で、マドカが呟く。

「あ、来た」

ふいに美香子が立ち上がった。闇のむこうにペンライトの明かりが見える。美香子はそれに手をふった。明かりは近づきながら次第に大きくなり、君江の蒼ざめた顔を浮き上がらせていた。

「大丈夫？　君江」

「マドカ。これでいいんでしょ」

君江は手に持っていたピンバッジを、押しつけるように渡した。バッジを裏返すと、そこには君江の名があった。

「ええ、合格よ」

マドカが言ったとたん、君江は三人の前でうずくまってしまった。どちらかというと蒸し暑い夜なのに、彼女は震えていた。その背中を、美香子がさすってやる。

「あと三十分で見回りが来るわ。美香子、出発して」

「あたし、負けでもいいかも。別に、みんなのお昼ごはん、おごったって」

　美香子は動こうとしない。しゃがんでいる君江をさすりながら、怖そうな顔をマドカにむけた。

「なに怖じ気づいてんのよ美香子」

「だって。君江が、こんなに震えてるの、見るの初めてだし」

「いいから行きなさいよ！」

「やだー！　怖いよー」

　マドカが強引に美香子のTシャツを引っ張った。けれど美香子は、座り込んで動こうとしない。

「ちょっと大声出さないで。時間がないんだってば」

「やだったら、いや！」

「わかった、わかった」

　二人の間に割ってはいったちゆりが、マドカの腕をつかむ。つかまれて、マドカは体をビクッと震わせた。

「あたしと美香子、二人で行くから。それでいいでしょ、マドカ」

「う、うん」

　君江からペンライトをもぎとると、ちゆりは美香子の手を引っぱる。美香子は、今度は素直に立ち上がった。二人は、連れだって墓地入口へ姿を消した。

「ちゆり、すごく冷たい手、してた」

見送りながら、マドカは言い知れぬ不安にかられていた。

ちゆりと美香子の二人は、なかなかもどって来なかった。マドカは、門によりかかって腕組み。君江は、震えはおさまっていたが、まだうずくまった格好のままだった。

「何やってんだろね。二人とも」

イライラして言うマドカに対して、君江は地面の砂利を見つめたまま、押し黙っていた。

「ねえ君江。いま何時」

「……」

「ちょっと、君江」

「あと六分で、十一時」

緩慢な動作で腕時計を見ながら、君江が答えた。

「もう！　警備が来ちゃうじゃない」

癇癪《かんしゃく》を起こして、マドカは砂利を蹴る。周囲のコオロギの合唱も、いまの彼女には耳障りだ。

「マドカ」

「何よ」

「やるべきじゃなかった。納骨式をした、その日に、お墓で肝試しなんて」

「何をいまさら。いいのよ、河田なんて。これがあの女に対する、ささやかな復讐なんだから」

「復讐？」

君江が無表情の顔を上げた。その顔を機械的にマドカへむける。

「言ったじゃない。あの無神経女にはウンザリのしっぱなしだったたって。こっちが生理痛でできないって言うのに、無理やり体育の補習をさせたりさ」

マドカの悪態に、君江は思いだしたという顔になる。

「それで、きょうの、この日を選んで、茶化したかった訳ね」

「何よ、へんな君江。初めて聞いたみたいな言い方してさ」

コオロギの合唱が、さらに大きくなったような気がした。入口を見ながら、マドカのイライラはつのるばかりだ。

「マドカ。どうして、自殺したと思う」

「なによ。河田のこと？　知らないわよ、あんな干からびたババア」

「まだ、四十三だった」

「へえ、そう。男日照りだと、あんなに老け込んじゃうんだ。惨めな人生だこと」

突然！　しゃがんでいた君江が、ガバッと立ちあがった。

「ど、どうしたの」

「二人を、迎えに行ってくる」

おののくマドカを残して、君江は墓地の入口へ消えた。さっきまで震えていたはずの君江とは、まるで別人のような足どりで。

月が陰ってきた。雲が出てきたのだ。

「キャ！」

悲鳴の主はマドカだった、背後に明かりを感じたからだ。

「やっぱり、きみか」

男の声に、おそるおそるふり返ると、制服姿の整備員が立っていた。手にハンディライトを持っている。

詰まっていた息を吐きだし、マドカは安堵顔になった。

「今年もかい。高校生にもなって、まだ肝試しなんかやってるのか」

「うん。まあ、そんなとこ」

照れ笑いをしながら、はだけた浴衣の足元を直した。

「この辺は危ないって言っただろう。痴漢や暴走族が多いんだ。さっきも近くで、暴走車の轢き逃げがあったばかりなんだよ。さあ、明るい所までついて行ってあげるから、帰りなさい」

「あ、おじさん待って」警備員に追い立てられて、マドカは慌てた。「友だちが、まだ帰ってこないの」

鼻の頭にしわを寄せながら、墓地の中を指さしてみせるマドカに、世話がやけるなあと警備員はもらす。だが顔は、それほど迷惑でもなさそうだった。

「お願い、一緒に探しに行って」

「しょうがないなあ。まあ、これから中をパトロールするつもりだったんだけど」

「ありがと」

まとわりつくように、マドカは警備員の腕に手をからめた。二人で、夜の墓地をパトロール。

雲が切れてきた。ふたたび夜空は晴れ、満月が現れた。

そのとたん、墓地の奥から男女の絶叫。警備員とマドカの悲鳴だった。


「本日夜十時半ごろ、きみは同じ高校の友だち三人と、墓地の入口で落ち合った。目的は肝試し」

警察署の取調室で、中年刑事が復唱する供述書を聞きながら、マドカは血の気を失った顔でうなずいた。

「墓地の木で、首を吊っていたのは、友だちの五十嵐君江さんなんだね」

「間違い、ありません」

「他の二人は、どうしたんだろう」

「逃げたんだと、思います」

刑事の質問に、マドカは抑揚のない声で答えた。

「そうすると、つまりきみは、五十嵐さんを殺害したのは、佐田ちゆりさんと中野美香子さんだと?」

「他に、誰がいるんですか」

「困ったな。そう、言いはられてもね」

刑事は腕を組み、険しい顔でマドカを見る。そして、弱ったふうにため息をついてから、言った。

「その二人に、人は殺せないんだよ」

刑事の言葉が、マドカには理解できなかった。

「どういうこと、ですか」

「不可能なんだ。二人は肝試しへむかう途中、轢き逃げにあってね」

「そ、んなバカな」

「二人とも、ほぼ即死状態だったよ」

「嘘! 嘘だわ!」

刑事の念を押すような物言いに、マドカは立ち上がり、発作的につかみかかる。

「落ち着きなさい、落ち着くんだ!」

「四人で行ったのよ! 四人で、したのよ。肝試し、したのよ!」

後ろにいた制服警官に体を押さえられた、それでもマドカは暴れる。そのとき浴衣の袖から、乾いた音をたてて何かが落ちた。

「そうだわ。写真、写真よ。四人で撮ったの」

落ちたのはカメラだった。刑事はそれを拾い上げ、鋭い視線をマドカにむける。

「現像へまわせ」

少女の背後にいた制服警官に、刑事はカメラを渡した。

「いたんだから。みんないたんだから、ちゆりも、美香子も」

取りつかれたように呟く、マドカの目は濁っていた。

静寂がやって来た。壁にかかった電気時計の、ブーンというモーターの音が、羽音のように部屋に響く。

時刻が、深夜を回った。

ドアが開いて、制服警官がはいってきた。刑事のとなりで耳打ちする。

「ご両親が見えたそうだ。帰っていいよ」

高校生の前だからと、我慢していたタバコを取りだしながら、刑事はいたわるように言った。

「やだ。写真を見るまで、帰らない」

マドカが駄々をこねていると、ふたたびドアが開いて、またひとり制服警官がはいってきた。さきほどカメラを持って出ていった警官だ、手に書類封筒を持っている。

「タイミングがよかったね。いま上がったよ」

封筒を受け取りながら、刑事は持っていたタバコをテーブルに置いた。

書類封筒をひっくり返し、数枚の写真を取りだす。

出てきた写真を見て、刑事は思わず腰を浮かせた。

「ほら。言ったとおりでしょ」

やはり写真には、四人が写っていたのだ。そう思いながら、マドカは刑事から写真をひったくった。

勝ち誇ったように刑事を一瞥したあと、マドカは写真に目を落とす。

恐怖に歪んだ、凄まじい形相に変貌した。

＊＊＊

二階は音楽室と調理室。一階には化学実験室と、いまはもう使用されていない旧美術室。教室は四つしかない小さい旧校舎の、化学実験室に彼らはいた。

消灯された教室の、テーブルのない一角に車座となり、互いの顔色をうかがうように視線が交錯しあっている。誰かが、ゴクリとノドを鳴らした。

「ちょっと、長かったかな」

話し終えた男子生徒は、自分の前に立つロウソクの炎を、フッと吹き消した。

怪談会の舞台となった、この実験室の一角が、火の消えた一本分だけ、また少し暗くなる。

「それ、このへんの話じゃないよね。町には、肝試しできるような広い墓地ないもん」

車座の中で、脚を抱えて体育座りしていた、ショートカットの女生徒が震える声で訊いた。

「写真には、何が写ってたんだろ」

「さあ。何が写っていたと思う?」

「何よ。勿体ぶらんで教えなよ」

柔らかく長い髪に、わずかな茶をいれた女生徒がおどけて、となりに座る語り手を肘で突っついた。

「本当は、ぼくも知らないんだ。この事件に関しては、情報が得られなくて」

「実話なのかよ」

「ああ。作り話は嫌いだからね」

あっさり言われ、正面であぐらをかいていた背の高い男子生徒が、顔を引きつらせた。

「実話なわけないって、そんなん」

長髪茶髪の女生徒が、鼻で笑った。「で、結局その子たちは、バチが当たったことになるのかしら。誰かの納骨式のあった日に、肝試しなんかしたから」

「オカルト的に考えれば、そういうことらしい。四人の生徒は同じクラスで、担任だった女教師が、自殺したばかりだったんだ」

「それが河田って人か。四十三だって言ったわね」

「そう。その自殺した女教師に対して、彼女たちには明らかな悪意があった。先生の死を愚弄してやろうってね」

「それじゃ、二人が轢き逃げされたのも、自殺した先生の祟りか」

長身の男子生徒が訊く。

「それより、轢き逃げされたはずの二人が肝試しに来たことのほうが怖いわ」

体育座りの女生徒が、ほほを歪ませる。

「でも考えてみれば、マドカって子は運がよかったんだわ。だって警備員が来なければ、君江って人を追って墓地へ行ってれば、同じように首を吊らされて」

「やめて！」

「バカじゃない、ただの作り話だってのに」

悲鳴を上げて耳をふさいだショートの女生徒

に、別の女生徒が冷笑を浴びせる。「納骨した日に肝試しなんて、いかにも都会の人間がしそうなことだわ」

「そうそう。むこうの連中にとっては、人の死も娯楽だ。そこへ行くと、うちらは違う」

長身の男子が、深くうなずいた。

「さて。いまの話の女子高生たちじゃないが、オレたちも時間が限られている。零時を過ぎると校務のオッサンが文句を言いに来るぞ。次の怪談にはいろうか」

第一話の語り手だった生徒の、となりであぐらをかいていた男子生徒が、敬礼のような手つきでメガネのふちを上げた。ロウソクに照らされて、フレームが顔に不気味な影を描いている。

第二話『さかさ湖』

まばらな街路灯の立つ、深夜の国道。

遠くから、エンジン音が聞こえてくる。それは次第に大きくなってきて、爆音となった。

国道139号と書かれた案内標識の横を、二人乗りの単車が猛スピードで走り去っていく。

やがて、T字の交差点が見えてきた。わきに、今度は湖を示す案内標識が、わずかに傾いて立っている。

信号は赤。単車は、無人の交差点で停車した。

バイクを駆っているのは、少年。タンデムシートに座っていたのは少女。どちらもまだ十代であった。

「どうする？　右折すると湖だし、まっすぐだと樹海だぜ」

少年はフルフェイスのシールドを上げ、ふりかえると同乗者に言った。

「樹海はいいよ、興味ない」

「どっちみちバイクじゃ、はいれないしな」

信号は赤のままだったが、単車は行儀悪くT字を右折していった。

湖に沿って大きくカーブした道が続く。まばらな街灯の間に、バス停が見える。次に名所案内図、そして百葉箱。

カーブの途中まで来て停車すると、単車はエンジンの唸りをとめた。

「涼しい。いい気持ち」

サイドスタンドを下げる少年の後ろで、ヘルメットを脱いだ少女が頭をふる。髪が肩に広がった。

「少し寒くねえか」

「仕方ないでしょ。すぐそこが湖なんだし」

体を丸める少年の背中を、少女がたたいた。呼応するように、少年は相手を抱き寄せる。

蛍光灯の寿命なのか、街灯が不規則に明滅していた。

湖の波立つ音が、わずかに聞こえてくる。風が出てきたようだ。

少女は、単車のシートに腰かけて、夜空を見上げた。

「ばあちゃんが言ってたわ。この湖、逆さ映しなんだって。何でも逆さまになるの。富士山も、お天気も」

「そりゃ、湖に映った富士山は逆さまだろ。天気にしたって、ここは山地だから」

少年はガードレールに腰かけながら、ポケットからタバコとライターを出して笑った。

「もう、ロマンがないわね」そう言う少女も、ロマンのかけらもない大あくびをした。

「ねえ。富士山て、どっちに見えるのかな」

「たぶんあっちだよ。中学の修学旅行で、見たことあるから」

タバコに火をつけながら、ガードレールのむこうを指さした。

「やっぱり、朝くればよかった」

「勝手なことばかり言って。いますぐ湖を見たいって言ったのは、お前だろ」

「試験勉強でキューキューだったから、気分転換したかったのよ。それに、着くころには夜が明けると思ってさ」

退屈な痴話喧嘩をしていたときだった。

突然！　エンジン音が近づいてきた。ライトが迫ってくる！

カーブのむこうから現れたスポーツカー。それは目の前をさえぎる単車と、若い男女のカップルに慌てていた。急ブレーキを踏みハンドルをきる。しかし車はとまらず路面をスリップ、タイヤの悲鳴とともにスピンをはじめた。

恐怖で棒立ちとなった二人の前で、車はガードレールを突き破り、湖へ転落していった。

少年の半開きになった唇から、へばりついたタバコがぽとりと落ちる。

静寂がもどった。自動車が転落したなど、一瞬の悪夢だったかのように、湖はふたたび波の音をくり返していた。

「ど、どうしよう」

少女が震える声で言った。

「何を？」

少年も同じ声で聞き返す。

「知らせなきゃ、警察に」

「あ、ああ」

そのとき、ガードレールの下から、うめき声が聞こえてきた。

「助けて……」

女の声だった。枯れ枝のような声に、二人の背筋は凍った。

「生きてるんだわ。きっと、まだ」

明滅する街灯の下、少女が蒼ざめた顔で言った。「助けなきゃ！」

叱責するように言ったが、しかし少年は動こうとしない。

「ちょっと、雄二ってば」

「逃げよう」

震える声で、情けないことを言いだした。

「どうして、何で？」

「車が落ちたのは、おれたちのせいだ。下手に助けたりして、事情を聞かれたら、警察に捕まるよ」

「そんな」

「カーブの途中に、バイクを停めていたのが悪いんだ。それに」

少年は、泣きそうな顔を伏せる。「無免許だってことも、バレちゃうよ」

「誰か……」

ふたたび、崖下から助けを呼ぶ声がした。

「救急車を呼ばないと。それくらい、いいでしょ」

少女は言いながら、ふと腰のベルトに触れた。

「ない！」

「え？」

「ポシェット。ポケベルがはいってた、お財布もはいってたのに」

唖然とした顔で、少年の顔を見る。

突然、二人の背筋を同時に、凄まじい悪寒が走った。

「逃げろ！」

発作的に単車に飛びついた。弾かれたように、少女も駆け寄り飛び乗る。

イグニッションキーをオン。しかしセルスターターが動かない。何度もボタンを押すが、動かない。

「何でだよ！」

押し駆けに切り換える。カーブの前方は、ゆるやかな下り坂だ。

クラッチレバーを握り、タンデムシートに少女を乗せたまま単車を動かす。ギヤをローに入れた。とたんにタイヤがロックした、勢いあまって転倒。後ろに乗っていた少女は、単車ごと倒れて悲鳴を上げた。

「しっかりしろ！」

下敷きになった彼女の足を引き抜き、無理やり立たせて走らせる。

倒れたバイクは、夜道のカーブに置き去りとなった。死骸のように横たわる内燃機関を、街灯がスポットライトのように照らしていた。

走る。湖からの下り道を、二人は全力で駆け降りた。

むこうに公衆電話が見える。足を引きずる少女と、バイクを見捨てた少年は走りつづけた。

明るい信号機の下にたどり着いて、二人同時に電話ボックスの前へ倒れこんだ。

「瀬菜、大丈夫か」

少年は彼女を気づかいながら、歩道に横たわり喘いでいる。

　少女は何とか立ち上がると、痛む足をおさえながら、電話ボックスにはいった。

『110番、119番におかけの場合、赤いボタンを――』の注意書きが、少女の目にはいる。

「雄二。救急車呼ぶのって、お金いらないの？」

　聞きながら、ボックスのドア越しに少年を見た。

　だが、少年の姿はなかった。いま、たったいままで、そこに倒れていたはずの彼は、影も形もなかった。

「雄二、雄二？」

　ふいに、足元から冷たい感触が上がってきた。見ると、少女のスニーカーは泥まみれで、ズブ濡れだった。水が、ジーンズの裾から滴り落ちている。

　いきなり頭痛に襲われた。立っていられないほどの、ひどい眩暈とともに。

「痛い！　雄二、どこ。頭痛いよ」

　頭をおさえながら座り込む。そしてそのまま、気を失ってしまった――。

　気がつくと、波の音を聞いていた。さざ波が押し寄せる湖に、少女はいた。

　下半身が水に浸かっていた。少女は、自分が顔を泥に突っこんで倒れていることを、知った。

　頭から何かが流れでて、髪をぬめらせている。

　崖の上から、話し声が聞こえてきた。

　力を振り絞って、助けを求める。

「助けて……」それが、精一杯の声だった。

「何だ？　いまの声」

「まだ生きてるんだわ。助けないと」

「逃げよう」

「バカ言わないでよ」

「どう言い訳しても、ぼくの車があいつらをはねたことに代わりはないんだ。警察沙汰なんかになったら、ぼくの人生は終わりだよ」

会話を頭の上で聞きながら、少女は咳き込む。勢いで、ベットリした液体が口から出た。

「そのへんの不良だ、生きていたって仕方のない連中さ。あんな奴らのせいで、ぼくは将来を台無しにされたくないんだ」

少女は首をねじった。

波のむこうに、ちぎれたポシェット。浮いているのが、闇の中にうっすら見えた。

「里香、愛してる。だから秘密にしてくれ、二人だけの。な、頼む」

残る力で、少女は寝返りを打つ。仰向けになった顔に、何かのしずくがたれた。

あたりが少しずつ、明るくなっていく。もうすぐ夜明けなのだろう。

その薄明かりで、少女は見た。頭上の枝に引っかかり、逆さまの格好でぶら下がる、少年の死体。

ダランとたらした両手足。口から流れでる血が、ポタポタ落ちている。

崖の上で、車のエンジン音が響いた。それは、次第に遠のいていく。

ふたたび静寂に包まれた。あとは湖の、さざ波の音だけだ。

「雄二。逆さまだったんだね」

少女はクスッと笑った。笑いながら、涙があふれでた。だがそれも、すぐにとまった。

＊＊＊

二番目の語部は、そこで言葉を結ぶと、自分の前に立てられたロウソクを吹き消した。同時に不気味なメガネの影も消えてなくなった。

「変わってるな。怪談なのに、伏線が張ってあるんだね、その話」

　最初の語部だった生徒が、腕組みをしながら嬉しそうにうなずいた。

「何よ、フクセンて」

　茶髪の女生徒が、挑発するように口を尖らせる。

「話の最初のほうで、少女が湖を見ながら言ってるだろ。ここは逆さ映しで、何でも逆さまになるんだって」

「だから？」

「だからって。この伏線があるから、ラストで加害者だと思ってた自分たちが、実は被害者だったってオチが際立つんじゃないか」

「ふーん」

　少女は、わかったようなわからないような返事をして、黙ってしまった。

「どこの湖だろう。まさか猪苗代湖じゃないわよね？」

「いまの話、ちゃんと聞いてたのか。富士山が出てきたじゃないか」

「じゃあ、やっぱり東京なの？」

「静岡だよ。富士五湖っていって、五つあるんだ。でも、どれかまでは特定できないな。国道139号線にぶつかるT字の交差点だったら、五つとも該当するだろうし」

「湖の周辺は、ほとんどがマラソンコースになってるって聞いたことがある。バイクで行けるとすると、精進湖あたりか」

「ちょっと。そういうのはミステリー倶楽部にまかせれば」

茶髪の少女が場を中断した。男子生徒たちは白けた顔を見合わせる。怖がりのショートの女子生徒は、さっきから震えたままだ。

「時間ないんでしょ。次の話、さっさとやってよ」

メガネのとなりは、ショートカットの女子生徒だ。さっさとやれと言われて、噛んでいたガムを吐きだした。

「それじゃ、はじめるね。えーと、お父さんから聞いた話なの」

物語を整理するかのように、彼女は、ポツポツと話しはじめた。

第三話『窓から覗く少女』

若者が浜辺に立っている。

早い朝、そこは島だった。

静かな海。背後には、朽ちた建物。

海を見つめる若者、その手には一通の封筒が握られていた。

もう一方の手を腰ポケットから出す。そこには、折りたたみナイフがあった。

伸ばした刃を見つめながら、若者はそれを、ゆっくりと左手首に持っていった。

切っ先が手首に食い込む。若者はわずかに顔をしかめたあと、強く目を閉じた。

そのときだった。物音をたてて、足元に何かが落ちた。若者は、反射的にナイフを引っ込める。

足元に落ちたものへ、視線を落とした。人形だった。人形の首が、転がっていた。

顔を上げた。青い空があるだけだった。若者は、背後をふり返る。

朽ちた建物が、三階建てであることに、このとき初めて気がついた。窓はどれも枠だけで、黒ずんだ壁面に規則正しい間隔をもって開いている。

建物の最上階、その窓の一角から、少女が顔を出してこちらを見ていた。

いまどき珍しいオカッパ頭、それともこの島では普通なのだろうか。だが、蒼い顔は普通ではなかった。もっとも、顔色の悪さでいえば、そのときの若者もけっしてひけはとっていなかったはずだ。

人形の首を拾い上げ、三階から覗く少女に見えるよう、高く差し上げた。

「きみの人形かーい」

叫んだ声が、かすれた。この数カ月、大声を発したことがなかった。人と話したこともなければ、笑ったこともない。

そんな貧弱な叫び声でも、なんとか届いたらしく、上で少女はうなずいていた。

「頭、取れて落ちちゃったんだね」

少女は、またうなずいた。

「取りにおいでよ、ここへ置いておくから」

少女は首を、横へふった。

降りてくるのが、いやなのか。まさか、持って来いとでも言うつもりなのか。若者は、少し迷惑そうな顔をした。

すると少女は、いまにも泣きそうな顔になる。

若者は、慌てて笑顔を作って見せた。

「そこまで、持って行ってあげようか?」

そう言うと、少女は涙を拭うように手で顔をこすりながら、またうなずいてくれた。

さっきから手に持ったままの、封筒をポケットにねじ込むと、若者は建物にむかって歩きだす。

正面に入口はなかった。周囲の窓も、侵入防止のためか、木でしっかり打ちつけられている。仕方なく、裏へまわった。

裏に、入口らしき空洞が見つかった。だが廃材が積まれていて、とても体が通りそうにない。それは少女の小さな体でも無理と思われた。

若者は途方に暮れた。仕方なく、おもてへもどる。

「ねえ、どこからはいったの?」

ふたたび少女を見上げながら、訊ねた。

少女は、何の返事もしてくれない。

「だからさ。どうやって、そこまで上がったのかって。入口が塞がっているんだけど」

少女は黙ったまま、首を横にふるだけだ。

弱ったな。野球の経験でもあれば、三階の窓に投げ込むこともできるんだが――。若者は自分の非力にいらだった。

思案を続けながら、ほほの汗を拭う。そして驚いた。

手にベットリと、赤い液体がついていたからだ。

反射的に、持っていた人形を見る。人形の首の、ポッカリ空いた穴から、それはしたたり落ちていた。

「これは」

もういちど、三階の窓を見上げた。そこに、少女の姿はなかった。

「おーい！　おーい！」

若者は、誰もいない浜辺で、ひとり呼び続けた。

突然の胸騒ぎ。彼は浜辺を走りだす。その足は、警察にむかっていた。

若者に急かされて、駐在の巡査が腹の贅肉を揺らしながら走っている。途中で何度か立ちどまり、前かがみになってゼイゼイと喘いでいた。

「あそこの建物なんです」

指さす廃墟を見て、一応うなずいては見せるものの、駐在は動こうとしない。若者はやきもきしながら、手を引いて窓の下まで連れていった。

「あの窓から、子どもが、さっきの人形を投げたんです」

説明しながら、咳き込む巡査の背中をさすってやる。

「ありがとう、落ち着いた」

やっと平静にもどり、駐在も窓を見上げた。

「しかし、どうやってはいったんだろう。ここは小学校だったんだが、二十年前に廃校になったんだよ。潮で木が傷んでいるから、イタズラで上がったりして、床でも抜けたら大変だ」

「もう、怪我をしてるんじゃないですか。それで動けなくて、人形の首を投げたんですよ」

「わからんさ、調べてみんことには。第一、あんたが言うような、おかっぱ頭の女の子なんて、この辺にはおらんしな。宿も、今朝の客は、あんたひとりだって言うし」

「でも、人形から血が」

「魚の血かもわからん」

駐在の説明に、納得のいかない顔をしていると、若者たちの来た方向から、三人の男が追いついてきた。普段は漁師だろうか、日焼けした屈強な体をしている。全員はっぴ姿で、ひとりは肩に脚立をかついでいた。

先頭を歩く男が、駐在に手を挙げ挨拶した。

「子どもが出られないんだと?」

あくびをしながら訊く。ほかの二人も、よく見ると眠そうだった。

「朝早くからすまんな。この東京のお客さんが、そう言うんだ」

先頭の男は、若者を足元から頭へ、なめるように見たあと、鼻で笑った。

「こんな浜のすみで、何してたんだい。ここ、はいれないはずだけどな。廃校になった時、おれたちが通れんようにしたから」

「子どもが中にいたのは本当なんです。あの窓から人形を投げたんです」

若者が憤然とするのをよそに、別のはっぴ姿が脚立を窓の下に立てかけはじめた。足場を確かめてから上がっていく。身のこなしは軽かった。すぐに三階の高さまで登りつめ、窓の中へ消えた。

「あの人形、本当にその子どものか? 都会にゃ、人形集めが趣味の男もいるって話じゃねえか」

ボス格のはっぴ姿が毒舌をたたいていると、

「省ちゃん! 来てくれ!」

三階から、男が救いの叫びを上げた。

はっぴのボスは、一瞬にして厳しい表情になった。脚立をいっきに上がる。三人目のはっぴ姿も上がった、たまらず若者も後につづく。

駐在はひとり、わき腹をさすりながら廃墟を見上げていた。

若者が窓枠を越えると、朽ちた教室の中では男たちが、そろって立ちすくんでいた。三人とも足元を凝視している。

「あんたが見たってのは、この子かい」

声をかけられて、若者は三人に近づいていく。そして、そこにある物を見て硬直した。

省ちゃんと呼ばれた男の、肩ごしに見えたのは、白骨死体だった。おかっぱの髪が、ガイコツに貼りついている。骨となった右手には、人形の胴体が握られていた。

「おーい。何かあったのかー」

窓の下から、駐在の呑気な声がした。

そのまま、若者は警察署に拘留されてしまった。第一容疑者にされたからだ。死体はすでに白骨化していたから、あの場で彼が少女を殺したとは考えていない。しかし過去の犯行現場にもどり、状況を確認しに来た可能性はあると、警察側は考えたのだった。

だが、間もなく釈放された。

「悪かったね、長く引きとめて」

署の玄関を出る彼に、駐在の警察官が後ろから声をかけた。

「でも、あんたも悪いんだよ。あの子が生きていて、窓から人形の首を投げたなんて、おかしな事を言うもんだから」

「お騒がせしました」

ふり返り、素直に頭を下げた。女の子が窓から覗いていたのは、確かだ。取調室で何度もくり返した水掛け論だったが、若者には、もう不毛な反論をする気力はなかった。

「船会社に協力してもらって、いままで島に来た旅行者を洗いだしている。けど犯人の逮捕には、しばらくかかるだろうな。いずれにしても、あんたは無関係だ」

「ぼくが犯人で、むかし殺した死体を、発見者を装って見せびらかしたかったのだろうと言われた時は、泣きそうになりました」

そう言って、若者は苦笑いする。

「中学生時分、長いこと入院していたあんたが、こんなとこまで来るのは無理な相談だもんな」

若者は、もういちど頭を下げてから踵を返した——。

それから数日後、彼はアパートにいた。

「もしもし。おう、久しぶり。ハハハ、そっちのセリフだったたな」

若者はワイシャツ姿で、電話機のコードに指をからめている。

「連絡しなくて悪かった、旅行してたもんで。オレが自殺？　バカバカしい、そんなヤワじゃない」

目の前のテーブルには、写真立てがあった。そこでは妹が、生前と変わらぬ笑顔を見せている。その写真に負けないよう、彼は屈託なく笑っていた。

「え、今晩？　いいよ。これから会社の面接なんで、あとで電話するよ。じゃ」

受話器をおくと、若者は意を決したように立ちあがった。

アパートを出て、外階段を降りる。足どりはずいぶん軽い。

「暑いな。まだスーツは早いや」

交差点で信号を待ちながら、取りだしたハンカチで汗を拭いた。「汗が止まらない。生きてる証拠だ」

　ひとり笑いながら、空を見上げた。

　あのとき、窓から覗いていた女の子。あれが事実だったのか、思いつめた精神状態が見せた幻覚だったのか。いまはもう、どうでもいいことだ。白骨化した姿を前にして、自殺する気が消え失せてしまった。人は死ぬ。死にたくなくても、いずれ死ぬ。だったら死んだ人間の分まで生きてやれ。

　いまの彼は、そんなふうに思うようになっていた。

　信号が青に変わる。若者は力強く歩きだした。

　デスクの電話が鳴った。

　そばにいた女子社員は、面倒くさそうに受話器を取った。

「はい、××計算コンサルタントです」

　相手の話をしばらく聞いたあと、彼女は受話器を離し、むかいのデスクに座っていた男を見る。

「ねえ。弘樹泰治って人、知ってる?」

　問われて、男は目の前に雑然と置かれた書類の山をあさりはじめた。

「その人の財布に、うちの番号のメモがはいってたんだって」

「何て名だっけ」

「弘樹泰治だって、免許証に」

「ええと、これだ。きょうの二時に、面接で来ることになってる」

　言いながら、男は若者の履歴書を投げてよこした。

それを片手に、女子社員は通話相手へ説明をはじめる。

「何？　面接キャンセル」

受話器を置いたのを見はからい、男が訊いた。

「うん、警察から。この人、交通事故で死んじゃったって。身元がわからなくて困ってたんだって」

話しながら、彼女は口にガムを放りこんだ。

＊＊＊

「自殺をやめたとたん、交通事故で死んじゃったか。ありがちなホラーだな」

一番目の語り手であった生徒が、腕組みをしながら苦笑する。話し終えた女生徒は、ショートの髪をポリポリかきながら、自分の前に立つロウソクを吹き消した。

「女の子の霊は、自殺を思いとどまらせた訳じゃなかったってことか。納得いかないのは、その学校だったって廃屋の、窓の高さだな。女の子が、泣きそうな顔をしたのが見えるほどの高さで、かつ脚立に乗って届くんだったら、大した高さじゃないだろ。だったら、別に野球が不得意だったとしても、人形の首くらい投げ上げられたと思うけどね」

「おかっぱ髪のガイコツってのに笑った。それよりも、男が自殺しようとしていたのは浜辺でしょ。そんな海のすぐ近くに学校なんか建てるものかな」

最初の生徒と、二番目の語り手だったメガネがたて続けに文句を言った。

「もう！　白けちゃうわね。せっかくの怪談が、ムード台無しだわ」

　あんたたちはミステリー倶楽部に行けばいいと、茶髪の女生徒から恫喝されて、二人は黙ってしまった。

「それじゃ、次」

　彼女がぶっきらぼうに、あごでしゃくった相手は、キツネ目をした男子生徒だった。怖いのか、落ち着きなくキョロキョロしている。

「待ってくれ」

　挙動不審の語り手が口を開こうとしたとき、となりにいた長身の男子が、手を挙げた。

「オレに、さきに喋らせてくれ」

「無視するのか。くじ引きの順番」

「お前たちの話は長い。相当に時間が押してしまった。オレは、今日のためにとっておきの話を用意してきたんだ。それに、しっかり辻褄も合ってるしな」

　最初の語り手がいやな顔を見せたが、長身は譲ろうとしなかった。

「いいの？　割り込まれちゃっても」

「ぼくの話は大して面白くないし。それに話すの、下手だから」

　当のキツネ目が屈伏してしまったので、ほかの生徒は何も言えなくなった。

「それじゃ、聞いてくれ。これから喋る話こそ、本当の実話だから」

　大げさに前置きした後、新たな四番目の語り手は、ほかの生徒よりふたまわりも大きな体を丸めて、語りはじめた。

第四話

少年には、両親がいなかった。彼は祖父と二人きりで暮らしていた。

小学校へ上がる前に、母親は家を出ていった。離婚した原因は、すべて父親にあった。

父は学生時代に柔道をやっていたそうで、若いころは腕っぷしが相当に強かった。それがある日、突然の激しい腰痛に見舞われ、そのまま入院となり手術するはめになってしまった。軟骨を削る手術は成功し無事退院したものの、それっきり父は仕事に出ることをやめてしまった。町の病院は医療設備が貧弱で、医師の技術も未熟だったから自分はこうなったと、少年は何度も不就労の理由を聞かされたが、真偽のほどはわからない。

父と母は、その病院で知り合った。母親は看護婦だった。ナイチンゲール症候群というのか、頑健な肉体を持ちながら、歩行するにも難儀していた父の姿に、強く惹かれたらしい。父の退院後まもなく二人は結婚したが、それでも母は病院務めを継続した。夫が働かないのだから、妻が稼ぐのは当然のことだ。つまるところ母は、父が仕事をしているところを一度も見ることなく家を出てしまった。

父は腰が痛むとこぼしては、痛み止めの薬をよく飲んだ。そしてそれは、次第に乱用となり、痛み止めから別のものへ変わっていった。

ブロバリン。この名の薬を、父に言いつけられて頻繁に買いに行かされた覚えが、少年の幼い記憶にある。

しかし父にとって、この薬は物足りなかったようだ。ブロバリンを、当時まだ小学生だった少年に買いに行かせ、自分でもまた買っていたのだ。薬局が、個人へいちどに売る量を決めていたとかで、父は通常の倍を服用していたことになる。

ある日のこと、少年は友だちと遊んでいて、行きつけの薬局に父親がはいっていくのを見かけた。驚かすつもりで、あとを追って忍び足で薬局へはいり、背後から「お父さん」と声をかけた。だが、予想に反して父は少年を無視、まるで他人の顔をされてしまった。

その日、家に帰ってから少年は半殺しのめにあった。

「バカやろう！　親子で薬を買ってるのがばれたら、もう売ってくれんだろうが！」

老いた祖父がおろおろしている前で、大人の拳で、少年は顔が変わるまでブチのめされた。したたる血をぬぐい、泣きながら謝った。父は見下ろしながら、お前は本当にバカだ、使い物にならないクズだと口汚く罵った。

ほどなくして、トランキライザーという新薬が発売された。

ブロバリンは購入の際に印鑑を必要とし、購入量も制限されていたため、面倒のない新薬に父はすぐ飛びついた。

やがて、父親に異変が起こった。制限量を超えた催眠鎮静薬、抗不安薬を日常的に服用していたせいで、昼間っから部屋の中で酩酊症状、いわゆるラリった状態でフラフラしはじめたのだ。たまに、憑かれたように激しくもどすこともあった。それが副作用のひとつであることを、少年が知ったのは現在に至ってからだ。だが、激しい嘔吐に苦しんでも、父親は薬物の服用をやめなかった。

母親が出ていったのも、無理のない話だ。いつまでたっても働かず、薬物中毒となった夫に愛想をつかしたのは当然の帰結だった。母が少年を置き去りにしたのは、こんなろくでなしの遺伝子を受け継いだ子どもが、気持ち悪かったから。少年は、いまではそう考えている。

そんな父の死は、唐突に訪れた。ある夜、いつものように薬でラリって、ヘロヘロのままでタバコを買いに出たきり、なかなか帰ってこない。中学生になっていた少年が、心配して探しに行ってみると、近くの用水路に落ちて、冷たくなっていた。父親が、そういう状態にあったことは隣近所みんなが知っていたから、薬により酩酊を起こした末の事故死として処理された。

それからは、祖父と少年の二人きりの暮らしがはじまった。収入は、祖父の生活保護に頼って、なんとかやりくりしている。

母が去ってから、少年はものを買ってもらった記憶がない。オモチャも衣服も、文房具もランドセルも。小学校へは、ひとりだけリュックサックで通った。ノートは、母親が残していった家計簿とか、祖父がかつて記していた日記の後半を流用した。その他の文具は、裕福な友だちから巻き上げた。

父兄参観になると、綺麗に化粧したお母さんたちが、教室の後ろに集合する。それに混じって、いつもひとり貧弱な老人が立っていた。

そんな環境の中で、少年は成長した。欲しいものを我慢して育った彼は、気がつくと金に異常な執着を抱くようになっていた。そして、暴力を崇拝する人間にも。

金があれば、大きな家に住むことができる。そうすれば、ひとりで自分を育ててくれた祖父にも楽をさせてあげられる、母親だって帰ってくるかも知れない。

そして、圧倒的な腕力があれば、あんな父親に怯えることもなかったのだ。あんな、あんな男なんかに。

2

「その話の、どこが怪談なんだ」

まだ途中だった長身の話をさえぎって、最初の語り手が異議を唱えた。

「それに、作り話にしてもできが悪い。トランキライザーなんてものが、一般の薬局で普通に買えたなんて、あり得ないよ」

指でメガネを上げながら、二番目の語り手だった生徒も意見を述べた。話を中断された長身の語り手は、教室の奥にある薬品棚に、視線を泳がせている。

「あたし、ブロバリンて聞いたことあるわ。確か、芥川や太宰が、飲んでた薬よね」

震えていたショートの女子が、やはり震えた声で言った。

「ねえ。いまの話、あんたのことなんじゃない?」

茶髪の女子が、探るような目で言った。

「そうだよ。言っただろう、実話だって」

「知らなかった。見かけによらず苦労してるんだな」

メガネが、同情した顔で見上げた。

「それで？　その話のどこが怖いのよ」

「どこが……怖いか……だと？」

茶髪の、挑戦的に見下したような質問に、長身の語調が変わった。

「オレが言いたかったのは、本当に怖いのは人間だってことさ。育てる金も、意思もないのに勝手に、野良猫か野良犬みたいにガキを作りやがって。いや、犬や猫のほうがずっとましだ。取りあえずは育てるからな。けど、こっちの母親は親父に愛想をつかすと、さっさと逃げちまった、テメエが生んだガキを捨ててな。オレがもし女に生まれていたら、どうなってたと思う？」

ロウソクの炎に揺らめいて、長身の顔が笑顔に見え、また泣いているようにも映る。質問の顔をむけられて、ショートの女子は蒼い顔を振った。

「部屋でスポーツ新聞を見ながら、じいちゃんはいつも言ってた。お前が女だったら、うんと体で稼がせて、楽させてもらったのにって。女たち、オレの家に生まれなかったことを、感謝しろよ」

そう言うと、長身の生徒はノッソリと立ちあがった。

「どうした、帰るのか？」

最初の語り手が、白けた表情で見上げながら、冷やかに言った。

「お前たち、考えてみたことはないか。こんなところで、呑気に怪談なんかしている最中にも、どこかで人間が死んでいるんだ。オレの父親みたいに、突然おかしくなったり薬物中毒でイカれた親から、虐待され殺されているかも知れない。それなのに、お前たちは人の死を弄んでいるんだ。自分たちは関係ないからと、高みの見物を決め込んで面白がっているんだ」

「お説教はたくさん」

「黙れ！」うんざり顔の茶髪女子を、大男が怒鳴りとばした。

「お前たちは償わなければならない。死をもってな！」

「ヒッ！」

無表情だった長身の豹変ぶりに、ショートの女生徒が胸を押さえてのけ反った。

それ見て最初の語り手が「そういうことか」と、得心したようにうなずいた。

「変わった趣向だ。これがお前の、恐怖の演出ってわけか」

その解説に、息を呑んでいたキツネ目とメガネが胸を撫でおろす。

「趣向だと？」

第四の語り手である男は、哀れむような顔を左右にふった。

「つくづく、救われない奴らだな」

そう言うと、傍らにおいてあったボストンバッグに手を突っこむ。

「オレがホラー同好会にはいった理由、知ってるか？　この機会をうかがっていたんだよ。人の死を悼まず、霊の存在を娯楽にしてしまったお前たちに、鉄槌を下すためにな」

取りだしたのは、ナタだった。長身の彼が手にしても遜色ないほどの、大ぶりの凶器だ。

「ちょっと、やり過ぎよ。危ないじゃない」

そう言った茶髪女子の、次のセリフが悲鳴に変わった。

「うわぁ！」

メガネが叫び、思わず腰を浮かせる前で、血飛沫があがった。ショートカットの女子の、頭部にナタが突き刺さったからだ。さっきまで恐怖に震えていた彼女は、動きを痙攣に変えていた。

「助けて！」

恐怖で腰が抜けたメガネのそばで、茶髪が立ち上がり逃げだす。だが教室のドアへたどり着く前に、床に押し倒されてしまった。巨大な刃物を手にした、仁王立ちの男子生徒の下で、突っ伏した女生徒の上履きの足が見えている。

次に逃げたのは、一番目の語り手だった。反対側の戸口へ走る、だがすぐに気づかれた。

「やめろ！　やめてくれ！」

この生徒もまた、ドアに手をかけることはできなかった。ナタが振りおろされると、そのまま床へ沈んでしまった。

「あ、あ、あぐ」

もがいていたキツネ目が、ぎこちない手で床を這う。メガネも逃げだそうとするが、体が動かない。さっきまで、怪談に辛辣な評価を下していた生徒とは、まるで別人の情けない顔だった。言葉にならない声を発しながら、必死に自分を励ますが腰が立たない。手で腰を押し、ふとももを懸命にさするが、下半身が言うことを聞いてくれないのだ。

「うわっ」

殺人者がふり返った。残ったロウソクのむこうで、手にした刃物から鮮血をしたたらせ、こちらを見てニタリと笑った。

「た、た、たす」

四つんばいのまま逃げる。出口とは反対側の、窓にむかって這っていく。手がすべる、床に広がった血の海が邪魔をする。思うように進まず、メガネは泣きそうだった。

背後で、また悲鳴が上がった。キツネ目だ。またひとり犠牲者が増えた。

後ろから殺人者が来る。足音が、木造の床を軋ませてミシミシと響いてくる。生き残っているのは、あとひとり。メガネを殺せば、作業は終了する。

窓へたどり着いた！　ドス黒く汚れた手で桟に触れる。開かない！　ネジ式の鍵を手さぐりで探す。急げ！　早く！　鍵があった。急いでまわす、まわす。鍵が開いた！　開いてくれた。メガネは、ふたたび桟に手をかけた——。


耳元で、誰かが怒鳴ったような気がした。

気がつくと、メガネの学生は花に囲まれていた。化学実験室の、窓の下には花壇があり、彼はそこで意識を失っていた。

どうやって教室を出たのか、記憶がない。体を動かすと後頭部がひどく痛んだ。逃げる際に、後ろから襲われたのだろうか、自分も血まみれなんだろうか。ズキズキする後頭部に触れてみたかったが、手は両方とも真っ赤だった。これでは出血していてもわからない。

遠くで、サイレンが鳴っている。

妙な温かさを感じた。同時に、背後が明るいことにも気づいた。さらに、焼ける匂いが鼻をつく。

火事だ！　校舎が燃えている。

まだ助かってなかった、早く、ここから離れないと。頭痛をこらえながら、彼はふたたび四つんばいの逃走を開始した。

「た、助けて、助けて」

何度もくり返し呟きながら、這った。

花壇を越え、トラックにたどり着いた。砂利がてのひらに食い込む、膝も痛い。だが逃げないと。あいつが火をつけたのだ。あいつは、まだ近くにいるかも知れない。

「助けてぇ」

気がつくと涙がでていた。近づいてくる消防車のサイレン、パチパチ燃える炎、地を這う自分の衣擦れ。それらを聞きながら、しらじらと明ける空の下で、彼はひとりで泣きじゃくっていた。

3

「きのうの夜、十時から零時までの予定で、きみは高校のホラー同好会のメンバーと、化学実験室を借りた。目的は、怪談会」

警察署の取調室で、中年刑事が復唱する供述書を聞きながら、男子生徒はテンプルの曲がったメガネのまま、震えながらうなずいた。

「ところが、突然にメンバーのひとりが、教室でナタを振りまわした」

「は、はい」

「そして、きみ以外の参加者は、全員殺害されてしまった」

「殺され、ました。みんな、みんな血の海に」

刑事の質問に、メガネの高校生は、涙の乾いた目をこすりながら答えた。

「教室で凶行を演じたのは、宮野くん。宮野敏也くんが、犯人だと?」

「あいつが殺したんです。あいつは殺人鬼なんですよ」

「そう言われてもね」

刑事は困った顔をしながら腕を組んだ。その光景を目にして、逃げのびた男子生徒は、ふいに既視感に陥った。どこかで、こんな状況と出会った覚えがある。

「宮野くんは、人なんか殺していないんだよ」

刑事が、おかしな言葉を発した。

「そんなバカな、あり得ない。だって、見たんです。ぼく、この目で」

「彼は、誰も殺していないと思うよ。だって、殺されたという生徒たちは、みんな生きているんだからね」

生きている? 死んだはずの、人間が。

「きみが話してくれた、参加者だったという生徒たちの家庭に確認がとれた。全員、ゆうべは家にいてテレビを見ていたか、部屋で勉強していたって返事だった」

似ている。一番手の、あいつが話した、肝試しの話と。あっちは、生きているはずの友だちが、全員死んでいたってオチだったが。

「それじゃ、きのう教室にいたのは。ぼくが見たのは、何だったんですか」

「それを聞きたいのは、こっちだよ」

聞き返す刑事の顔は、少し意地悪だった。

「あれは幻……」

「そんなことはないさ。確かに殺人はあった、死体が発見されたのは事実だ」

メガネの頰が、ピクッと痙攣した。刑事の言っていることが理解できない。だって、いま言ったじゃないか。殺されたはずのメンバーは、全員生きていたって、家にいたって。変なの、辻褄が合わないぞ。

「化学実験室が出火元だったせいで、死体は焼け焦げて損傷がひどかった。それにどういう理由か、体は腕も足も、胴体も切断されていたよ。もっとも、綺麗に並べられていたから、すぐに身元の見当はついたがね。それに彼だけ、家にもどっていない」

やった、やったぞ。ぼくが見たのは、幻覚なんかじゃなかったんだ。何だ、やっぱり死んでたんじゃないか。よかった、脅かすなよ刑事さん。

「焼け落ちた教室で見つかった遺体は、まず、宮野敏也くんと見て間違いない」

両手が冷たくなっていく。眩暈がした、吐き気を催した。

「ご家族と担任の先生にうかがったところでは、彼は学校でも目だって背が高かったんだね。健康診断書によると、今年の春にはもう一八九センチだった。切断された焼死体も、そのくらいあったよ」

ふたたび既視感が襲ってきた。これもあるぞ、聞いたことあるぞ。

「どうやらきみは、事実と反対のことを言っているようだね」

「はん、たい？」

「宮野くんが殺したんじゃない。彼は、逆に殺されたってことさ」

何だ、自分が喋った話じゃないか。二番目に、みんなに話して聞かせた、とっておきの怪談と同じなんだ。

　メガネは、何だか嬉しくなってきた。

「さて。それでは、そろそろ本当のことを話してくれないかな」

　刑事はパイプ椅子から身を乗り出すと、険しい顔を近づけてきた。

「本当の、ことって」

「きみがしたと言う、その怪談会。四人めの語り手だった宮野くんが暴れだしたときは十一時を過ぎていたと、さっき聞いた。けれど、それからきみが教室を逃げだして、途中で気を失い、ふたたび気がついたとき。つまり学校から火の手があがったのは、明け方の四時だったんだ」

「それが、何か？」

　メガネは、小首を傾げながら、機械的に質問した。

「本当に宮野くんが殺人鬼だったなら、気絶していたきみを、どうして五時間近くも放っておいたんだろうね」

「ぼくは、運がよかったから」

　ぼんやり口調の返答に、中年刑事は失笑する。

「そうかも知れん。だが、我々は別の可能性を考えているんだよ。つまり、きのうは怪談会なんかなかった。きみは、別の用件で宮野くんを化学実験室に呼びだした。そして殺害したんだ」

「そんな」

「殺害後、持参したナタと、体育館裏の校務倉庫にあったノコギリを使って遺体を切り刻んだ。宮野くんに対して、よっぽどの悪感情があったんだね。そしてその後、実験室にあったアルコールやガソリンを利用して、死体を焼いてから教室に放火したんだ」

取調室に、耳障りな笑い声が響きわたった。

声の主はメガネだった。さっきまで震えていた生徒は、呆れるほどの大口を開けて、大笑いしていた。

「そ、そ、そんなの無理だ。できっこない」

「そうかね」

「だ、だって。あいつは、宮野は体が大きいだけじゃない、ケンカがメチャクチャ強かったんだ。他の高校の不良連中も、あいつだけには近寄らなかった。それなのに、ぼくが殺したなんて、できっこない」

「そうかな」

「たとえやったとしても、反対に、逆に殺されてしまう」

言い終わったとたん、男子生徒のバカ笑いが止まった。メガネの奥で充血した目をカッと開いて、今度はテーブルの一点を凝視しはじめる。

「確かに、きみひとりでは難しいかも知れない。だが、共犯者がいたとしたら、どうだろう」

同じだ。自分たちが加害者だと思っていたら、被害者だったという湖の高校生。

「さっき、きみが怪談会の参加メンバーだと言いはった生徒さんたちは、被害者の宮野くん以外、家にいたと話した。だが、本当はもうひとり、行方のわからない生徒がいるんだ。中村敬子だよ」

中村さん。ショートヘアの、色白でポッチャリした、会津美人。

あれ？　もしかしたら、あのバイクの高校生は、自分と中村さんだったのかな。だったら、バイクに乗らないと。早く取りにいかなきゃ、免許。

「担任の先生と、当直だった校務員に聞いたところでは、昨夜は怪談会などで化学実験室を解放した覚えはないと言われた。たとえ申請があったとしても、夜遅くに生徒を学校へ出入りさせることなど、絶対にないともね。つまるところ、きみは中村敬子と共謀して、何らかの理由をつけて宮野敏也くんを教室へ呼びだした。そして女生徒を前に油断させておいて、背後から宮野くんを襲ったんだ。どうだね、これなら殺害は可能だろう。いくら相手が腕っぷしの強い大男だったとしても」

中村さん。あのとき、彼女はひとりで、ずっと震えていたっけ。可愛かったなあ。そうか、ぼくと彼女は共犯だったのか、嬉しいなあ。

「死体を切断したのは、何か儀式のつもりだったのかい。さて。いい加減に本当のことを言ったらどうだね。それでもきみは、断固として宮野くんが犯人だと言うのか。だったら、あの焼死体は中村敬子になるのかな。それなら身長一五〇そこそこの女の子が、殺されて焼かれたら一九〇近い巨体に変貌してしまった理由を、説明してみなさい！」

刑事がテーブルを殴った。まるで、それがスイッチでもあるかのようだった。

「ウヘヘヘヘ」

奇妙な笑い声を上げたのは、やはりメガネの生徒だった。だが、その顔に表情はなかった。口だけで、乾いた笑い声を発していた。その笑いは、すぐに形容しがたい音声へ変貌していく。

「やめなさい！　手を離すんだ」

笑いながら、はずしたメガネを握りしめていた。レンズが割れて、手に血が滲んでいる。その破片を、ほおばろうとしていた。

　中年刑事と背後の警官が取り押さえようとするが、構わずに破片をバリバリ食べていく。高校生とは思えない力だった。

　同じだ、全部同じだった。きのう怪談会で聞いた話、喋った話は、どれもが予知夢みたいなものだったんだ。いや、自分が犯した罪を虚構化するために、脳幹の橋が作って見せてくれた、取り急ぎの幻想だったのだ。

　どこ行ったんだろう、共犯者の中村さん。会いたいなあ、元気かな。

「敬子さーん！」

　狂気が突き動かす凄まじい力に、制服警官が吹っ飛ばされた。床にしたたか腰を打ちつけ唸っている。

　騒ぎを聞きつけ、取調室に駆けこんでくる署員たち。全員で協力して、やっと拘束することができた。レンズの破片か、引っかかれたのか。中年刑事の顔には、赤い筋が数本ついてしまっていた。

第二章

Aくん

Aくんは、アルバイトをクビになってしまった。

結構まじめに働いたのに。学生のころから朝が苦手だったから、遅刻しないよう夜勤のシフトを選んだのに。一年近くもいたコンビニエンス・ストアを、辞めさせられてしまった。

正確には、クビではなかった。店長から、辞めてくれと言われたわけでもなかった。辞めざるを得ない状況に、追いこまれたのだった。なぜなら、一時的に働き場所がなくなってしまったから。

話はこうだ。先月、いつものように夜の十時に出勤すると、珍しく店長がいた。もうひとりの夜間従業員とともに呼ばれ、そこで言われた。

店内を全面改装することになった、来週からさっそく取りかかる。ついては、改装工事が終わるまで、従業員のみんなには休暇を取ってもらうことになる。

日銭が停まるのは困りものであるが、と言って異議を唱えられる身分でないことは、自分がよく知っていた。

客に見せているのと同じ、いつもの柔らかい笑顔で、店長に訊ねてみた。改装工事は、どのくらいかかるのですか、と。

早朝シフトや夕方勤務の従業員たちもしたはずの質問に、店長は事務的に回答した。期間は二週間。

脱力しながらも、Aくんは理解した。この通告が解雇、つまりクビの婉曲な別表現であることを。

バイト料はそこそこだったが、それでもつらすぎず、またダレるほど楽すぎず、性に合った仕事場だった。けれど二週間も自宅待機を強いられるのは耐えられなかった。

かくして、慣れ親しんだ職場をあとにし、現在はバイク便のライダーとして日々まじめに職務へ従事している。

そしていま、たまたま通りかかった、かつての職場。コンビニエンス・ストアの前にバイクを停めて、Aくんは立っていた。ヘルメットを脱いだ顔で、ガラス張りのコンビニを外から眺め、そして呆然とした。そう、口をあんぐり開けて、呆れ返っていた。

同じだったから、店が変わっていなかったからだ。一見したところでは、とても二週間もかけて大がかりな工事をしたとは思えなかった。

よく見ると、確かに外観の塗装や、入口の飾りつけは新しくなっていた。ウィンドウも光沢を増してキラキラしている。だが肝心の、店内のディスプレイは、辞めたときと同じ、品揃えの順番もAくんが陳列していたときと同じに見えた。

なかへはいってみる。脱いだヘルメットをぶら下げたまま、妙な違和感に襲われ、同時に古巣へ還ってきた懐かしさにも包まれながら、何度も通り抜けていた自動ドアをくぐった。

同じだった。陳列棚は新品だったけれども、棚の段数、高さ奥行き。それだけじゃない、そとで見て感じたとおり、商品の陳列場所も、個数配分も同じだった。はいってすぐの棚が化粧品。男性化粧品が入口側で、女性化粧品は奥側。これは品定めをする場合、女性客のほうがはるかに時間を取るため、女性用品を入口近くにおいたのでは出入りの客に迷惑がかかることへの対策である。案をだしたのは、ほかならぬＡくんだった。

化粧品だけではない、文房具や蛍光灯それにアイドルのトレーディングカード。アダルト雑誌と女性週刊誌のならべておかれたブック・コーナーも同じだった。男性客と女性客が、ヌードグラビアとファッション誌をならんでは読みにくいはずだから、立ち読み防止になると予想して配列したのだ。これは、Ａくんと一緒に辞めた夜勤シフトの仲間が思いついた。

そう、結局この店が改装工事をしたおかげで、あのとき働いていたアルバイトは、全員が退職してしまっていた。

そんなリスクを負ってまで実施した大がかりな工事だったはず。それがいま、こうして見た限りでは、とりたてて新しさを感じるところはなかった。

不可解に首を傾げながら、５００ccのイチゴ牛乳をつまみ上げる。レジに立っていたのは、当然のこと見知らぬアルバイトだ。慣れない手つきでバーコードリーダーを商品にあてがっている。ストローと袋を断り、そのまま手づかみして店をでた。

バイクにもどり、ふたたびそとからコンビニの店構えを眺めつつ、イチゴ牛乳を飲んだ。

ふと見ると、男がひとり立っていた。ブック・コーナーの裏側が丸見えになっているウィンドウのわきで、ガラス越しに店内を眺めている。

三十くらいのガッシリした、いかにも肉体労働に適した感じの男。しかし、わりとピシッとしたスーツを着ているから、仕事は別の分野かも知れない。

こちらの視線に気づいたのか、少し笑った。笑いかけながら、近づいてくる。

Aくんは、まだ仕事の途中だったことを思いだした。

佐藤

無愛想な男。それが佐藤裕一に対する、同僚の印象だった。

契約社員として実務についている彼は、職場の正社員たちと、会話はおろか挨拶もまともに交わしたことがなかった。

これまでさまざまな苦労をしてきたのだろうか、佐藤は年齢よりも、いくぶん疲労した顔をしていた。

彼が働いているのは、通信事業を専門にした情報処理開発の請負い会社で、社員は二〇〇名程度ながらも、業界では着実に成長しつつある、少数精鋭の有望企業であった。佐藤は、その会社へ人材派遣会社から出向していた。

同じシステムのプログラムを組んでいた若い社員は、初めて佐藤に挨拶したときのことを、よく覚えていた。

彼は、初対面の佐藤先輩に、はきはき挨拶した。意欲を見せるために、元気よく頭を下げた。

だが相手は、何の反応も返してくれなかったという。

そのときの佐藤先輩は、急ぎの仕事でせっぱつまっていたのではないか。人間、追いつめられると、人の声が耳にはいらなくなることが、よくある。新入社員は最初、そんなふうに好意的に解釈した。

その日の午後、先輩の仕事がひと息ついたように見えたところで、新人はあらためて挨拶をした。本日から、となりで仕事をさせていただくことになりました、よろしくお願いします、と。

「挨拶は、朝したでしょ」

それが、返事だった。視線を返すことなく発せられた声は、事務的というか、八十年代のコンピューターで作った合成音声のように無感情で、抑揚の感じられないものであった。

以来、新人くんは、佐藤に話しかけることをやめてしまった。

出社時、退社時にかかわらず、いくら挨拶をしても無視を決めこむ佐藤。そんな契約社員の存在を、周囲はいつしか意識から追いだしてしまった。あの席は空席だ、あるいは、あそこに座っているのはダミー人形だと。

そう思ってしまうと、気楽になった。別に、佐藤の仕事を手伝う必要もなかったのだし。

ところが。

そんな佐藤が、いちどだけ、やけに上機嫌だったことがあったらしい。

「弱ったな、こんなことになってしまって」

ひとりごとを聞こえよがしに呟きながら、佐藤はデスクの引きだしを覗きこみ、嬉しそうにしていたという。

その日、契約社員の彼は、どういうわけか本部長室に呼ばれて離席した。そしてもどってくると、そんな調子でニコニコ笑いはじめたというのだ。

　同じデスクの島でキーボードを叩いていた社員が、トイレへ立った際に佐藤の背後をすり抜け、開いている引きだしの中を見ようとした。慌てて閉められてしまったが、佐藤が見ていたのは、何かの書面だったらしい。左上に「極秘」の印が打たれていたのが見えたという。

　何が極秘なのだろう。正社員の自分が知らないことを、どうして会社は契約社員に文書で通達するのだろう。トイレで用を足しながら、しばし首を傾げてはいたが、オフィスにもどってプログラムの単体テストに取りかかると、そんなことはすぐに忘れてしまった。佐藤のことなど、どうでもよかったから。

専務

1

　研修会が行われたのは、東京では残暑が消えはじめる九月の下旬。場所は、伊豆の某所が指定された。集合場所については参加者各自の在住場所を考慮し、直接に現地集合。時間は土曜の十一時。

　佐藤裕一は、昨日本部長から渡された地図にしたがい、新橋から熱海へむかい、そこから伊豆高原を目指した。

　涼しい。駅に降りたったとたん、乾いた風が顔をなぶっていく。佐藤は、ブルッと体を震わせた。涼しすぎる。いや、むしろ寒い。東京と同じつもりで来てしまった佐藤は、厚手の衣類を持参しなかったことを、少し後悔していた。

駅前からタクシーがでていたが、しばらく迷ったあと、節約のため歩くことにした。集合時間まで、まだ余裕はある。

そうはいっても、初めて訪れた地で歩きながら目的地を捜すのは困難。これが会社の研修センターだったなら、駅で誰かに訊ねることもできるのだが、人里はなれた個人の別荘では、訊かれたほうも途方に暮れてしまうだろう。

駅からの一本道をまっすぐ。道がくねくねとカーブをはじめたら、見えてきた最初のわき道を曲がる。T字路が見えてくるので、左側の、吊り橋がある方向とは反対の道を行く。

わき道を見つけるたび、佐藤は地図を右に左に回転させて、自分の現在位置を確認。佐藤は、こういう作業が苦手だ。自分の判断にまったく自信が持てないからだ。ふだんの仕事でも、上司にあれこれと指図されれば、そのとおりにテキパキとこなすことはできる。言われたことをうっかり忘れてしまったり、期限に遅れたりした経験は、過去に一度だってない。

しかし、これが自分で作業方法を選んだり、スケジュールを立てたりとなると、もうお手上げだ。とたんに手も足もでなくなってしまうのだ。そんな佐藤の性分というか適性が、いま直面している問題、地図を見ながら自分で道を探し、かつ選びながら目的地に到着するという作業をも困難にしているのである。

さわやかな風が吹いているのに、頬は濡れていた。もしや時間までに着けないのでは、そんな焦燥が冷や汗をかかせていた。山道は歩きづらいほどではなかったが、不慣れな佐藤には難所であった。いちどなどは、よろけて地図を落としてしまった。風で飛んでは大変と慌てて駆けだし、さらに転んでしまった。日陰の部分が少しぬかるんでいたせいだ。

見えてきた。林のむこうに、どこかの美術館か民俗資料館とでもいったような、物々しい建物が一軒。おそらく、あれが目指す別荘だろう。いや、そうに違いない。違っていたら困る。

予想は、はずれていなかった。

「オーイ、佐藤くん。ここだー」

玄関で誰かが、大声で呼んでいる。冷や汗でかすんだ目をこすって見なおすと、日差しに輝くロマンスグレーが認められた。おそらく専務だ。佐藤は、実物の専務に会ったことはなかった。オフィスのタイムカード置き場前に張りだしてあった、社内報の写真で見たきりである。

この伊豆高原には、会社の保養所もあった。社員研修などを行なう場合は、その施設を利用するのが通常。しかし今回は、少人数かつ管理職のみの特別カリキュラムという理由から、特例的に専務の個人別荘が研修の場に指定されたのだ。

「こ、これは。申しわけありません、集合時間ギリギリになってしまいまして」

玄関前で、おいでおいでのように手を振る専務のもとまで全力疾走すると、佐藤は平謝りに頭を下げた。

「何、かまわないよ。こっちが早く来すぎただけさ。だが心配したよ。きみが研修会を、すっぽかしでもしたら、どうしようとね」

「とんでもないです！　このような研修旅行を、みなさまとご一緒させていただく光栄を、すっぽかすなどと。わたくしは、この二日間、全力を尽くして研修に望む所存でございますから」

　ここは一番、自分の意欲をアピールする好機と、佐藤は言葉熱く意気込みを述べた。

「そうでないとね。これからの我が社は、きみのような情熱ある外部の血を注入することで、活性化を図っていかねばならん。頑張ってくれたまえよ」

　情熱ある外部の血を注入。専務の口から、このような言葉をかけられるとは。さては派遣社員から正社員に。佐藤の全身は粟立った。

「はい！　ありがとうございます」

　自分の父親ほども年齢差のある専務に肩をたたかれ、佐藤裕一は新卒のように気をつけの姿勢で元気よく答えた。

「ははは。まあまあ、そう力まずに。最初からそれではオーバーヒートしてしまう。それに今回は、懇親会の意味も含んでいるからね。そうだ、それより地図。手書きのいい加減なものだったらしいね。悪かった。書いた者には、厳重注意をしておいたから」

「とんでもありません。せっかくいただいたのに、わたくしの読解力不足で」

　専務は緊張を解きほぐそうとしていたが、コチコチになっている佐藤にはなかなか効果が表れない。仕方ないという態度で、専務は苦笑いしながら玄関の扉を開けた。佐藤は直立姿勢のまま足踏みしてつづく。

　頭上で鳴き声がした。見上げると、数羽のカラスが集団で、別荘の屋根を中心に旋回している。生ゴミが増加する東京では、一時カラスのゴミ荒らしが問題になったことがあった。都知事の指揮による巣の一掃作戦が功を奏したのか、最近ではやや減少傾向にある。それが、こんな閑静な保養地にまで、カラスは縄張りを広げているようだった。

2

駅からここまでの道のりで、すっかりヨレヨレになってしまったハンカチをポケットにしまい、流行遅れのボストンバッグを抱えながら、佐藤は別荘という形態の住居に、初めて足を踏み入れた。

巨大な扉のむこう、そこに見えた光景は、佐藤にとっておよそ日本とは思えないものだった。ちょっとしたホテルのロビーに似たスペースを持つ玄関は、見上げれば首が疲れるほど高く、外国の寺院のようなアーチ型をしている。二階部分をぶち抜いた、吹き抜けのドーム型に歪んだ天井には、それに習って湾曲した巨大な窓があり貧相な訪問者を見下ろしていた。

首をねじ曲げ目を転じると、何やら訳のわからぬ複雑な渦巻や花飾、唐草などの曲線模様がゴテゴテと絡み合った彫刻が、周囲の壁いっぱいに施されているのが、煩わしいほど視界にあふれ返った。高い天井、小型のシャンデリアが下がる、六畳一間の我が家よりもはるかに広いそこが、すべて玄関スペースであった。

「見事なもので、ございますね」

慣れぬ言葉つきで、佐藤は麗句を唱えた。

「これでも完成当初は、ロココとゴシックの融合ということで、少なからず満足はしていたのだが。最近はどうも、装飾が過ぎたかなと、後悔を感じることもあるんだよ。だから応接間のほうは、改築のときに余計な飾りはすべて取っ払ってしまった。そんなことよりも、さ、上がった上がった。みんな待ってるぞ」

「あ、はい」

背中を押され、佐藤は慌ててスニーカーを脱いだ。そのひょうしに、山道のぬかるみでついた泥がボロボロ落ちる。これはいけない。専務の顔色をうかがうが、別荘の主は意に介さず、笑顔でスリッパをならべていた。度量が大きい、さすが専務だ。

玄関からつづく、これまた広い廊下を進むと、目の前がさらに開けた。畳換算にして三十畳はあると思われるそこが応接間。さきほど専務が、余計なものは取り払ったと言ったとおり、茶褐色の絨毯《じゅうたん》が敷かれた地味な印象の空間だった。テーブルを挟んでシングルとダブルをむかい合わせたソファ、そんな応接セットが三つ、適当な間隔をおいて据えつけられているほかは、家具らしい家具もない。柔らかい陽光の差しこむ採光窓に、かろうじてゴシックの香りが残っていたが、それを意地でも壊そうとするかのように、窓枠に設置された換気扇が殺風景な音をたてて回っていた。

その味気ない応接間には、すでに到着の参加者が、思いおもいの格好で点在するソファに腰を沈めていた。

「よう、来たね。ご苦労さん」

そう言って声をかけたのは、一九〇はあろうかと思われる長身にスポーツ刈り、赤ら顔の巨漢。

「どうも、すみません、遅れてしまって」

「その大男は、営業本部長の上野。彼のことは知ってるんだよね」

言いながら、専務が厨房から缶ジュースを持って出てきた。二本のうち、一本を佐藤にくれた。

「はい。上野本部長様から、案内書を拝受いたしました」

佐藤は恭しく腰を折る。

「ほかは、佐藤くんには初対面の連中ばかりだな。紹介挨拶は昼食のときにでもと考えていたが、ついでだからやってしまおうか。そのほうが佐藤くんも落ち着くだろう」

顔を上むけジュースを飲みながら、専務は視線だけで佐藤を見て言った。

「そうそう。昼飯といったって、どうせコンビニで買ったものでしょ」

営業本部長が笑いながら厨房へ立つ。

「何だ、上野。思いきり飲むのなら邪魔がないほうがいいと言ったのは、お前じゃないか。だからわざわざ、賄いさんを呼ばなかったんだ」

専務は厨房に消えた大男をにらんだが、すぐに顔をもどすとソファのひとりを顎でしゃくった。

「じゃ、そこの端から」

うながされて、痩身の男がのっそりと立ち上がった。七三に分けられた真っ白な髪、深いしわを眉間にきざんだ乾いた顔。古い表現だが牛乳ビンの底のような分厚いレンズのメガネ。ちょっと近寄りがたい雰囲気を感じる。

「株式会社テクノ・マーベル・ブレインで、事業本部長をしている、江尻です。二日間よろしく」

　江尻は名のる前に、ご丁寧に社名を宣言した。派遣社員である佐藤に対し、お前とは立場が違うのだとでも言いたそうだ。

　この事業本部長、社内では首切り部長と恐れられている。業績不振の部門は躊躇なく整理し、また無気力な人材に対しても容赦なくリストラクチャリングを実施する冷血管理職。それがこの、難しい顔をした男の実態だった。

「よ、よろしくお願いします」

　佐藤の、しどろもどろの挨拶を、ろくに聞きもしないで江尻はふたたび腰を降ろした。入れ代わりに、今度は奥のソファに寝そべっていた男が立った。湘南の住人のように日焼けした肌、後ろで束ねた長髪は潮焼けなのか脱色されていた。どう見ても二十代、とても管理職には見えない。佐藤は少し安心した。どうやらこの男だけは、自分と同じ一般職のようだ。

「佐藤、裕一さんでしたよね。初めまして、企画本部長をやっている、秋山です」

　日焼けした男は、快活そうな笑顔で手を差しだした。

「は、はあ。どうも」

　企画本部長、この若さで？　そうか、思いだした。

　社の中枢である通信システム部門において、携帯電話の管理システムが、大きく改修されることなく既存の有線電話との一元化に成功したのは、昨年末のことだった。それは通信制御で使用されているC言語と料金管理のコボル、そしてオンライン部分で多用されるツール言語をすべて把握した上に、モバイルと有線電話のゲートウェイを熟知していなければ不可能な作業だった。それを、ほとんど独力による設計で実現した男がいたと、聞いたことがある。その男の名が、確か秋山。

「秋山企画本部長。光栄です。お噂は、かねがねうかがっております。まさか、お目にかかれるとは」

佐藤の体は、緊張ではなく今度は興奮で硬直した。同業者にとって、天才エンジニア秋山は、文字通りスター、まさに憧れの存在であった。

「どうも、どんな噂かは知りませんが。つまるところ、ぼくはただのシステムオタク、プログラムバカですから」

「滅相もない！　そんなことは」

「ちょっと、わたしはいつになったら自己紹介させてもらえるのかね」

最も左のソファにいた老人が、不快そうに佐藤の興奮を断ち切った。貧相に曲がった背中、しわとしみの多い黒ずんだ顔。頬のこけた顔はそのまま骸骨を連想させる。それを髪の少ない頭部が、ことさらに強調していた。

「常務取締役の、石井だ」

言いながら、老人はソファに座ったまま、つまらなそうに、こけたほっぺたを手でボリボリとかいた。

「これは失礼しました。佐藤裕一でございます。常務様、お初にお目に」

「おい、奥田。いつになったらメシを喰わせてくれるんだね。こっちは早いうちに起こされてしまって、朝食もまだなんだ。長いこと車に揺られて、その上こんな田舎まで連れてこられて」

石井常務から文句を言われ、専務は思いだしたように厨房を振り返った。

「ああ、さっそく用意をするよ。佐藤くん、手伝ってくれないか」

「はい」

「その前に、荷物をおいてこないとな。階段はこの奥だ、案内しよう。二階に、ひとり一室ずつ用意したから、夜は気がねなく休めるはずだ。部屋の広さはどれも同じだ。ここでは、みんな公平だからね」

「ありがとうございます、奥田専務」

専務の名が奥田であることを、佐藤はこのとき憶えた。

荷物をおくため、佐藤は二階へ案内された。

チーク材か何かで作られた階段は、ゆるやかなカーブを描いて上昇しながら、途中でくの字型に折れて階上へつづく。その階段と同様、階上もまたフロア全体が材木の使用を全面的に打ちだした作りをしていた。階下がロココ調を途中で壊し会議室風に作り替えられたとすると、二階のここは巨大なログハウスとでもいった雰囲気だった。

正式にはフロアリングと呼ぶらしいが、我が家のフローリングとは次元が違っていた。真っ直ぐに伸びた、広く長く黒い廊下には、板の継ぎ目などはなかった。その廊下をはさんだ両側には、丸太が胴体の半分を見せて壁を形作っている。ログハウスに見えたのは、この丸太のせいだった。そして壁の丸太を絶つようにして、やはり漆黒に塗られた大きな扉がある。左右それぞれに三つずつ見えるそれらは、一定の隔たりをもってむかい合っていた。

木材を多用して作られた家には、懐かしい匂いと温かさを感じるものではないだろうか。だがここには、ぬくもりなどなかった。代わりに、風が巻き起こっていた。突き当たりの奥でまわる大きな換気扇が、騒がしいプロペラ音が、この二階で強引な気流を発生させていたからだ。

「佐藤くんに使ってもらうのは、ここだ」

専務が指さしたのは、階段を上がってすぐの、むかって右側の扉だった。

「ありがとうございます。謹んで、使用させていただきます」

佐藤はいちど直立の姿勢をとったあと、体を二つ折りにして深々と頭を下げた。

「そう固くなるなよ。気疲れで倒れてしまうぞ」

「あ、ありがとうございます」

笑顔で肩をたたく専務に、佐藤は同じ言葉、同じ姿勢で返答した。

「ほかの連中の部屋も説明しておこう。間違えたりすると、怒る奴もいるからね。きみの部屋の前、一番手前の左側がわたしの部屋だ。そして、そのとなりが秋山」

「はい」

「そのむかい、つまりきみの部屋のとなりだね。そこに上野が寝ることになる。いびきが相当のものとの噂だから、もしかしたらきみの部屋まで響いてくるかも知れない。そのときは勘弁してくれ」

「だ、大丈夫です。自分は、寝つきが早いですから」

おそらくは冗談のつもりで言ったのだろうが、佐藤は硬い表情で了解した。

「で、一番奥の左が江尻、右が石井常務の部屋になる。いいかね、酔っぱらって部屋を間違えたりしないようにね」

「はい。それはもう、充分に気をつけますです」

佐藤は専務に一礼すると、自分にあてがわれた部屋のドアを恭しく開けた。

開けたとたん、風が室内にむかって流れだした。廊下の突き当たりでブンブン回っているものよりは小振りだが、換気扇が部屋の中でも稼働していたからだ。

「素敵なお部屋ですね」

ドアに鍵はついていなかった。廊下の壁と同様、室内も丸太材が多用されている。

「内装はほかの部屋も同じだ。二階は寝室に使用するから、くつろげるようにと趣向を凝らしたつもりだったんだが、あの換気扇は失敗だった。どうも立地条件のせいでね、部屋が湿気っぽくなってしまうんだ。それで停められないいんだよ」

佐藤が疑問を持つ前に、専務は言い訳のように説明した。こういう場所に別荘を所有するなど、薄給の人間には夢のまた夢だが、持てばそれなりに、また苦労もあるようだ。

3

「奥田、きょうは昼めし抜きなのか」

一階へもどるやいなや、常務がイヤミを言った。

「石井、そう急かすなよ。食い意地が張りやがって、かりにも常務だろう。まったく、お里が知れてしまうぞ」

「何だと」

「申しわけありません！　自分のせいでご迷惑をかけてしまって」

常務と専務の口論に、佐藤はとっさに割りこむ。そして、慌てて厨房に駆けこんでいった。

ロココだかゴシックだか知らないが、大仰な内装が、かつては施されてあったという応接間での食事は、極めて質素なものだった。

さきほどの挨拶で営業本部長が、昼飯はコンビニエンス・ストアで購入したものだと言ったが、佐藤は真に受けていなかった。まさか、こんな豪奢な邸での食事が、弁当などであるはずがない。かりに購入したことが事実だとしても、酒やお菓子などの嗜好品、間食類だろう。営業の人間は悪い冗談が好きだから。

応接間のとなりにある厨房では、手入れの行き届いたシテスムキッチンがステンレスを輝かせ、業務用の冷蔵庫が佐藤の背丈より高くそびえていた。壁にはフライパンが、五センチくらいの直径差を持っていくつも掛かっている。シンク横の包丁ボックスには、柳刃、出刃、薄刃に菜切り、中華包丁にペティ・ナイフが磨き上げられて揃っていた。コンロもグリルも豪快で、その辺のレストランと比べても遜色はないと思われた。

ここでなら、それなりの腕があれば、まずまずの料理ができるだろう。もしや奥田専務は、料理好きで相当な腕を持っているのではないか。今回、研修の場として自分の別荘を提供したのは、参加者に自慢の手料理を振る舞いたいという意図があるのではないか。

だが、専務が冷蔵庫から取りだしたのは、とんかつや、しょうが焼きの弁当。すでに調理済みの品ばかりだった。ほかに、いなりずしのパック、お茶やジュースの二リットル入りペットボトル。紛れもなくコンビニ弁当であった――。

「佐藤くん、そこのレンジで弁当を温めてくれないか。私は飲み物をテーブルにおいてくるから。メニューはとんかつとしょうが焼きしかないけど、好き嫌いは大丈夫かな。いなりずしは石井常務用だから、数がないんだ。あとはサンドイッチがあるけど、明日の朝食用だし」

「大丈夫です、好物です。とんかつも、しょうが焼きも」

「そうか。じゃ、頼む。あ、いなりずしをレンジにいれてはだめだよ」

そう言いおいて、奥田は両手にペットボトルと重ねた紙コップを持って厨房をでていった。

温め終わった弁当をトレーに乗せて応接間へ行くと、重役たちは全員が窓際の、換気扇にもっとも近いソファセットに集まっていた。三セットあるソファのうち、玄関側に据えられたものが大きさとしては一番だったのに、五人はまるで鳩のように肩を寄せ合った格好で、テーブルの紙コップにお茶やジュースをついでいた。

「佐藤くんも、ここで食べたらどうだい。おい上野、少し横へずれろ」

専務に言われて、大男の営業本部長は体をソファの隅にこすりつけるようにして、わきへずれてくれた。

「あ、いや。営業本部長、結構です。自分は、こちらのソファで食べますから」

「それはだめだ。きみは我々の一員なのだからね。来た早々、そんな仲間はずれのようなことは」

「いえ、本当に結構です。お気を使われては心苦しいですから」

「しかし」

食事をする場所など、どうでもいいことではないか。だが専務は、やや執拗ともとれる態度で、近くで換気扇が回る窮屈なソファに座ることを勧めた。だが佐藤も、それに負けないほど固辞した。重役たちに囲まれたなかで、上品に食事をする自信がなかったからだ。ジュースのはいった紙コップだけ押しいただくと、玄関側に近いソファセットへひとり座った。

弁当のラップを破ると、立ちのぼるとんかつの湯気。結構うまそうだった。

重役社員が一堂に会しての管理職研修は、昼食の小休止が終わるとすぐに開始された。


ソファとテーブルを移動させて、殺風景な応接間は会議室そのものに衣替えした。

初日の研修は、三時間ほどで終了した。内容は、各部門の予算の費消状況だとか、テレビ、新聞などへの宣伝費投入効果を検証するといったものばかりで、研修会というより予算報告会議の傾向が強かった。

佐藤は、もちろん顔にはださなかったけれども、少々がっかりした。

いつだったか、中間管理職の育成を専門に引き受ける人材育成企業を紹介したニュース番組を、テレビで見たことがあった。まず、部下にとって魅力ある上司とは、信頼されるべき管理職とはをテーマに、参加者が熱いディスカッションを行なう。そして、それを理想論でなく、実践するために人格改革をするのである。それは二人一組でむかいあって立ち、互いの欠点を怒鳴り、これでもかとヒステリックに罵倒し合うのである。こうすることで現代人の持つ無根拠な自尊心を剥奪し、新たな実行力や行動力を養う際に障害となる羞恥心を消し去るのだという話であった。

企業のための捨身が最終目的であるこれは、おそらく大衆の目からは狂信的に映り、滑稽ですらあることだろう。社会人として温厚な部類に属し、争いとは無縁な生活を営んできた佐藤にとっても、このような研修という名の修行は、進んでやりたいと思うものではない。だが今回、研修旅行の案内書を受け取った瞬間に、彼は覚悟を決めていたのだった。

そんな、意気揚々としての参加だっただけに、この予算報告会議には拍子抜けしてしまった。伊豆の山奥まできて、専務の個人別荘を利用して、企業の要人が極秘にこれだけ集まって、予算会議とは。

だが、佐藤裕一はすぐに思いなおした。契約社員である自分は、この会社はもちろん、人材登録をしている派遣会社の研修などにも参加した経験がない。仕事だけの繋がりである派遣社員が、出向先の研修旅行に随行する資格はないし、また派遣会社の研修などに出席しても無意味だからである。つまり佐藤自身、研修旅行がどういうものであるのかを、まったく知らないのだ。したがって、ここの管理職研修の実態がどうであれ、佐藤が文句をつける筋合いは露ほどもないのであった。

4

人材派遣会社は、専門職の人間を必要とする企業と、仕事を探している技能者との間に立って、業務案件と人材を流通させるための仲介業として存在している。

最近では、工場内作業や事務職のような一般業務を専門に扱う派遣会社も増えてきているが、設立背景としては外国語通訳や和文タイプのキーパンチャーなどの、特殊技能者を必要とする企業に人材を円滑に斡旋する目的が強かった。

正社員にはならず、派遣会社と契約して就労をつづける労働側の理由として、情報処理業に限って言えば、さまざまな仕事につくことでスキルアップが望めるというのが最も多い。収入金額に魅力があるからという者もいるが、これはふつうの正社員にボーナスや退職金があるのに対し、ニーズがなくなったらお払い箱となるリスクを考えると、契約社員の収入が高額とは単純に言えない。

契約締結までのプロセスとして、就労希望者が派遣会社を訪れて人材登録をする。登録完了後、会社側は人材の職能と希望に添った業務案件を探し、紹介する。そこで業務内容と収入に納得が行くようであれば、すぐに派遣先を訪問し面接という段取りになる。その結果、先方からOKの返事がでれば晴れて雇用契約が締結。

したがって、佐藤のような立場にある人間は、派遣会社とは仕事を探してもらうまでの付き合いしかなく、仕事が決まれば雇用契約書という紙面での繋がりのみとなる。あとは契約期間満了まで、両者が顔を合わせることは、まずない。

そうはいっても情報処理業の場合、契約書に記された期間まで平穏無事に勤めあげ、円満に引き揚げることは、あまりない。これは契約内容と現場実務に相違が生じるためのトラブルが原因で、派遣会社の紹介した業務内容が、いざ出社してみると、まったく話が違っていたという理由に依るケースがほとんどを占めている。

それは佐藤自身も例外ではなかった。彼もまた、前に出向していた派遣場所では、ひどい目にあっていた。損害保険会社関係の、調布から徒歩で十五分ほどのところにある事務センターだったのだが、勤務期間一年で契約していたにもかかわらず、佐藤は一カ月足らずで逃げだした。

仕事を見つけてきた営業の人間と二人、連れだって調布センターへ面接に訪れた二年前。その当時に登録していた派遣会社の営業担当は、事務や秘書の派遣を専門としていたため、情報処理関係にはまるで疎かった。

コンピューターのことは知らない、でも仕事は紹介するから、勤務内容については自分で判断してくれ——。いまにして思えば、ずいぶんいい加減な派遣会社だったと頭に血が上るが、そのときは、経済的事情もあって仕事を見つけることが先決であった。また佐藤自身も、この業界の勝手を知ったつもりになっていた。だから面接で二つ三つ質問を投げれば、先方での仕事内容など、把握するのは造作ないと思っていたのだ。

しかし佐藤が思っているほど、情報処理業界は、まともではなかった。

通勤をはじめて一週間ほどたったころ、佐藤は直属のシステム主任から、損害保険の顧客管理システムに対する改修要件を渡された。すぐに作業を開始。対象となるプログラムを本番システムからダウンロードし、抽出。ロジック変更を書面に起こして変更仕様書を作成。それを現行のプログラムソースに添付して、依頼を受けた主任に提出したのだ。

そこでびっくり。佐藤は前代未聞のカルチャーショックに叩きのめされることとなった。

そのときシステム主任、自分より三つ年下の男が吐いた言葉を、佐藤はいまでも忘れていない。

「こんなもの、いちいち書かなくていいよ。そんな暇があったら、さっさとプログラム直しちゃってよ」

バカな。改修仕様書がなかったら、今回の改定で、どのプログラムがどのように変更されたかが、まるでわからなくなるではないか。

「そんなの、作業した佐藤さんが覚えていればいいことでしょ」

それでは、自分が実施した作業を、別の人間が別の要件で引き継ぐ際、プログラムが初期設計書と違っていることで混乱する畏れが生じる。

「そんなの、プログラムを最初から調べればいいことでしょ。それに、そういう仕事は全部、佐藤さんにやってもらうつもりだし」

では、ここのシステムはいずれ、このオフィスでは自分以外、誰も知らないブラックボックスになってしまう。

「知るも知らないも。だってここにいる人間で、プログラムのことがわかる奴なんて、ひとりしかいないですよ」

え！

「そう。そのひとりも、佐藤さんと入れ代わりに入院しちゃったし、偏頭痛が治らないとかで。だから、こんな書類とかプログラムとかを見せられても、困っちゃうんだよね。と言うか、迷惑」

待ってくれ、ここはシステム課だろう。それにここには、二十人もの人間がデスクをならべて働いているじゃないか。

「みんな、見よう見まねでやっているんですよ。変更要件がきたら、偏頭痛野郎が前に作ったプログラムを参考にして、ここをこうしたら直せるだろうと当たりをつけてね」

そんな、いい加減すぎる。ここは保険会社なのだろう。携わっているのは、金銭の入出を管理するためのシステムではないのか。

「いままでこの方法でやってきたんですよ。これまで表面化した問題もなかったしね。それに変更といっても、料率とか上限金額を変えるだけだったから。でも、これからはそうはいかない。ほら、不況で保険会社も潰れはじめているでしょ。それでうちは、対策をこうじるために合併することになった。そのために、自動車保険を除いた損害保険種を、合併先の保険会社のシステムと統合することになってね。でも先方は、自動車保険を扱っていないので、ちょっと面倒なことになってしまった。もちろん、こういう大変な作業はおれたちには無理。だからあんたを雇ったんだ、佐藤さんが頼りなんです。ま、ひとつ頑張ってくださいよ。くれぐれも、偏頭痛なんかで入院しないように、ね」

保険種の統合にかかわる改修作業は、言うまでもなく難航した。佐藤裕一は、それでも二週間、徹夜残業に耐えて頑張った。

膨大なステップ数の顧客管理プログラムは、いたるところでコーディング規約を無視、構造化理論を逸脱する無神経な書き換えがなされており、ロジックを追えば追うほど表面化せずに逃げおおせているバグが際限なく見つかった。そのたびに、バグ取り作業で本来の仕事が棚上げとなる。

解りもしないのに、プログラムを勝手にいじっては仕事をしたつもりになって、それを今日までくり返してきた輩ども。名刺には、シニア・プログラマーとか、アーキテクチャ・エンジニアなどと、嘘っぱちなカタカナばかりが鼻たかだかにならんでいる。そんな手合いが、誰もかれもが技術者気取りでオフィスを闊歩していた。

まるでままごとだ。いや、もしかしたら、ここは病院なのではないか。自分は、情報処理技術者としてではなく、狂人たちのお守りとして派遣されたのではないだろうか。

お守り。それだけならいい。だが、これはどうしたらいい。苦しみ、もがきのたうつプログラムの山。阿呆どもから体中を狂ったメスで切り刻まれ、その生命は風前の灯でありながら、最後の力をふりしぼって本分をまっとうしようとあがくロジックソースの姿を前に、佐藤は陰惨と憐憫《れんびん》に震えながらも為す術を持たない。

佐藤裕一は、偏頭痛を理由に会社を休んだ。

そして、そのまま派遣会社に引き揚げを申しでた。初めて出社拒否をした日、自宅の電話は朝から鳴りっぱなしだった。居留守を決めこんで布団にもぐったものの、伝言メッセージを三十四件も入れられたのには閉口した。内容はすべて「お前が休んだおかげで会社は大騒ぎになっている。とにかく連絡しろ、責任を取れ」をくり返すばかりのものであった。

自分ひとりが、一日休んだだけで大騒ぎだと？　ふざけるな！　おれは契約社員だ。未来永劫に渡っていつづけるとでも思っているのか。お前たちが定年を迎え、料率の下がった年金にすがって、老後の時間を無為に潰すようになっても、おれにはガタガタの顧客管理システムのお守りをしていろというのか。

佐藤は絶叫したかった。キッチンの包丁を手に、自分をこんな目にあわせた連中の家へ押しかけ、片っ端から突き刺してやりたい衝動にかられた。損保会社の主任を、よってたかってシステムを破壊したインチキ・プログラマーたちを、そしてこんな仕事を紹介した派遣会社の無能な営業担当を。

それでも佐藤は幸運だった。結果として、この案件から引き揚げることができたのだから。

とはいえ業務を放棄したせいで、契約不履行となり給与は支払われなかった。だが佐藤は甘んじてそれを受け、異議を申し立てることもしなかった。あの異常な職場から逃げおおせたのだ、それだけで満足だった。

それでも、やはり精神的なダメージは大きかった。再就職活動の意欲が起こるまで、三カ月かかったと日記には残っている。トラウマというのか、つぎの会社で紹介された職場も、同じようなところだったらという恐怖が、履歴書を内ポケットにいれた佐藤にいつも寄り添っていた。

そんな心持ちのなか、いまの派遣会社から紹介されたのが、このテクノ・マーベル・ブレインだった。

ここで働くようになって、佐藤裕一の出向恐怖症とでもいうべき不安感は、完全に回復した。ここではすべての業務が論理的に進められ、論議され、決定された。そして社員たちは、いずれも技術者の名に恥じぬ第一線級のエリートばかりであった。

佐藤は、同社で働くことのできる自分を、幸運な男と自認していた。やがて、この仕事場を失いたくないと考えるようになる。そして、人間関係のこじれを最も警戒するようになっていった。結果、オフィスにおいては仕事の話以外しないようになった。私語は極力慎むことを自分に課し、これを遵守したのだ。

彼がもっとも嫌うのは、契約社員同士で私的会話を交わすことだ。外部の者が同胞意識で固まっているとの誤解も招き、正社員から見て気持ちのいいものではないはず。そして契約の人間が、正社員となれなれしく話すこと。親しさが度を越して、分別を見失ってしまう畏《おそ》れがある。それらを佐藤裕一は、神経質なまでに忌避していた。

雇い主の企業と、技術者である契約社員を仲介する人材派遣会社が、本来あるべき姿のマンパワー・バンクから、手配師的な位置へシフトダウンをはじめたのは、バブルが崩壊した一九九三年あたりのころからと思われる。それ以降、情報処理業界に従事する人間のなかには、佐藤裕一のような悲惨な目に遭う契約社員、派遣社員の事例が増加を見せている。

労働者側の自衛方法としては、雇用契約書に業務内容の詳細を記述してもらい、現場での仕事が契約書と異なる場合は業務破棄の容認を追記してもらうなどが考えられるが、現在の不況を考えるとなかなか難しいのではあるまいか。

失業率が年々ひどくなる状況下で、派遣会社の営業担当も、仕事を探すのは容易ではない。プログラマー、SEワーク希望者が人材登録をしてから、仕事の紹介があるまで早くて十日、個人スキルによっては一カ月以上も待たされることになる。その間、収入の道は断たれ、ジリ貧生活を余儀なくされる。食いつなぎにアルバイトをしようとしても、求人情報誌でよく見る書籍の梱包や、電子機器の検査作業などが、果たして自分にこなせるのか自信が持てない。だからといってビルの清掃やホテルの皿洗いという短時間労働では、どう頑張ってもひと月の生活費には足らないのである。

そんな煩悶《はんもん》の日々を過ごすうち、やっと派遣会社から電話がかかってくる。人材を欲している企業がある、先方は何日に面接を希望しているが都合はどうかと打診される。もちろん快諾。面接日、久方ぶりにネクタイを巻きつけ、しばらく袖を通していなかったスーツをひるがえし、磨き上げたエナメル靴でいそいそと待ち合わせた駅の改札口へ。面接先の企業に到着すれば、少しでも印象をよくしようと、いい歳をした大人が、先方の課長を前に会社訪問の新人よろしく直立不動で挨拶する。

そうして、やっと決まった派遣先。だが悲しいことに、そこでの担当業務が、当初の話と違っていた。環境の整った上でのシステム設計だと聞いていたのが、前任者がノイローゼで投げだしてしまったための、尻拭い作業というのが実態。しかも着任時点でスケジュールは大幅に遅れていて、徹夜残業、休日出勤で当たってもこなせるかどうかわからない。派遣先の課長は、高い金で契約したのだから絶対やり遂げろと、面接時とは別人の顔で有無を言わせない。

冗談ではないと文句を言おうにも、出向先の企業に矛先をむけるのは筋が違う。だからといって、派遣会社に直訴してもなかなか埒があかないのだ。会社が人身売買まがいの悪徳商売をしているなら、ガキじゃないんだから文句を言わずに働けとスゴまれるのが関の山。良心的なところでも、引き揚げの段取りをしてくれるのがせいぜいだ。

だが、派遣会社が悪徳であれ良心的であれ、話が違うからと言って引き揚げるには、少なからず勇気がいる。ここを辞めたあと、次の仕事を紹介してもらうまで、一体どのくらい待たねばならないのだろう。特に佐藤のような、社会人になるのが出遅れた人間は――。

電話が鳴るのを心待ちにしながら、近所の目を気にしつつ、倹約のためごろごろして暇を持て余す毎日が、またはじまるのだ。

残業に休日出勤のハードな日々、仕事だけの繋がりしかない職場の人間関係。それでも頑張れば、やってやれないことはない。それに、働いた分の収入は確実に得られるのだから――。

もちろん企業に出向している派遣社員が、みなこのような悲惨の待遇のなかで業務に従事している訳ではない。しかし佐藤裕一ほど極端なケースは希有だとしても、理不尽な業務を一方的に押しつけられたり、職場で露骨によそ者として扱われ疎外感に耐えて働くことを強いられる者がいること、これは事実なのである。

そのような現状にあって、いまの佐藤は幸運であった。ここで働いているために、いつしか自分自身で問題を解決したり、判断することを忘れてしまったとしても、居心地のいい仕事場に変わりはないのである。この会社にいるのは、エリートばかりなのだ。自分は決定事項を、黙って遂行していればいい。自分がイエスマンでいることに、何の問題があるものか。

佐藤の人生にとっても、何も問題はなかった。

常務

1

夕食後、ちょっとしたトラブルがあった。

研修という名目の会議が終了したあと、佐藤は迅速に夕食の支度にとりかかった。支度といっても、昼食のときと同様、厨房の巨大な冷蔵庫から、コンビニエンス・ストアで専務がまとめ買いした弁当をだして電子レンジに入れるだけのことだ。

昼食との違いは、飲料がお茶やジュースのペットボトルから、すべてビール瓶に切り替わったことである。ビールは大量にあった。巨大な冷蔵庫をほぼ満杯にして、大瓶たちが埋めつくしていた。

「やっぱりね、瓶でないとね」

奥田は西洋人のようにウィンクをして見せると、弁当を温めている佐藤の横を、片手に二本ずつぶら下げてビールを運びはじめた。

弁当の食事は貧相であるものの、つまみはそこそこ、ビールはおよそ無尽蔵。それがこの夜の食卓であった。

応接間の雰囲気は和んでいた。佐藤も、最初こそチョコマカ動いて各人のグラスを満たして回ったが、すぐに奥田専務と秋山企画本部長に捕まり、かけつけ三杯、四杯、五杯と矢継ぎ早にコップを空けさせられた。別荘の玄関で専務の顔を見てから、粗相のないようにと緊張しっぱなしだったが、ビールに助けられてやっと、打ち解けはじめていた。

「へえ。佐藤さんは、ぼくより五つ年下なんですか」

別荘の初訪問者がまだ二十代と知って、秋山は驚いていた。佐藤もまた、この若き企画本部長が三十三である事に驚嘆する。

「二十八になります。どうも、顔ばかり年を食ってしまったような始末でして」

「失礼ですが、ご結婚は?」

「小学生の子どもが、ひとりおります」

「早いうちにお父さんになったんですね。いいなあ。ぼくも家庭を持ちたいんですが、どうも見た目の派手さが災いして、まともな女性にめぐり逢えなくて。そうかと言って、会社で見つけたくとも社内恋愛は御法度だと、専務にしっかりと釘を刺されてしまったし」

流し目のような視線で、秋山は奥田を恨めしげに見た。

「何を言っている。真剣に結婚を考えるのなら、我が社の女子社員と付き合っても、誰も文句は言わんよ。お前にしたって、いつまでもお姉さんが世話をやいてくれるわけではないだろうしな。行きおくれたら、お姉さんが気の毒だ。だが、お前が女性に対して真剣なところを、見たためしがない。新規プロジェクトのプレゼンを立てつづけにものにしたのは結構だが、同じ調子でうちの女子社員を立てつづけにものにされては困るから。な、ドンファン」

「ドンファンて。またそんな死語を、歳がばれますよ専務」

「構わんね。これでも石井より三つ下だ」

「では、専務も三年後には喜寿ですね」

「この野郎！　そんなに上司を年寄り扱いしたいのか。それに、喜寿ってのは七十七だ。お前が言いたいのは、七十の古稀のほうだろう」

「そうでしたっけ。一般常識の知識不足が露見してしまったかな。けど常務も専務も、喜寿になったって会社に居すわるだろうから、まあどうでもいいや」

　そう言って秋山は真っ白な歯を見せた。日焼けの顔と対象的な、健康的で屈託のない笑顔だった。自分との会話が、いつの間にか専務と交代していたが、佐藤は黙って二人の談笑を聞いていた。

　ふと見ると、ひとつむこうのソファで、冷血管理職の事業本部長、江尻がビールをちびりちびりやっていた。この世の苦悩を自分ひとりで背負っているかのような、眉間に深いしわの刻まれた辛気臭い顔。分厚いメガネに隠れて見えない表情とは裏腹に、今度はどの社員のクビを切ってやろうかと思いをめぐらせているのではあるまいか。そんなことを悪意的に考えてしまうほど、周囲を不快にさせる顔を、江尻は持っていた。

もうひとつの玄関側に位置するソファでは、常務の石井と営業本部長の上野が、地下の部屋から見つけてきたという将棋盤を使い、白熱戦を展開している最中であった。

そんな光景を眺めながら、佐藤は心地よい気分に浸っていた。次第に自分も、彼らと同様、重役幹部になったような気がしてくる。昼前に到着してから緊張の連続だったが、ここへきてやっと、くつろぐことができた。

トラブルは、そのときに起こった。

「王手。これで詰みですな」

テーブルにおいた将棋盤をはさんで、しばらくにらみ合っていた二人のうち、上野が胴間声で勝利を宣言した。それまでテーブルに傾けていた窮屈な図体を起こすと、ソファに座ったまま思いきり背伸びをする。

「勝った勝った、勝ちました。いやぁ、疲れちゃった。ほろ酔い将棋はいけませんなあ、つまらないミスがつづいてしまって。本来なら、ものの二、三分で片づくものを、思わぬ長期戦を強いられた」

「詰みか」

「はい、詰みです」

「すると、もう勝負はついたのか」

「はい、常務の負けです」

上野は笑うと、空のグラスを持って立ち上がろうとした。そのとき、テーブルの盤面をにらんでいた常務の石井が顔を上げ、おかしなことを訊いた。

「おい上野。詰みとは、何だ」

上野は笑いで崩れた顔のまま、中心にある口をあんぐりと開けた。

「はあ？　と、言いますと」

「だから、どういうことだ」

常務はなおも訊く。上野の巨体を見上げたその顔は、妙に意地悪げだった。

「常務は、将棋のルールをご存じないので？」

上野は、常務を見下ろしたまま、笑顔を嘲笑に変える。

「もちろん、知っとるさ」

「でしたら」

「その上で訊いとるんだ」

上野は混乱しているようだった。しばし沈黙したあとで、仕方なさそうに説明をはじめる。

「自分の飛車が、石井常務の駒に王手をかけたわけですよ。ですから常務は、王を逃がさないと負けになります。ですが見ての通り、ここに角と、こっちは桂馬がきいているので動けません。逃げ道はありませんよね。つまり、これが詰みです」

酔って赤くなった顔で、上野は不快そうに言う。喋りながら口を尖らせる様は、図体に似合わず、ひどく子どもじみていた。

「おわかりになりましたか、常務」

「ああ、説明はわかった」

「そうですか、よかった。さて、風呂でもはいるかな。悪酔いした」

上野は頭をバリバリかきながら、興ざめの態度で場を去ろうとする。しかし、それを石井がとめた。

「待てよ上野。勝負は終わっとらんじゃないか。それとも、負け逃げか」

「何ですって」

足をとめ振り返った上野の顔色が変わった。石井を見すえた眼球が充血している。とても上司を見る目ではなかった。

「負け逃げ？　いつ負けました、誰が逃げました？」

ドスドスと床を踏みしだき、上野は将棋盤の前にもどると、盤上の駒をにらみつけた。

「勝負は、ついていますよ」

「いいや、まだだね」

「常務の負けです」

「いいや」

老いた背中を丸めたまま、石井常務は組んだ両手の上に顎を乗せ、意地悪そうにニヤニヤ笑っている。

「それは、どういう意味です」

「終わってないね」

「ですから、それは」

「まだ、盤にはこっちの王将が乗ったままじゃないか。勝負は、お前がこちらの王を取るまで、着かんだろうが」

上野は、呆れたように天を仰いだ。

「ああそうですか、わかりました。では勝負をつづけましょうか。常務、あなたの番です。つぎの一手をお願いしますよ」

不愉快そうに空のグラスをテーブルにおくと、上野はソファに座り直した。巨体がふたたび沈みこむ。常務は筋ばかりの細い手を伸ばすと、未だ手つかずだった香車を、一マスだけ進めた。その無意味な所作に上野は、やれやれといった顔をし、鼻で笑った。

「では、今度はこちらの番です。よろしいですか」

老人に言い聞かせるように、少し大きめの声で言いながら、上野は飛車を進ませ、相手の王将に乗せた。重なった飛車と王将をつまみ上げる。

「おい、待て」

石井がその手を制した。上野は開いた口がふさがらない。

「何ですか常務。いまになって、待ったですか」

「上野。お前は、何をしようとしている」

「はあ？　何って、常務の王を取ったんですよ」

「ほう。王を、取るのか。わたしの」

「当然でしょう。だって」

つづけようとして、巨漢の営業本部長は言葉を呑みこんだ。テーブルのむこうで石井が、凄まじい眼光でこちらを射抜いていたからだ。

「なるほど。本部長ふぜいのお前が、常務であるわたしの、王を取るのか。このわたしを、お前ごときが負かすというのか。ほお、すっかり偉くなったものだ」

上野の一九〇におよぶ全身から、見るみる血の気が失せていく。それは離れて見ていた佐藤の目にも、明らかだった。

「上野、嬉しいか。こんなところで年寄り相手に、将棋で勝ったくらいで、そんなに有頂天になれるのか。そうやって得意になるのが、楽しいか」

「いえ、あの、別に、そう言うわけでは」

「喜んでいたじゃないか。貧乏な家の子どもが、仕事にあぶれた親から土産を買ってきてもらったみたいに、下卑た顔で喜んでいたぞ」

上野は答えなかった。石井からあからさまな侮辱的中傷を浴びても、表情を変えない。血の気の引いた顔からは、ただ汗が吹きだしていた。

「そんな調子で顧客と将棋をしても、ゴルフをしても、場の雰囲気も構わず、勝った勝ったと喜んでひとりハシャギまわっているのか。先週、＊＊精機の社長とゴルフをしたときに、言われたぞ。お前とは二度と、やりたくないとな。わけを訊いたら上野、お前はゲームに勝つことに執着するあまり、相当なマナー違反をやるそうだな。接待ゴルフだろうが麻雀だろうが。

なあ上野。いま将棋をしていた相手が、わたしじゃなくて、契約を控えた取引相手だったら、お前どうするんだ。それでも、コテンパンにやっつけて、自慢するのか」

「すみません」

絞りだすような声は、上野の体から出たとは思えないほど枯れていた。

「お前みたいな男が本部長職にあるのは、問題かも知れんな。そんなに子どもでは、下で働く者が大変だ。そう思わないか、上野」

石井常務は、深々と腰掛けていたソファから大儀そうに立ち上がると、つまらなそうに窓を見た。そとでは、鬱蒼とした森が闇を形成しているだけだ。

「なあ上野。うちの会社なんか辞めてしまったらどうだ。仕事なんかせずに、一生、将棋やゴルフをやって暮らせ。それで、相手を負かして得意がっていたらいい。そうしろ」

上野の惨めさは、とても見ていられなかった。

佐藤はおろおろしながら、秋山や奥田の顔色をうかがう。だが企画本部長も専務も、哀れな営業本部長に降りかかった悲劇を、対岸の火事よろしく傍観しているだけだった。

「失礼します」

営業本部長も立ち上がると、顔からしたたる汗もそのままに、応接間をでて行こうとする。

「待て」

石井常務が呼びとめた。

「上野、王手じゃないのか？　お前はまだ、こっちの王将を取っておらんぞ。取れよ、ほら、取れ！」

叫んだつぎの瞬間、常務は目の前の将棋盤を、相手の巨大な背中めがけて投げつけた。老人の非力は命中させるに叶わなかったが、それでも盤面の駒はショットガンのように床へ散乱した。

「上野、お前の取りたい王将が、その辺に転がっているぞ。捜して取るがいい。床を這ってな。お前の好きな王だ」

射るような視線で相手をにらみすえていた石井が、声を上げて笑いだした。営業本部長は振り返ることなく唇を噛みしめ、じっと耐えている。その横顔に佐藤は戦慄した。

突然、上野が噴出したように走りだした。ドタドタと間抜けな音をたて、怒張した顔で応接間をでていってしまった。

ことの顛末を、何もできずに見守っていた佐藤の横で、奥田が、ぽつんと呟いた。

「佐藤くん。どうやらきみの肩書は、係長ではなく、営業本部長かも知れないな」

「え」

そうか、そうなのか。さっきまでの恐怖と戦慄が吹き飛んだ。代わりに佐藤裕一の全身を、かつて経験したことのない興奮と歓喜が突き抜けていく。

2

石井常務と、いまのところ営業本部長である上野が起こした将棋事件のせいで、応接間での酒宴はお開きとなった。

床に敷きつめられた絨毯が茶褐色だったために、散乱した将棋の駒を捜すのには少々手間取った。退場した上野の代わりに、這いずり回って王将を捜すはめになった佐藤と秋山企画本部長を尻目に、石井常務は眠くなったと言い捨て二階へ上がってしまった。

奥田専務もビールの空き瓶を片づけたあと、空になったスナック菓子などの袋を持っていちど二階へ消えた。これは応接間にダストボックスが設置されていないためで、ゴミがでると、そのたびに宿泊用の各部屋まで行き、備えつけのゴミ箱に捨てなければならないからであった。

応接間はもちろんのこと、一階に余計なものは極力おかない。それがオーナーである専務のポリシーらしかった。そのため昼食や夕食にでた弁当の容器やラップなども、食べた者が各人の部屋のゴミ箱に、わざわざ捨てに上がったのである。厨房に一台ダストボックスが設置されてあったので、不用意にも佐藤は昼食のゴミを捨てようとして、そこは生ゴミ用だからと専務に注意を受けてしまった。赤面しながら謝罪したが、それにしてもゴミ箱を余計な物とする認識にはわずかに違和感を持った。だが、ほかの重役たちがみな、年長の石井を含めて自分のだしたゴミを自室まで持って行っているのを見て、黙ってしたがうことにした。これが次期部長候補である佐藤が、手始めに学ぶべき企業のルールなのかも知れなかった。

応接間が片づき、将棋の駒がすべて発見されるまでの間、事業本部長の江尻は終始、仏頂面でひとりビールを飲んでいた。思えば、石井が上野を罵倒していたときも、この男は驚いた素振りも見せることなく、眉間のしわを消すこともしなかった。人間同士のささいなトラブルより重大な、途方もない悩みでも抱えているようであった。

「さて、手が空いたところで。どうです佐藤さん、酔い冷ましに、少し散歩でもしませんか」

テーブルを拭き終えた秋山が、人懐こそうな声で誘ってきた。

「はあ」

「行きましょうよ。佐藤さんに結婚の心得とか、倦怠期を乗り切る方法とか、いろいろ聞きたいんですよ」

「そんな。果たしてうちが、うまく行ってる部類にはいるのかどうかも」

「あなたの顔を見れば、円満だってことはわかりますよ。さあ」

なかば強引にうながされて、佐藤は秋山と玄関へむかった。通りすがりに厨房を覗くと、奥田がまだ洗い物をしている。二十本近くあるビールの空き瓶を、一本ずつ洗っているのだった。

「すみません専務、お手伝いします」

佐藤も厨房にはいろうとしたが、エプロン姿の奥田はそれを制止した。

「気にしないでくれ。これはわたしの性分の問題だから」

そう言って、ゴム手袋をはめた手を振って見せる。オレンジ地にひまわり模様をあしらったエプロンは、年季がはいっていくぶん色あせていた。

「さ、ここは専務に任せて、ぼくたちは気分を変えにでてきましょう」

秋山にせき立てられて、玄関口へ背中を押される。見ると、到着時には脱ぎっぱなしだった自分の靴が、いつの間にか綺麗にならべてあった。これも専務の心配りなのだろうか、佐藤は恐縮した。

叫び声が聞こえたのは、そんな佐藤が靴に片足を突っこんだ直後だった。

「何だろう、いまの声は」

秋山が蒼ざめた顔で訊く。佐藤はわけがわからず、ただ首を傾げるだけだ。

「秋山くん来てくれ！　あれは常務の声だ」

専務がゴム手袋をはずしながら厨房から怒鳴った。

「はい！」

秋山は踵を返し走りだした。佐藤も履きかけの靴を脱ぎ飛ばして追う。そのあとに、エプロン姿の奥田がつづいた。

応接間を通り、トイレと浴場のドアを抜け、くの字型に折れた階段にたどり着く。三人揃って駆け上がり、一階とは別景色のログハウス風の二階へ上がった。

「専務！　石井常務の部屋は」

「左だ！　一番奥の部屋の」

秋山は目標を定めると、長い廊下を奥までいっきに駆け抜け、大きな換気扇が能天気な音をたてる突き当たりの手前、左側にあるドアの前で立ち止まった。すぐに追いついてきた奥田と佐藤の顔を交互にうかがいながら、意を決したようにうなずき、ドアのノブをつかんで思いきり開け放つ。

換気扇は、部屋のなかでも回っていた。そのせいか、さほど臭いは鼻につかなかった。佐藤は不用意にも、秋山の後ろから顔をだして見てしまった。それが原因で、彼は年甲斐もなく悲鳴を上げることになった。

室内の作りは、佐藤に割り当てられた部屋と大して変わらなかった。はいってすぐ横にベッド、そのむこうにテーブル。壁際に背の高い本棚、横にならんだ大きめのゴミ箱、そして窓際には換気扇。違っていたのは、その部屋の宿泊者であるべき人物が、フローリングの床に突っ伏して微動だにしないことだった。

「石井。おい、石井」

奥田専務が部屋のそとから声をかける。しかし返事はなかった。

備えつけのバスローブを、羽織るように肩にかけた体は、入浴を済ませたのか裸らしく、まくれ上がった裾から二本の細い足がニョッキリと、足の裏をこちらへ見せて放りだしてあった。

「死んでいる」

窓際をむいた頭部は、ザックリと割れていた。そこから溢れでた赤黒いものが、フローリングに水たまりを作っている。秋山企画本部長の呟いたとおり、相手はバスローブを羽織っただけの薄寒い格好で、水たまりに顔を突っこんで、死んでいた。

「信じられん。わたしの別荘で、まさか石井が」

突然の異常事態に、奥田専務は平静を取りもどそうとしているのか、両手で自分の顔をこすりはじめる。秋山は石井常務の死を宣言しておきながら、確認をためらっているのか、いっこうに部屋へ足を踏み入れようとしなかった。

「佐藤くん。あれは、何だろう」

専務が押しつぶすような声で訊いた。指さす死体の足元に、袋のようなものが落ちていた。佐藤は震えていたが、奥田に何だろうと訊かれたとたん、不思議なことにすくんでいた足が勝手に動きだした。専務の忠実な部下になろう、下僕であろうとする覚悟が、彼を突き動かしているらしい。

「すみません企画本部長、どいていただけますか」

ドア口で立ちすくんだまま、硬直したように動かない秋山をわきへ押しやると、佐藤は床に突っ伏す死体へ近づいていった。足元で身をかがめ、袋のようなそれを手に取る。小物入れのようにも見えたが、それにしては縦に長かった。

「ああ、それはシースだ。その辺に、ナイフも落ちているはずだ」

「ナイフ、ですか」

専務の言葉に、ドアわきに追いやられていた秋山が、我に返ったように聞き返した。

「ああ。社長が、趣味でナイフ作りをやっていて、以前お宅にうかがった際に拝領したものだ。鹿の皮を使った本格的なシース（入れ物）で、なかにインディアンナイフが納められていたんだ」

「インディアン？　ネイティブ・アメリカンのことですね。先住民族」

「専務！　ありましたよ。これですね」

佐藤がすっとんきょうな声を上げた。ひとり部屋のなかを歩きまわって、うつ伏せた死体の、左手付近に転がっていたナイフを見つけたのだ。それをつかむと、勝ち誇ったように専務に突きだして見せる。刃から柄にかけて、血のりがべっとりついていた。

「バカ！　触るんじゃない。犯人の指紋が消えるだろう」

「あ、すみません」

慌ててナイフをもとの位置にもどした。バカと怒鳴られて、佐藤は意気消沈する。

「そのナイフで、石井常務は殺されたのでしょうね」

「間違いないだろうな。何度も突いて、アイスピックで氷を砕くように」

秋山の質問に答えてから、奥田は脱力したように壁へもたれた。顔をこすっていた手を、片方はひたいに当て、もう片方で心臓を押さえている。自分の別荘で、同僚であり友人の石井常務が殺され、しかも犯行に使われたのが、社長から贈られたナイフだったのだ。突然の凶事に、企業戦略では百戦錬磨を極めた専務も途方に暮れているようだった。

「あのナイフは、本来はどこにあったのですか」

ひとり、部屋で立ちつくしている佐藤の右手を見つめながら、ドア口で秋山がふたたび訊ねる。

「確か、上野が泊まっている部屋だと思ったが」

「営業本部長の部屋、どこですか」

奥田が、廊下を隔てたはすむかいのドアを指し示したのに呼応して、秋山は背をむけた。その行動を見て、佐藤もおずおずと部屋をでていく。

「あの、専務。申し訳ありませんでした」

「ん？　何がだ」

深々と下げている佐藤の頭を、奥田は蒼ざめた顔色で怪訝そうに見る。

「ナイフを、その、犯行に使用したものに触れてしまって」

「ああ」

佐藤裕一の場違いな謝罪は、奥田の苦笑を誘っていた。だが失敗したらすぐに謝る、それは悪いことではない。どんな状況であれ、彼は基本に忠実であった。

「本部長、上野本部長、いらっしゃいませんか」

はすむかいのドアを、秋山が激しく叩いている。しかし奥から返事はない。秋山は面倒だという顔でドアを開ける。鍵はないからすぐに開いた。秋山は首を突っこんで、ドア越しに室内を見まわしていたが、やがて振り返り厳しい表情をこちらへむけた。

「いませんね」

「それじゃあ、下だろうか。入浴しているかも知れんな」

奥田の予想を、秋山は冷たく否定した。

「すでに逃亡しているはずですよ。部屋の荷物がそのままでしたから、おそらく着の身着のまま。衝動的な犯行だったのでしょうね、いかにも上野本部長らしい。この分では、すぐに見つかるでしょう。もっとも、専務の言われたように、まだここにいる可能性もゼロではありません。しかしそうなると上野さんは、よほどの豪傑か、相当なバカということになりますが」

珍しいことに、秋山が歯を見せずに笑った。

3

秋山を先頭に、三人はふたたび階下へ降りる。応接間へもどる廊下の途中に、浴室の扉があった。

「佐藤くん、風呂場に上野がいるかどうか、確かめてくれないか」

専務に指示され、佐藤は扉を開けて脱衣所にはいった。室内灯はついていたが、人の気配はなかった。三メートル四方ほどのスペースに、左手に脱衣用の背の低いロッカーが四つ、奥に洗面台が二基、となりにデジタルの体重計があるだけだ。右手にスモークガラスの開き戸があり、ドア越しに浴室の様子がうっすら見てとれる。佐藤は開き戸を引いてみた。

檜材をふんだんに用いた、ちょっとした温泉旅館の浴場ほどの広さだったが、誰もいなかった。腰かけ椅子と風呂桶が一組、シャワーコックの前に放りだしてあるのみだった。

「専務、誰もおりません」

むき直った佐藤は、刑事が状況報告でもするような口調で言った。

「そうか、やはり逃げたか」奥田はため息とともに、秋山を一瞥する。

「とにかく、警察に連絡しないと」

ひとりごとのように呟きながら、奥田専務は苦渋に満ちた顔をふたたび両手でこする。佐藤は浴室の洗面所で、ナイフの血で汚れた手を洗った。

そのとき、応接間で叫び声がした。奥田だった。佐藤は濡れた手のまま浴室を走りでる。

奥田と秋山が、応接間で仁王立ちになっていた。二階の常務の部屋と同様、秋山の後ろから覗く。佐藤は、今度は声をださなかったが、それでもアッと言うところだった。

上野が、常務殺害の重要容疑者が、そこにいたからだ。

バスローブのサイズが合わなかったのか、巨体にバスタオルを巻きつけただけの、だらしない格好で営業本部長はいた。ソファにふんぞり返り、瓶ビールをうまそうにラッパ飲みしている。

「上野。お前」

「何です専務。どうしました二人とも、そんなところに突っ立ったままで。おさきに風呂を使わせてもらいましたが、何か」

異様な光景だった。二階では、ひとりの人間が死体と化して横たわるというのに、階下では暢気に風呂上がりのビールを煽っている人間がいるのだ。バスタオル姿の男のテーブルには、すでに空の瓶が一本あった。

さらに異様だったのは、奥のソファでひとり、江尻がさきほどと変わらぬ難しい顔で、しきりに手帳へ何か書きこんでいたことであった。

「お前、ここで何をしているんだ」

「ふぁ?」

厳しい表情の奥田に、上野は鼻で返事をした。

「何をしていると言われましても。研修のために、専務の別荘に呼ばれてまいったわけですが」

「そんなことはわかってる！　だからここで何を」

興奮する、専務の質問は要領を得ない。秋山が割ってはいる。

「専務。もしかしたら、ぼくたちは早とちりをしていたのかも知れません」

「何だい秋山、その、早とちりってのは」

大瓶をつまようじのようにくわえて、今度は上野のほうから訊いてきた。

「本部長。あなたは二階の出来事を、何もご存じないのですか」

「何だよ。二階で何かあったのか」

「本当に？」

「おい、いい加減にしろよ。早とちりだの二階だの、お前の言っていることは、さっぱりわからないぞ」

うさん臭そうにしながら、上野はくわえていた二本目のビールを、いっきに空けようとする。

「石井常務が、亡くなったんだよ」

巨体の口からビール瓶がはじけ跳んだ。訃報を知らせた専務の顔を、まじまじと見ている。上野の後ろにいた江尻が、初めて顔を上げてこちらを見た。

「バカな、誰がやった。信じられない」

「本当だ。信じられないのなら、自分の目で確かめてくるといい」

嘲弄《ちょうろう》されているとでも思ったのか、上野は憤然とした顔で立ち上がった。バスタオル姿のまま応接間をあとにする。ドタドタと間の抜けた足音が廊下に響き、それは奥でドンドンという階段を上る音に変わった。

上野は、すぐにもどってきた。血相の変わった表情で、もとのソファに座りこむと、残っていたビールをすべて飲み干す。

「どうして、こんなことに」

瓶をテーブルに叩きつけ、巨体を震わせ吐きすてた。

「わからん。さっき悲鳴が聞こえたんだ。それで二階に上がったら、殺されていた。後ろからナイフで、何度も突かれたらしい。ナイフは、わたしが社長からもらったものだ。お前が泊まる部屋に、飾っておいた」

「何だって？　まさか」

ふたたび一九〇の巨体が立ち上がり、凄まじい形相で上司をにらみつけた。

「まさか専務。あなたは、おれが常務を殺したとでも」

「上野さん。それは、こちらがすべき質問です」

「何だと秋山！　お前、お前もそうなのか。おれが、石井常務を殺したと、そう思っているのか」

「ですから、それをあなたに確認したいのです」

「おい、佐藤さん！　あんたもか。おれが殺ったと、おれを人殺しだと」

怒りの矛先を突然むけられて、佐藤は後ずさりしようとする。しかし足がすくんで体が動かない。

「いえ、その、自分は」

「ふざけるな！」

咆哮のような一喝とともに、上野はビール瓶を振り上げた。佐藤はまたしても悲鳴を上げる。すくんでいた足が動いたが、代わりに滑って尻餅をついてしまった。

「上野！　やめろ」

「上野さん！」

奥田と秋山も、ひっくり返りこそしなかったが、恐怖の声を上げた。

「ひぇー！」

殴り殺される、もう終わりだ。佐藤は両手で頭を抱えた。

「上野くん、やめないか」

巨体の背後から、叱責が起こった。冷静で、拍子抜けするほど事務的な声だった。

「あ、いや」

江尻事業本部長のひと声で、上野は気が抜けたような顔になる。振り上げたビール瓶を、ばつが悪そうにテーブルへおくと、洗ったばかりの髪をガリガリかいた。

「これは失礼。でも、みなさんが、おれのことを疑うものだから」

「あまり心臓が強くないんだ、脅かさないでくれ」

専務は安堵の顔とともに、厨房へ引っこむ。そしてペーパータオルを持ってもどってきた。上野が瓶を振り上げた際、わずかにこぼれでた中身を拭き取るためだった。

「上野さん。では、石井常務を殺したのは、あなたではないと」

空き瓶を持ってふたたび厨房へ消えた奥田に代わって、秋山が質問をつづける。

「当たり前だ、おれじゃない。第一、どこに石井常務を殺す必要があるんだ」

バスタオル姿のまま、ソファにふんぞり返る上野は、ふて腐れたような態度で否定した。秋山も相手の動向を注視しながら、テーブルをはさんで静かに座る。佐藤は突いた尻餅こそ上げたものの、重ね重ねの醜態にすっかり自己嫌悪となり、居場所をなくしていた。

「少なくともあなたには、動機があると思います。さきほどの、将棋のときに起こったトラブルです」

「くだらない、ガキじゃあるまいし。あんなこと、おれは常務から、これまでに何度も言われてきているんだ。辟易してはいるが、もう慣れっこさ。だから、もし殺すとしたら、とうの昔にやっているね。いまより血の気の多かった、若い時分に」

「あなたは、以前から常務にいじめられていた。それで日ごろの怨みが積み重なり、いつか殺してやりたいと思うようになっていく。チャンスさえあればと思っているところへ、この研修会があった」

「バカバカしい。だったら秋山、本当におれが、そこまでしてチャンスをうかがっていたのなら、せっかく計画を実行しても、こうやって簡単に見破られたんじゃ意味がないだろう」

上野の言うことはもっともだと思った。それに二階で死体を見たとき、これは衝動的犯行だと秋山が言ったのを、佐藤は覚えていた。それが前々からチャンスをうかがっていた上での犯行とは、秋山は前言を都合よく翻したことになる。

「その通りです。そんなことはぼくにだってわかっています。これはあくまで、可能性の問題を提起したまでのことです。確かに、上野本部長が犯人なら、常務ともめた直後に殺したのではタイミングが悪すぎますからね」

「ふん、おれを試したのか」

「違います。可能性を検討したと、いま言ったじゃないですか。それにさきほど、ぼくは専務に、上野犯人説は早とちりではと訂正したんですから」

「ほう、そうかい。じゃ、おれは自由の身だ。ありがとうよ、秋山さん」

「これで、討議すべき項目がひとつ消えました。次のステップへ進めるわけです。では、上野本部長が無関係だとすると」

「おい秋山、そんなことより早く警察に連絡しろよ。探偵ごっこをしている場合じゃないだろ」

「あ、そうだった」

上野に言われて、秋山は思いだしたような顔をした。この男、天才的な頭脳は持っているかも知れないが、どうも社会人としての常識には、少し問題があるようだ。若き企画本部長は、厨房の専務に声をかける。

「ええと、専務。ここに電話はありませんでしたよね」

厨房から出てきた奥田が、ゴム手袋をはずしながらうなずいた。

「ない。ここは本来、日常の喧騒から逃れるための隠れ家として建てたんだ。そんな無粋なものは、取り付ける意思もない」

「じゃあ携帯電話、取ってくるか」

「いいよ秋山、おれがかける。脱衣所のロッカーの、ズボンに突っこんだままだから。尻ポケットにある」

よっこらしょと、たるんだ腹を揺すって上野が立ち上がった。しかしすぐに、

「通報は、待ったほうがいい」

行動を抑止された。全員が声の主を見る。離れたソファにひとり座っていた、冷血管理職の江尻だった。

「待つとは。警察に連絡しては、まずいのですか」

　上野はあからさまに不快感を表しながら、江尻を見下ろす。対して事業本部長は、事務的な口調を崩さない。

「上野くん。いや、奥田専務も秋山くんも、よく考えてくれ。ここで石井常務が殺害された。わたしは遺体を確認していないので、状況を専務に訊ねますが、常務の死が、事故か自殺という可能性はないのですか」

「ないと思う。ナイフで何度も後頭部を突かれていたからね」

「だとすると、犯人が存在する訳です。わたしはさきほど、秋山くんが上野くんに詰め寄っているのを見て、てっきり犯人は上野くんだと決めこんでいました。この時点で、犯人がわかっているのなら、問題は何もないのです。ですが」

　江尻の語調は、まるで電話の時報を聴いているようだ。そしてその調子で、言葉はつづく。

「犯人が別にいるとなると、そして現段階で、誰が常務を殺害したのか不明であるとすると、この状態で通報するのは極めてまずいです。そうではありませんか、専務」

　江尻の言わんとする意味が、佐藤には理解できなかった。しかし、ほかの三人の管理職が顔を見合せ、ひきつった表情に変貌したところを見ると、どうやら彼らは納得したようだった。

「そうか、確かに江尻くんの言う通りだ。早まらなくてよかった。だが、しかし」

「あの、専務」

苦悩に満ちた顔で腕組みをする奥田に、佐藤は思いきって質問を浴びせた。「どうして、警察に連絡しては、いけないのでしょうか」

専務に質問をしたのは、ここへ来て初めてのことだった。

「佐藤さん、この状態で警察に踏みこまれてごらんなさい」

代わって秋山が解説する。

「あなたも含めて、ここにいるぼくたち五人が、全員容疑者にされてしまうんですよ。取り調べは伊豆の警察署か、東京の警視庁になるかは知りませんが、いずれにせよ、その間ぼくらは会社での職務に甚だしく支障をきたすはめになるのです。

それだけじゃない。嫌疑のかかっているのが、企業の首脳陣ばかりとあっては、マスコミはこぞって面白おかしく報道することでしょう。あとになって、犯人は別にいた、ぼくたち全員無実であることが判明したとしても、もう取り返しはつかないのです。会社の常務が殺害され、その容疑者に専務や本部長らの名が挙がってしまう。しかもそれが、これだけの人数となると、その醜聞だけで我が社は終わりです。うちのような受託開発で利益を得ている企業は、機密保持の信用性と、何よりクリーンなイメージが命なんですよ」

企画本部長、秋山の熱弁に圧倒されながら、佐藤は納得した。このまま不用意に通報し、事件をおおやけにしたのでは、真相に関係なくスキャンダルのみが世間にさらされ、会社は信用失墜で企業生命を絶たれてしまう。

警察という行政機関に事態を報告するのであれば、それは、ここにいる人間の力で、犯人を見つけた後でなければならない。内部の者の仕業でも、外部犯でもいい、とにかく状況を明白にしてからでないと。

常務を殺した犯人を捜しだす。降って湧いたこの異常事態に、佐藤は震撼しながらも、正社員昇格と昇進のチャンスを見いだし興奮していた。

営業本部長

1

常務の石井が殺害された。ほかの宿泊客が別荘内でくつろいでいる最中、石井は二階の寝室で断末魔を残して絶命した。

前後の状況から、上野に殺害の容疑がかかったものの、それはすぐに晴れた。では、犯人はどこにいるのか。

警察への通報が叶わないこの状況下で、生きている五人がまずなすべきことは、外部から別荘へ侵入した者の有無確認であった。

「上野さんが嫌疑対象からはずれてしまった以上、容疑者の存在は外部に求めるのが蓋然《がいぜん》です。別荘の周囲を調べてみましょう。このあたりは土ばかりで未舗装です。不審な足跡でも発見できれば、我々が直面している問題は取りあえず解決します」

秋山の提案に、奥田たちは異論を持たなかった。とりわけ佐藤は、大きく何度もうなずいていた。この別荘へ誰かが忍びこんだ証拠があれば、ここにいる五人が、石井の死に無関係であることが証明されれば、すぐに警察へ連絡できるのだから。

よし、犯人の足跡を、痕跡を自分がまっさきに見つけてやる。

「わかった。では手分けしてそとを捜そう」

専務が言い終わらぬうちに、佐藤はもう玄関へむかっていた。

「佐藤さん待って下さい。ひとりでは危険です」

「え?」

やる気満々のところ、秋山に出鼻をくじかれた。

「もし犯人が、まだ近くに隠れていた場合、単独行動では返り討ちにあう危険がありますから」

佐藤は蒼くなった。犯人がまだ近くにいるかも。想像すると下半身が震えた。

「専務、ここに何か、武器になるものはありませんか」

「シャベルや懐中電灯なら、地下の部屋にあるはずだが」

「それで結構です。では班を編制しましょう。専務は江尻本部長と組んで下さい。ぼくは佐藤さんと行きます。上野さんは、ひとりで大丈夫ですよね」

「犯人を見つけたら半殺しにしてやる。さっそく装備してでかけるか」

さすがは上級管理職たちである。佐藤が呆気にとられるなか、彼らはテキパキと段取りを組んでしまった。

しばらくして、上野は使えそうな道具を選別し、両手に抱えてもどってきた。

「地下に、侵入者の気配はありませんでしたか」

「大丈夫だ。部屋を全部ひっくり返したが、誰も隠れていなかった」

「ひっくり返しただと？　お前、人の大事なコレクションを」

「上野さんの冗談ですよ」

奥田をなだめながら、秋山は上野が持ってきた武器を物色する。最初に手をだしたのは江尻だった。難しい顔の事業本部長は金属バットと、数個あるうちでもっとも大きいライトを取ってしまった。奥田はシャベルを選んだ。セラミック製で見かけより軽いからとのこと。あとに残った道具で、武器に使えそうなものというと、テニスのラケットにゴルフのクラブくらいしかなかった。ほかにはチタン製の釣り竿、掃除機のホース、カメラの三脚に工具箱にはいったペンチやドライバー。

「専務、これは何ですか」

秋山が不思議そうに手にしたのは、先が六つに分かれた、鞭のようなものだった。奥田は持ってきた上野をにらみつけたまま、問いには答えなかった。

「窓の下を調べるときは、充分に注意して下さい。せっかくの痕跡も、自分のものと混在してしまっては、あとが面倒ですから」

「はい、わかりました」

テニスラケットを振りまわしながらの秋山の注意に、佐藤は元気よく返事をした。

別荘の周囲には、自動車が通れるほどの砂利道が一本あるだけで、あとはすべて森と林であった。道はやや傾斜していて、下ればやがて駅にたどり着くが、上りはただ鬱蒼と繁る樹木のなかで行き止まりになるだけである。奥田と江尻のチームは下り方面を担当、上野は単身、闇を森の奥へ挑んでいった。そして佐藤は秋山とともに、別荘の建物周辺を調べることになった。

二人はライトを手に、かがみ腰の格好で土の地面を丹念に調べていく。ライトは人数分にひとつ足りなかった。佐藤は通常の懐中電灯だったが、秋山はたまたま持参していたペンライトの頼りない光源で作業するしかなかった。

佐藤の選んだ武器は、カメラの三脚だった。四六判カメラ用の頑丈なもので、足が三つあるので有利と思ったのだが、持ってみると意外に重かった。

玄関まわりからはじめて、周囲をじっくり見てまわる。厨房につづく勝手口の前にも、窓枠の下にも、不審な足跡はおろかゴミひとつ落ちていなかった。このあたり、飲み終わったビール瓶まで洗う奥田の性格が表れているようだった。

あたりはすっかり日が暮れて、別荘から洩れる明かり以外はすべて闇だ。頭上でカラスが鳴いているが、同化してしまい見上げてもわからない。鳴き声は一匹ではない、結構な数だ。さっそく死臭を嗅ぎつけてやってきたのか。

佐藤は建物のぐるりを見終わり、別荘のちょうど裏手にあたるところで秋山とぶつかった。

「どうでしたか、佐藤さん」

「はあ。それが、注意して調べたのですが、おかしな跡は見つかりませんでした」

「ぼくのほうもですよ」

がっかりしたように言いながら、それでも秋山は笑っていた。

二人でもういちど、周囲の草むらをライトで照らしてみたが、背の低い芝生には人が寝そべっても隠れる余裕はなかった。秋山は諦めたように、自分のペンライトを消した。

「困ったな。建物のまわりに何の跡もなかったとなると、おそらく専務たちのほうは無駄足でしょう。これは、面倒なことになるな」

「と、言いますと」

訊きかけて、佐藤はひとつ、くしゃみをした。

「大丈夫ですか」

「はい、いいえ。いままで緊張していたので、あまり寒さを感じなかったのですが」

ワイシャツの襟を合わせ、佐藤はブルッと体を震わせた。

「東京と違って、この辺の夜は冷えますすね。さっきは佐藤さんに、酔い冷ましにと散歩へ誘いましたけど、冷めるどころか、これでは風邪を引いてしまう。もう部屋へもどりましょうか」

「あ、自分は大丈夫です」

「だって、寒いでしょう。それに、ぼくたちの作業分は終わったことですし」

「でも、専務や、ほかの本部長はまだ」

「なあに、大丈夫ですよ。上野さんはあの体だから、少し寒いくらいがちょうどいいのです。専務と江尻さんの年寄りチームは、厚着をしてでかけましたから」

「しかし」

「遠慮はいりません。それに、中でもやるべきことはありますから。それとも、二階に常務の死体があるので、気味が悪くて帰りたくないですか」

「滅相もない、そんな失礼なことは。もどりましょう」

本心を見透かされたのを隠すため、佐藤は憤然とした態度で別荘にもどった。


佐藤たちが応接間へ腰を降ろしてから、間もなく奥田と江尻も帰ってきた。

「お帰りなさい専務。そちらはどうでした」

ソファに座ったままで秋山が声をかける。佐藤は立ち上がり、無言で頭を下げた。

「全然だめだ。吊り橋まで行ってみたが、怪しい跡はなかった。寒いだけだ」

「江尻本部長のほうも、同様の結果ですか」

「T字路の所で専務と別れて探索したのだが、成果は得られなかった。専務から、常務のご遺体は、水たまりができるほど大量の血液に顔を突っ伏しておられると聞いたから、返り血を浴びた状態でそう遠くへは行けないと踏んでいたのだが」

持っていたバットとライトを床におくと、江尻はソファへ腰を降ろし、寒そうに目を閉じた。

「そうですか、面倒ですね」

「ああ、面倒なことになった」

あまり仲のよさそうには見えない二人だが、面倒だという結論に関しては一致していた。

「あの、秋山本部長。どういう意味でしょうか。その、面倒なこととは」

佐藤の質問に、秋山が力なく笑って見せたそのとき、玄関の扉が大げさな音をたてた。

「帰ってきた」

笑顔が消え、意外という表情の秋山。それはまた、疲労でソファに座りこんでいた江尻も同様であった。

「何だみんな、もうくつろいでいるのか。真面目に調べたのか」

「もちろんです。全員で、丹念に調べてまわりましたよ。でも、成果はなし」

「ふうん、そうか。おれのところも同じだ。もっとも、森をかき分けてなかを捜すのは勘弁してもらったがな。血の跡や、脱ぎ捨てた服なんかは見当たらなかった」

上野は吐き捨てるように言い、着ていたシャツを脱いで上半身裸になった。夜風に震えた四人と対照的に、この大男だけはシャワーを浴びたように汗を流していた。タオルを取りに浴場へ、足音をドタドタさせて行く。

チンと音がしたあと、専務がお盆を持って厨房からでてきた。インスタントのスープを温めていたのだ。

「申しわけありません。専務にそのようなことをさせてしまって」

佐藤は弾かれたように立ち上がり、駆け寄るが、専務はそれを制した。

「いいんだ。ここはわたしの別荘で、きみたちは客だからね」

お盆のスープを受け取りながら、佐藤は気の利かない自分に恐縮する。匂いを嗅ぎつけた上野が、タオルを片手に、さっそくスープを取ってすすりはじめた。

「うまいが、スープだけでなく、飯も喰いたいな。腹が減った」

上野は腹をさすりながら言う。

「さっきの夕食は、もう消化してしまったのですか」

「さっきと言ったって秋山、食べたのは夕方じゃないか。いま何時だと思っているんだ」

佐藤は腕時計を見た。まだ夕食から二時間もたっていない。

「空腹なのか。上野くん」

カップを持つ上野の手がとまった。訊ねるその声は、まったく抑揚がなく不気味。江尻だった。専務から受け取ったスープで手を温めながら、表情だけは難しいままだ。

「そとにでて体を動かしたので、小腹が少し」

「石井常務が亡くなったというのに、少しは自重したまえ。豪胆も、度を過ぎると、ただの恥知らずな愚か者と変わらない」

静かではあるが、手厳しい叱責だった。佐藤は、また上野が激昂するのではとおののいた。

しかし予想に反し、大男は黙ってカップを傾けるだけであった。この血の気の多い大男は、七三分けで眉間にしわの絶えない小男に頭があがらないらしい。

だが、江尻が次に発した言葉には、さすがの上野も顔を怒張させた。

「もっとも上野くん。きみが常務を亡きものにした張本人であるのなら、その大胆不敵な態度にも納得がいくのだが」

「何ですって、事業本部長」

「腹が減っては戦ができぬ。きみはまだ計画の途中なのではないかね。常務だけでなく、まだほかにも殺したい人間がいる」

「江尻本部長、おれが何をしたと」

「きみは被害者ではないのだ、殺される心配がない。だから、この状況でも空腹を感じることりも、事業本部長がこれだけ長く喋ったことに、佐藤は驚いていた。

2

「江尻本部長、その件については、さっき解決したはずですが」

いちど片づいた議題をふたたび持ちだされて、秋山は不服そうに異議を申し立てた。

「秋山くん。さきほどは、きみと上野くんが議論していたのを、ただ聴いていただけだ。わたしは意見を述べていない。したがって、きみのだした結論には納得していない」

それまで傍観者を決めこんでいた江尻が、突然に多弁、饒舌になった。まるで若き才能者、秋山に挑戦しているかのように。

ができる」

「意味がわかりませんね」

「上野くん。我々は別荘の周囲を調べた。その結果、何も得るところはなかった。探索作業は、常務の死が外部侵入者の仕業ではないという結論を導いた。

すると必然的に、犯人は別荘内部の者という仮定が立つ。悲鳴が聞こえたとき、秋山くんと佐藤くんの二人は玄関口にいた。専務が厨房で洗い物をしていたのはわたしが見ている。だがきみは、そのとき二階で人殺しをしていたんだ」

「何だって！」

「犯人は、きみだよ上野くん」

ピシャリと決めつけた江尻を、ならんで座っていた秋山と佐藤は、呆気にとられて見ていた。いちど晴れた上野の容疑が蒸し返されたことよ

「仕方ありませんね。では江尻本部長の提唱する、上野犯人説をうかがいましょうか」

「おれは殺ってない！」

「心配するな上野。わたしたちはお前を犯人だなんて思っていない。秋山が江尻くんを論破してくれるさ」

奥田になだめられて、上野はしぶしぶソファに座り直した。

「では、石井常務が殺害されたときの状況を、わたしなりに検証してみる」

江尻は手帳を開きながら、相変わらず事務的口調を保ったままだ。会議室のように殺風景な応接間は、いまは取調室になっていた。

「わたしたちが常務の異状を察知したのは、二階から悲鳴が聞こえたからだ。それで専務と秋山くん、佐藤さんの三人は二階の常務の部屋へ駆けつけた。そのときの悲鳴を、上野くんは聞いているかね」

「聞こえる訳がないでしょう。そのころおれは、湯船で坂本冬美を唸っていたんだから。外部の雑音なんか、知りませんね」

常務が発した最期の叫び声を、この大男は、外部の雑音と表現した。しかし江尻は言及せず、秋山にむき直る。

「再確認させてもらう。悲鳴が聞こえたとき、きみはどこにいた」

「玄関口にいました。石井常務が将棋の駒をばらまいたので、それを片づけたあとで、佐藤さんと夜空でも見にでようと思って」

「この寒いのにか」

「わからなかったんです、そとがあんなに寒いとは」

「そとは曇っていた。それでも夜空を見たかったのか」

「ええ、まあ。本当は佐藤さんと、話したいことがあったものですから」

「ほう。自信家のきみが、それも初対面の人間に相談事をするとは」

この事業本部長は、社内においてもこの調子なのだろうか。リストラ対象で整理された人材は、みなこのイヤミに我慢できず辞めていったに違いない。

「わかった。では、次に」

江尻は佐藤を飛ばして、専務に体をむけた。

「専務、既知の事実をくり返させて恐縮ですが、そのとき、どちらにおいでたでしたか」

「この部屋と厨房を往復していた。テーブルを拭いたり食器を洗ったり」

「ではそのとき、わたしがどこで何をしていたか、ご存じでしょうか」

「ああ。江尻くんは奥のソファで、片づけを手伝わずに、手帳に書きものをしていたな」

「その通りです」

江尻はわずかに会釈すると、ふたたび秋山に上体をもどした。

「つまり、こういうことだ。常務の悲鳴が聞こえたとき、上野くんを除く四人にはアリバイがあった。秋山くんと佐藤くん、私と専務が、それぞれに互いの現場不在を証明していることで明らかだ。さきほどの建物周辺の探索結果から、犯人は内部の者との推論がなされた。そしてわたしたち四人は、互いにアリバイを証明できる状況にあった。あのとき所在が不明だったのは、上野くんだけだよ」

「江尻本部長は、どうあっても上野さんを殺人犯にしたいらしいですね」

　秋山が、佐藤のとなりで大きなあくびして言った。

「状況から推定して、そう結論づけるのが常套《じょうとう》だ。それにこの男は、常務の死体発見直後、わたしたちの前に裸で現れている。常務は、水たまりができるほど、多量の出血のなかでこと切れていたんだろう。犯人は相当に返り血を浴びたはずだ。そのため裸になって、血を洗い流す事由が生じたんだ」

「わかりました。だったら、簡単なことですよ」

　上野は微笑を浮かべていた。それは勝ち誇っているようにも見えた。

「江尻さんの言われるとおり、おれが殺ったのなら、おれの服に常務の血が飛び散っているはずです。将棋のときに着ていたシャツとスラックスを持ってきますよ。それが血まみれかどうか、その目で確かめてください」

「その必要はない。無駄なことだ」

　立ち上がろうとした上野を、江尻が無感情に制した。

「無駄とは？」

「きみが、着衣状態で常務を殺害したとは限らないからだ。ここにいるメンバーが応接間を片づけている間、きみは浴室の脱衣所で服を脱ぎ、裸のまま二階へ上がる。いちど自分の部屋へもどり、手ごろな凶器として着目していたナイフを手にすると、石井常務の部屋へむかった。常務を殺害したあと、返り血を廊下へ垂らさないよう気をつけながら退散する。そのとき悲鳴を聞きつけて、二階へ上がってくる秋山くんたちの足音が聞こえたので、きみは素早く別の部屋に身を隠した。犯行現場からもっとも離れている、佐藤さんか専務の部屋にだ。そして発見者の三人が死体に気を取られている隙に、退避していた部屋をでて一階へ降りる。誰にも見つからず浴場にもどると、体に浴びた血を洗い流し、何喰わぬ顔で湯船につかったという訳だ。その、坂本なんとかという歌手の歌だけは、きみの言うとおりかも知れないが」

「いい加減にしてくださいよ江尻さん、おれは常務を殺していない。第一、人殺しなんかしない。いくら殺したいほど嫌いでもね」

「だが、状況が物語っている」

「これでもおれは、営業マンを束ねる本部長なんです。ありがたい額の年収を捨ててまで、犯罪者になんかならない」

そばで聞いていた専務の眉が、一瞬ピクリと動いた。それに気づいたのは、佐藤だけだろうか。

「きみが犯人だよ」

「違いますって。おい秋山、何とかしてくれよ」

江尻の執拗な決めつけに、上野は秋山から嫌疑をかけられたときとは打って変わって、情けない顔で助けを請うていた。

「大丈夫です、ぼくに任せてください」

秋山は白い歯で、上野に笑いかける。それを江尻にむけて、不敵な笑いへ変えた。

「江尻本部長。あなたのお話には、ずいぶん偏りがありますね。それに、先入観が強すぎます」

「先入観とは」

「最初から、上野さんを犯人だと決めつけて、それに沿って論理を都合よく歪めているように感じました」

「そんなことはない。わたしは常に冷静かつ中立な立場での判断を旨としている」

反論する江尻に、初めて感情の起伏が見られた。

「へへぇ、そうですかねえ。これまでにリストラされた顔ぶれを見た限りでは、全員あんたの気に入らない連中ばかりだったように、おれには見えましたがね」

「わたしの説明が、都合よく歪められているという根拠を聞かせてもらおう」

上野のイヤミにはとりあわず、江尻は秋山に詰問する。同じ本部長の肩書を持ちながら、脱色した長髪の若造に対して、白髪頭の江尻は血圧を上げはじめていた。

「さきほどあなたは、上野本部長が犯人であることを前提にして、その犯行プロセスを説明されました。しかしながら、ぼくにはここにいる上野さんが、あなたの言われた通りに行動できたとは、到底信じることができないのです。

江尻さんのお話では、上野さんは常務を殺害したあと、返り血を廊下に垂らさないよう配慮しながら引き揚げた。それから、悲鳴を聞きつけた階下の人間が、様子を見に上がってくることに気づき、素早く別の部屋に隠れた。そして最後に、誰にも見つからず浴場へもどった、と」

「その通りだ。どこに歪曲がある」

「いいですか江尻さん。犯人が、ぼくやあなたならともかくですよ、上野さんはご覧のように堂々たる体躯を持った大男です。ふつうに歩くだけでドタドタと床を響かせる重量級なんですよ。そんな人間が、返り血が廊下にしたたり落ちないよう気をつけながら、なおかつ素早く別の部屋に隠れ、誰にも見つからずに下へ降りることなど、とても無理な相談だとは思いませんか」

「困難だとは思う。だが、不可能ではない」

「それに犯行時、返り血をすぐ洗えるよう裸になっていたとしても、あれだけ現場に血が飛び散っていたのでは、逃げるとき廊下に血の足跡が残ってしまうでしょう」

「それに対する説明は簡単だ。裸ではあったが、靴下だけは履いていたんだ。常務を殺したあとで、急いで靴下を脱いで、部屋を出たんだ」

「だとすると上野さんは、被害者に悲鳴を上げられたあと、すぐにぼくたちが駆けつけるという危険のなか、努めて冷静かつ迅速に靴下を脱ぐと現場を離れ別の部屋に身を隠した訳ですか。短時間で、そんな早業をやり遂げるなんて、とても常人技とは思えませんよ」

「だが、上野くんはやったのだ。案ずるより産むが易しだよ」

「頑固ですね。ですが、石井常務を殺害したのが上野さんだとしたら、決定的におかしいことがあるのです」

「言ってみなさい」

「殺害方法ですよ。常務を殺した際、上野さんはまっ裸で、しかし靴下だけは履いていた。そんな間抜けな格好で犯行に及ぶ必要があるのは、どうしてですか。ナイフで後頭部を突くという手段を選んだからですよね。本当に上野さんが犯人なら、どうしてそんな事後処理の面倒な殺し方をするのです。何度も言いますが、営業本部長はこの体です。対して石井常務は、今年で七十というご年齢でした。本当に常務を殺したければ、別荘内を裸でうろつくような滑稽で、発覚の危険性が大きい手段など取らずとも、ただ相手の首をへし折ってしまえば済むことです。どうです、反論がありますか、江尻事業本部長」

「それは」

「常務の命など、持ち前の怪力でひとひねり。これなら悲鳴をたてられることもないし、当然、室内が血まみれになることもなかった。ぼくや専務が二階に駆けつけることもなければ、慌てて別の部屋へ隠れる必要もない。犯行後、上野さんは悠々と浴場へ降り、湯船に浸かればいいのです」

「だから、それは机上で立てた計画と、現実の犯行では食い違いが生じて……。

わかったよ。秋山くん、きみの勝ちだ。上野犯人説は取り下げる。それでいいだろ」

江尻は、ことさらに深いしわを眉間に作ると、立ち上がって応接間をでて行った。

「おやおや、事業本部長どちらへ。おれが犯人である証拠、二階で一緒に探してあげましょうか？」

論破された偏屈な理論家は、上野のイヤミを背中に受けても沈黙を守っていた。入浴でもするのだろう、その江尻の猫背を見送ったあと、上野は破裂したように笑いだす。

「愉快、いや愉快だ。久しぶりにすっきりした。石井常務も苦手だったが、あの男も、おれは大嫌いなんだ。秋山、よくやった。来週の京都出張では、たっぷり礼をしてやるからな」

「それはどうも。ですが、いまはそんな暢気なことを言っている場合ではないですよ。上野さんの嫌疑が晴れただけで、犯人が存在していることは厳然たる事実なのですから。それが誰であれ」

「ふん、江尻じゃないのか、殺ったのは」

「検討の余地はありますね。無論、ぼくが犯人の可能性もありますし、専務かも、佐藤さんかも。あるいは、やっぱり上野さんだったということになるかも知れません」

「わたしもか。秋山くんは、わたしを疑っているのか」

「可能性の問題ですよ専務。さっき江尻さんが言ったじゃないですか。冷静かつ中立な立場での判断を旨とせよ、とね」

　そこで言葉を切ると、秋山は疲れたようにソファに体を沈めた。そして、ふと思いだしたようにポケットから輪ゴムを取りだすと、髪を束ねはじめた。

　会話が落ち着いたところで、奥田はトイレへ立った。上野も厨房へ消える。間もなく、ビールを四本持ってもどってきた。

「佐藤さん、一本どうです。気詰まりしたでしょう」

　上野に話しかけられて、佐藤は驚いたが、すぐに愛想笑いを見せた。

「はい、ありがとうございます」

　グローブのような手から恭しく受け取ろうとして、ビール瓶に栓がしたままなのに気がついた。

「えー、栓抜きはどちらでしょう」

「あ、要らない」

　そう言うと、上野は指で栓をむしり取ってしまった。佐藤はまたも悲鳴を上げそうになる。

「佐藤さん、おれがここにいれば大丈夫です。誰が犯人だろうと、ブチのめしてあげますから」

ラッパ飲みしながら喋ったので、口許からビールがこぼれた。それを見ながら、佐藤は蒼い顔でふたたび愛想笑いをする。

3

別荘周辺に不審物、あるいは不審人物の影などは発見できなかった。となると、次は建物内部に犯人が潜んでいる可能性が考えられる。

五人のなかに殺人者がいるなど、最初から信じていない。犯人は外部の人間だ、必ずどこかに隠れているはず。そんな専務の意見にしたがい、今度は室内捜査をすることとなった。


江尻の唱えた上野犯人説は瓦解したが、常務の悲鳴で現場に駆けつけた際、犯人が二階のどこかに潜んでいたという可能性は、検討に充分値すると秋山も認めていた。

「では、秋山くんと佐藤くんで、ここと地下を調べてくれ。下の部屋は、上野が散らかしたそうだが、念のためにもういちど頼む。わたしたち三人は二階だ。我々の寝室を、えーと、江尻くんに」

「待ってください」

話の途中で上野が、作業分担に文句をつけた。

「専務、寝室の調査はおれにやらせてください。自分の部屋は散らかっていますんで。それに」

入浴からもどったばかりの江尻を、チラと横目で見た。「プライバシーを見られたくない人間が、いますので」

ほかに、他人に部屋へはいられては困ると言う者はいなかったので、本人の希望を取り入れて、専務は寝室調査を上野に一任した。

「では江尻くんは、中二階を頼む。わたしは二階のリネン室と、使ってない寝室を調べる。何かあったときのために、さっきの武器を忘れるなよ。ではははじめよう」

別荘所有者、奥田専務の号令で、応接間へ放りだしてあった武器をふたたび手に、それぞれが持ち場へ散った。

さきほどと同様、パートナーの秋山はラケットを取ったが、佐藤のほうは掃除機のホースを選んだ。三脚に比べると、武器としては頼りないが、ほかに手ごろなものがなかったし、秋山が振りまわして使えと勧めるのでしたがうことにした。

「もし、本当に誰かが潜んでいるとすると、発見された時点で攻撃してくるでしょう。ここは一緒に行動することにしましょう」

この提案に、佐藤は一も二もなく同意した。まずは玄関から。秋山について行きながら、佐藤は安堵していた。石井常務の死体のある二階へ上がるのは、正直もう御免だったからだ。

壁一面に彫られた彫刻を眺めていると、秋山がその一画を押した。突然、大きく奥へ引っこみ、四角い穴が開いた。見た目はわからなかったが、そこはドアだった。秋山が入口付近をまさぐると、ドアのむこうはすぐに明るくなった。

「ここは書斎なんです。初めての訪問者が嫌な人間だったりすると、専務は意地悪をして、ここへ隠れるんだそうですよ」

はいってみると、なるほど十二畳ほどの部屋の壁には専門書のつまった本棚がならび、その隙間を縫って机とベッドがおいてある。机は広く大きい。材質などは知らないが、それでも一枚板の高価な代物であることは佐藤にもわかった。ベッドは不使用で、クッションが骨組みの上に乗っているだけだった。ウォークイン・クローゼットもあったが、空のハンガーばかりで人の気配はなかった。

羨ましい。この部屋だけでも、自分の住むアパートより広いと、佐藤はまた同じことを考えていた。

「OK、次へ行きましょう」

ふたたびうながされ、書斎をでる。

応接間は割愛、専務が始終出入りしていた厨房も、勝手口の施錠を確認するのみとした。

一階の空間はこれだけかと思ったら、応接間の後ろに、まだもう一室あった。畳敷きで三十畳はあり、ちょっとした宴会でも開けそうな広さだ。

「佐藤さん。すみませんが部屋の押し入れを、調べてもらえますか」

「はい」

犯人が隠れていて、襖を開けたとたんに襲いかかってきたら――。そんな不安が脳裏をよぎったが、振り払って部屋へはいった。久しぶりに踏んだ畳の感触が、靴下を履いた足にも心地よい。襖の前に立ち、思いきって開いたが、なかは座布団が詰まっているだけだった。

捜索作業は浴場を終え、一階トイレを済ませて、くの字に折れ曲がった階段下へたどり着いた。

「階段の後ろに空の本棚があるでしょう。ここも書斎と一緒で、この本棚が隠し扉になっているんです。スライドさせると、地下への階段が」

説明しながら、秋山が本棚を横へ押すと、なるほど下りの階段が現れた。思ったより長く幅もある。階段の先には、また扉が見えた。

やはり秋山にうながされて足を踏みだす。佐藤は壁をつたいながら、そろりそろりと一歩ずつ降りた。

「どうしました、佐藤さん」

「いえ、その。トラウマと言いますか」

「階段に恐怖を感じる？　子どものころ階段から落ちたとか」

「いや、階段は問題ないのですが。地下室というものが、どうも。小学生時分に、ヒッチコックの『サイコ』を見まして。それ以来、こういった状況に出会うと、それだけで」

「ぼくも少し、閉所恐怖症のところがあるので、あまり好きではないんです。閉じこめられたらどうしよう、外部から鍵をかけられて、出られなくなったら、って」

「あの、わたしはそとで見張っていたほうが」

「ハハハハ。大丈夫ですよ、地下の扉に鍵はありませんから」

扉のむこうは、地下室と呼ぶにはあまりに広大で、高尚な作りをしていた。秋山がスイッチを入れると、いたるところに取り付けられたスポットライト、カクテルライトたちが一斉に光を放つ。

上野が道具を持ちだす際に荒らしたため、入口付近こそ雑然としていたが、ガラスケースや陳列棚が整然と立ちならぶ室内は、さながら博物館であった。

まずは、壁一面を埋めつくす書籍たち。情報処理や通信技術、経営戦術などの専門書ばかりだった書斎と違い、ここには小説や写真集、あるいはマンガなどがケースに物々しく飾ってあった。

大事そうに収納されている、ガラスのなかのマンガ本は、しかしひどく古びていた。どれも、古本屋でも引き取ってくれそうにないほど傷んでいるのに、ここまで仰々しく保管してあることが佐藤には不思議であった。

初めに目についた単行本は、またずいぶんボロボロで、表紙には『森の兄妹』とあった。佐藤も学生のころ、人並みにコミックに没頭した時期があったが、作者の山路一雄という名は聞いたこともなかった。

「すごいでしょう、それ」

背後の秋山に言われて、佐藤はあいまいに相槌を打つ。

「不勉強で存じあげませんが、さぞかし有名な方の作品なのでしょうね」

秋山は笑いながら、佐藤から離れて反対側の棚を調べはじめた。

佐藤も陳列ケースの下、カクテルライトの陰になっている本棚の隙間をライトで照らしてはいたが、気がつくと興味は、侵入者の発見よりも、いつしか蒐集品の鑑賞へ奪われていた。所蔵本のなかに、見覚えのあるマンガ家の名を見つけたからだった。少年探偵・岬一郎シリーズ、少年画報社から出版された『猫目小僧』があった。となりには雑誌『少女フレンド』があり、表紙に『ミイラ先生』と大きく書かれていた。

次へ移動すると、そこには書籍ではなく、マシンガンのような銃がおかれていた。二段の棚の、上と下に一丁ずつある。

コミックのコーナーが終わると、次のケースには小説の雑誌がならんでいた。これも古本ばかりである。

『新青年』四月号、『中央公論』九月号改訂版。『少年倶楽部』の一月号は、見るからに紙質が悪い。

「どうです、面白いですか」

振り返ると、秋山がそこにいた。反対側の調べは終わったようで、すでにペンライトを消し、テニスラケットも持ってはいなかった。

「すみません、うっかり見とれてしまって。こんなことをしている場合ではないのに」

「大丈夫ですよ。外部から侵入した者などいません。犯人が正体を現すまで、ジタバタしてもはじまりませんから」

「侵入者は、いないと」

「ええ。ぼくは最初から、そう考えています。専務がぼくたちを信用したいとの気持ちを汲み取って、この室内探索には参加しましたが」

言いながら、秋山は遠い目をした。そのほうを見ると、三メートルほどもある大きな絵画が、ケースを隔てた奥の壁にかかっていた。白い布で目隠しをされた長い金髪の、やはり白いドレスを身にまとった女性が、断頭台を前に、いまにも処刑されようとしている油彩画であった。

「もしかしたら、いまのぼくたちは、あの絵の少女と同じかも知れません。殺されることは確実、しかし、自分を処刑する相手の顔はわからない。殺人者は、斧を持ってすぐとなりに立っている。もう、いつでも執行できるという顔で。あの処刑人、赤いタイツを履いているでしょう。

人を殺す場で、おしゃれをしている。おそらくあの男にとって、人殺しはただの仕事、何の感情の起伏も起きない単純作業なのでしょうね」

「すると、このあと常務以外にも、まだ誰かが」

「わかりません。殺人を続行すると、犯人から聞いたわけではありませんから。とはいえ、この調子で、猜疑心《さいぎしん》にかられたまま夜を明かすのは御免ですね。部屋に鍵はかからない、そとは寒い。といって警察沙汰にすれば、企業は社会的に葬られてしまう。困りました。何とか明日までに、結果をださないと」

秋山は絵画を見つめたまま、泣き笑いのような顔をした。

「秋山本部長は、犯人は内部の者だと、お考えなのですか」

「佐藤さんは、どう思います？」

視線をもどし、秋山は質問を返してきた。佐藤は答えられない、ただ困惑するばかり。

「申しわけありません、わかりません」

恐縮して、頭を下げるしかなかった。

「佐藤さん、ぼくたちが常務の遺体を発見したときのこと、覚えていますか」

「ええ」

さっき見たばかりだ、忘れるわけがない。

「あのあと、ぼくたちが応接間へもどると、上野さんは風呂上がりのビールを飲んでいた。そんな暢気な大男に、最初に常務の死を告げたのは、専務でした。石井常務が亡くなった、と」

「ええ」

「最初、上野さんは信用しなかった。それで専務が、だったら自分で確かめてこいと言った。それで、いったん二階へ上がり、常務の死を確認して応接間へもどってきた。ここまでは問題ないと思います。ところが」

　秋山の視線が鋭くなった。佐藤は、どんな顔をしていいのかわからない。

「この状況のなか、あの人は、おかしなことを言っているのです。覚えていますか?」

　訊かれても困る。佐藤は首を振った。

「専務が、石井常務が亡くなったと言ったあと、上野さんは、こう答えたのです。『バカな、誰がやった。信じられない』と。

　専務は、常務が『殺された』とは、ひとことも口にしていません。また石井常務は今年で七十の老人でした。いくら気丈夫とはいえ、突発的な発作による病死や、事故死の可能性だって考えられるはずです。にもかかわらず、上野さんは死体を見てもいないのに『誰が』やったのだと、初めから殺人と決めつけた発言をしているのです。おかしいと思いませんか」

　訊かれて、佐藤は生唾を呑みこんだ。

「し、しかし秋山本部長は、さきほど応接間で」

「ええ。江尻さんの立てた上野犯人説には反論しました。しかしながら、あれは江尻さんの論理が甚だしく歪曲していたからです。彼はオフィスでも、あんな調子で部下に無理な理屈を押しつけてはどこ吹く風なのです。いい機会だったので、ちょっとやり込めてしまいました。ですが、だからといって、ぼくは上野さんが無実であるとは考えていません」

　ここでまた、上野犯人説が蒸し返された。しかし、確かに秋山の指摘するとおり、今度は信《しん》憑《ぴょう》性《せい》がありそうだ。どうやら、これで事件は解決しそうだ。時計を見た、まだ電車はある。

この分なら、さっさと通報して、運がよければ本日中に家へ帰れるかも知れない。まさか人が死んだのに、このまま研修会を続行するとも思えないし。

「さて、では上がりましょうか。これから上野本部長と、また一戦交えることになります。暴れられたときのために、武器は持っていたほうがいいですね」

「はい、頑張りましょう」

佐藤は元気にうなずいた。

部屋をでる際、入口付近に据えつけられた、スポーツ用具などを収納したケースから、秋山は最初に持っていたテニスラケットをふたたび手に取った。

「本部長。むこうのガラスケースに、銃が二丁ありますが、あれを使ってはまずいのでしょうか」

「ああ、アサルトライフルですね。何かのコミックで、主人公が愛用しているとかの」

「そうなんですか」

「使い物になりません。オモチャで、もちろん弾はでないから、殴ることしかできませんが、プラスティックなので簡単に割れてしまいます。まだ掃除機のホースのほうが有効ですよ」

佐藤が発した、初めての提案だったが、あっさり却下されてしまった。

手にしていた掃除機のホースを、ブンブン振り回しながら部屋をでようとして、佐藤はふと、部屋に違和感を持った。

何が違うのかと少し考えて、すぐにわかった。応接間や二階の廊下、そして寝室などと違って、ここには換気扇がないのだ。地下室だから取り付けられなかったのだろう、代わりにエアコンが作動していた。

　この部屋が暖かく、快適なのはそのせいだったのか。そんなことに、佐藤がひとりで納得している、そのとき。

「秋山！　秋山！」

　階段の上から、怒号ともとれる声が聞こえてきた。

「はい」

　秋山はすぐに返事をする。

「お前、さっきからここにいたのか？」

　叫ぶように言いながら、地下室へ降りてきたのは奥田だった。手には、セラミック製のシャベルを握っている。

「はい。ここを調べていました。専務の指示にしたがって」

「ほ、本当か」

　駆け足で降りてきたせいか、専務は肩で息をしている。

「どうして、嘘をつく必要が」

「さ、佐藤くん。と、途中で秋山が部屋をでたとか、そんなことはなかったか」

「いえ、ありませんでした。こちらのお部屋は広いですが、それでも誰かがでたりはいったりすれば、気づくと思います」

「そうか」

　佐藤の返事を聞いたとたん、奥田はシャベルにつかまり、その場にしゃがみこんでしまった。

「専務、大丈夫ですか」

　支えようとする秋山の手を、奥田は敵意のこもった顔で払いのける。

「触るな、まだ信用していない。お前たちが共犯ということもある」

奥田は、心臓を押さえながらも秋山をにらみつけ、ふたたび立ち上がった。

「何をおっしゃるんです。意味が理解できませんが。江尻さんか上野さんに、何か入れ知恵でもされたのですか」

秋山の冷静な態度を、一蹴するように奥田は言い放った。

「入れ知恵をしてもらおうにも、もう上野と話すことはできない。奴は死んだ、自分の部屋で。殺された」

4

佐藤と秋山は、地下の階段をいっきに駆け上がり、つづいて折れ曲がった階段を二階へむかって走った。

寝室のドアが両側にならぶ廊下の前で、秋山は遅れて上がってくる奥田に叫んだ。

「部屋は！　上野さんの部屋はどこです」

「右側の真ん中だ、佐藤くんの部屋の、となり」

シャベルを杖代わりにつきながら、奥田は階段の途中で怒鳴った。

ふたたび秋山が走る。佐藤もすぐあとにつづく。廊下の突き当たりでは、変わらず換気扇がブンブン唸っていた。

廊下の中央、手前からも奥側からも二番目にあたるドアを、秋山は開けた。

同じであった。石井常務の寝室に横たわっていた死体と同じく、上野に用意された部屋には、やはり入口に足をむけた格好で、うつ伏せに倒れた死体があった。

「どうして、上野さんが。わからない」

廊下と同様に換気扇が音をたてる室内で、わずかに聞き取れるほどの声で、秋山は呟いた。

佐藤は、今度は悲鳴を上げなかった。それは、そこに死体が存在するという事実が既知だったこともあるが、さっきと違って部屋に血痕が飛び散ることなく、壁も床も綺麗だったからだ。いや、それより室内の死体が、ドア口に立つ佐藤の位置からは、よく見えなかった。

部屋が汚されていない代わりに、調度品はメチャメチャだった。壁に据えつけてあった、人の背丈ほどもある飾り棚が倒れていた。そして、それが死体の上にのしかかっていて、足を除いた全身のほとんどを覆い隠している。ベッドはクッションマットがむきだしで、シーツや毛布類は見当たらなかった。わずかに見えている死体の足元には、ひっくり返ったゴミ箱があり、応接間で食べた弁当の残骸を撒き散らしていた。かたわらにはネイティブ・アメリカンの民族衣装が、何枚も飾り棚に被さっている。そして、カチナと呼ばれる木彫り人形たちが、男の死を悼むように転がっていた。

人形たちを蹴飛ばさぬよう注意しながら、倒れている棚の横をすり抜けて、秋山は死体の頭へまわった。

「専務は、なかをご覧になりましたか」

「いや。ここから見ただけだ」

秋山の質問に、ドア口で、佐藤のとなりで喘ぎながら奥田は首を振った。

「どういう状況だったのですか。死体を発見するまでの、経緯を教えてください」

心臓を押さえながら、奥田はゆっくり説明した。

「わたしと上野くんで、二階を調べていたんだ。上野くんはここの六部屋を担当し、わたしはとなりにある空き部屋四つと、リネン室をやっていた。部屋の調度品やベッドはそのままで異状なかったし、飾り物のなかにも倒れていたり、壊れたりしていたものはなかった。積んであった毛布もシーツにも汚れはなかったから、侵入者の形跡なしと判断して終わったんだ。それで上野くんの様子を見に来たが、どの部屋にいるのかわからなかったので、自分の寝室から順に見ていった。そうしたらここで、部屋のなかで倒れていたんだ」

「それで専務は、ひと目見て、すぐに上野さんが死んでいると」

「足に触ってみたら、冷たかったんだ」

「専務は同じ階にいて、上野さんが犯人と格闘している物音とか、あるいは叫び声といったものを、聞かなかったのですか」

秋山の物言いは、上司に対するには、やや遠慮を欠いていた。

「聞かなかった。いや、聞こえなかったね」

「本当ですね」

「何が言いたいんだ、秋山」

「失礼。ただ、わずかな疑念をも、払拭しておきたかったものですから」

「それで、晴れたのか」

「ええ、充分に」

奥田の挑むような視線を、秋山は口の端を歪めた顔で、見返した。

「佐藤さんにも話したのですが、この事件は、外部の者の仕業ではありません。専務は、ご自分の調べられた部屋に異状はなかったと言われた。ぼくと佐藤さんが調べた一階と地下も、同様に問題なしでした。おそらく、この建物のどこを調べても、侵入者の形跡はないでしょう。なぜなら、これは内部の人間の仕業、犯人は我々のなかにいるのですから」

「そんなはずはない。みんな、会社の利益を伸ばすため、苦楽をともにしてきた仲間だ。石井も上野も、江尻も。仕事漬けの毎日に文句も言わず、みんなが会社のため一丸となって協力しようという、団結心から」

「ですが、性格から価値観まで、すべてが同じというわけにはいきません。それぞれに都合もあるでしょうし、能力や意欲の違いもある。給与や賞与も。ですから、どのような理由があるにせよ、上野さんが石井常務を殺害したとしても、不思議はないのです」

奥田が、呆気にとられた表情になる。秋山の言っていることが、にわかには信じられないといった顔だ。

「何を言っている。上野が犯人とは、どういうことだ」

「石井常務を殺害したのは、上野さんだと申しているのです」

「しかし秋山、上野は、ここで」

「はい、死んでいます」

そのとき、佐藤と奥田の背後で足音がした。佐藤は反射的にビクッとしたが、それが江尻だとわかり、安堵した。

「何かあったのですか、専務」

例によって、抑揚のない口調で訊きながら、江尻もドア口にならんだ。

「事業本部長、これはいいところへ来てくれました。ご覧なさい。飾り棚の下敷きになってはいますが、ここに上野さんがいます。石井常務ほど壮絶ではありませんが、やはり頭部を殴打されているんです。そして、死んでいます」

江尻は、眉間のしわをさらに深め、部屋のなかで仁王立ちの秋山を険しい顔で見た。どこか芝居がかったような口調が、癇に障ったようだった。

「秋山、少し落ち着け。お前の言っていることは、支離滅裂だ」

「ぼくは冷静ですよ専務。支離滅裂に聞こえるのは、犯人の上野さんが殺害されているからです。この一見して矛盾と感じられる事態が、混乱を生じさせているのです」

「待ちなさい秋山くん。上野くんが犯人とは何だ。さきほどきみは、そう言ったわたしの説明をまっこうから否定しただろう」

奥田につづいて、今度は江尻が呆気にとられる番だった。そうはいっても、険しい顔は変わらなかったが。

「あれは、あなたの説が強引だったからです。返り血が床に垂れないよう、気をつけながら隠れるなんて芸当が、この無神経な巨漢に可能なはずがないでしょう。ですが、石井常務を殺したのは上野さんです。ここにある死体を見て、すべてがわかりました」

江尻は口の端を曲げ、奥田を見た。奥田も困った顔で、苦笑いする。

「江尻くん、わかるかい。秋山の言っていることが」

「いいえ、さっぱり。常務と上野くんがつづけて殺されたのを見て、どうやら精神がまいってしまったようですね」

奥田は同意したようにうなずいた。だが、さっき地下で秋山から、上野犯人説の根拠を聞いていた佐藤には、目の前の若い管理職が発狂したとは信じられない。しかし突然、秋山がゲラゲラ笑いだしたのを見ては、不安にならざるを得なかった。

「ぼくを狂人扱いするのは構いませんよ。ですが、その前に話を聞いてください」

「だから、聞いてやってるじゃないか。それにこうして、取締役クラスが二人も殺されてしまったんだ。会社の醜聞はもう抑えられない。ここまで来たら、お前が発狂したところで、どうってことはないんだ」

奥田は軽く言ってのけたが、それは紛れもなく企業生命の終焉を予感しながら、くいとめることのできない無力を嘆く、専務取締役としての悲痛な叫びであった。

「わかりました。では整理しましょう。

まず、石井常務を殺害したのは、上野さんでした。これは、初めて常務の死を聞かされたときの本人の言動が立証してくれました。あのとき奥田専務は、上野さんに対して、常務が亡くなったと言われました。にもかかわらず、この人は、こう答えたんです。バカな、誰がやった、信じられない。専務は、殺されたとはひとことも言っていないのに。これはすなわち、あの時点ですでに、上野さんは常務が殺されていることを知っていたと、そういうことになりませんか」

「そんな言い方をしたかな、わたしは。亡くなったと」

「言いましたよ」

奥田の暢気な物言いに推理の水を差され、秋山は口を尖らせた。忘却の奥田に代わって江尻が肯定する。

「秋山くん、その話は納得した。だが、犯行後の上野くんの、逃走経路についてはどう説明するんだ。きみはわたしの説を一蹴したが、新たにどんな解釈をつけるつもりだね」

「簡単です。上野さんには犯行後、現場から退去できる時間が充分にあったのですから」

「また、何を言いだす」

「話が、また理解できなくなった」

奥田と江尻が、同時に苦情を言った。

「まあ聞いてください。いいですか江尻本部長。さきほどの応接間の論戦において、あなたが上野さんを有罪として立証できなかったのは、常務の悲鳴が聞こえてから、ぼくたちが現場へ駆けつけるまでの、時間の壁を破ることができなかったからですよ」

「きみは、破ったのか。常務の悲鳴でスタートし、きみたちの到着でストップしてしまう閉塞した時間軸のなかで、上野くんが逃走できるだけの空隙を作りだすことに、成功したのかね」

「はい」

江尻の問いに、秋山は自信ありげにうなずいた。

「ぼくは、時間を捻出することに慣れていますから。先月アップした、顧客情報照会オンラインにしても、三〇〇万件のデータを持つＲＤＢから、メインフレームに三秒以内で抽出させることに成功しました。基本のセットアット・ア・

タイム法を忠実に守ることで、データベースを加速させ処理時間を短縮させたんです。これは相対的に、時間を作りだしたことになります」

「設計能力の自慢は、社に帰ってから聞く。本題にもどってくれないか」

「これは失礼。なあに、単純なことですよ。スタートのタイミングをずらせば済むことです」

「スタートをずらす。それは、常務が悲鳴を上げたタイミングを、早めると」

「違います。江尻さん、ぼくたちは錯覚していたのです。つまり、常務が悲鳴を上げた時間点と、襲われた時間点が、同期しているものだと」

「何？」

「悲鳴が聞こえたとき、常務はすでに殺害されていた。逆に言えば、上野さんが常務を殺し、現場を離れ、アリバイが成立したところで悲鳴は上げられた」

「では、あの悲鳴は、常務ではない」

「当然です。だって、考えてもみてください。この部屋で、上野さんは殴り殺されているのですよ。身長が一九〇、体重は知りませんが、おそらく一〇〇キロ以上はある巨体が、この部屋で犯人と乱闘を演じたのです。見てのとおり棚は倒れ、部屋は甚だしく散乱しています。にもかかわらず、ひとつむこうの廊下で別の部屋を調べていた専務は、物音ひとつ耳にしなかったと言われました。失礼ですが専務、聴覚はまだ衰えていませんよね」

「ああ。お前の話はよく聞こえている」

「結構です。同じ二階にいながら聞こえなかったほど、この別荘はしっかりした防音構造を持っているのです。それなのに常務の悲鳴が、あのとき玄関口にいたぼくたちの耳にまで届いたとは、これこそ異状ですよ」

「では、あの悲鳴は」

江尻は訊いたが、すでにわかっている顔だった。

「お察しのとおり、上野さん本人でしょう。おそらく一階の浴場の、ドアから顔だけだして悲鳴を上げ、ぼくたちが血相変えて二階へむかうのを尻目に、本人はゆっくり湯船で歌っていたのです。坂本冬美ですか」

「なるほど」

江尻は、ため息をついて黙ってしまった。秋山は誇らしげに胸を張る。

「すっかり騙されました。考えてみれば、本物の石井常務の悲鳴なんて、誰も聞いたことはないのですから」

「その話はわかった。だがな秋山」

沈黙してしまった事業本部長に代わって、今度は専務が疑問をぶつける。

「目の前で死んでいる、この上野はどうなるんだ、誰に殺されたんだ。いまの話じゃ、上野は犯人と格闘の末に絶命したのだろう。石井常務を殺した責任をとって、自殺したなどではなく。そうなると上野を殺した犯人が、また別にいることになる」

「はい、そうです」

「誰だ、どこにいるんだ」

「ぼくの目の前に」

秋山は、きっぱりと言い切った。

「上野さん殺害の犯人は、そこにいる江尻事業本部長です」

事業本部長

1

テーブルの上には熱いコーヒー、奥田がいれたものだ。すでに二人の宿泊客が、この世の人ではなくなったので、カップは四つで足りていた。

そのテーブルを挟んで、応接間では二人の男が、微動だにせず互いを凝視している。

自信に満ちた秋山の目は、やや狂気を帯びてはいるものの、澄みきっていた。対して、犯人と名指しされた江尻のほうは、ふだんにもましてしわが深くなっていて、その顔は秋山の視線を跳ね返すのにやっとであった。

「二人とも、熱いうちに飲んだらどうだ。少しは落ち着くぞ」

自分のカップを取ると、奥田は二人から離れて別のソファに腰かけた。そのわきでは、やはりコーヒーカップを持った佐藤が、またも居場所をなくして突っ立っていた。

「お言葉ですが専務、あんな侮辱を受けたあとで、落ち着けとは無理な相談です。この歳になって、わたしは人殺し呼ばわりされたのです。それも、よりによってこんな、茶色い髪を女のようにのばした若い男から。いつも派手な背広に、紫のワイシャツなんぞを着こんで。マンガのついたネクタイをしてくるときだってあった、部長職にありながらだ。仕事ができれば、非常識な人間でも構わないという方針は、今後あらためたほうがよろしいかと思われますな」

江尻は淡々と喋っていたが、それでも口調にはわずかながら緩急が生じていた。それがこの男の、怒りの感情表現なのだろう。

「江尻さんは、ぼくのことを、そんなふうに見ていたのですか。これは残念だなあ。ぼくのファッションは計算されたものなんです。プレゼンテーションのときは、いつもあれで相手にインパクトを与えているのですから。それに常識だって、あなたより持っていますよ。ちなみに、ワイシャツとはホワイト・シャツの略称です。つまり紫のワイシャツなんて存在しませんので、あしからず」

「秋山！　いい加減にしないか」

叱責したのは、江尻でなく奥田だった。当の江尻は、秋山の嘲弄に対してもまったく表情を変えず、ソファから腰が浮くこともなかった。

「さっきの、お前の説明はわかった。だが、江尻くんが上野を殺したという根拠については、まだ何も聞いてない。犯人だと決めつける前に、理由を説明するのが先だろう」

「コンセプトやディテールを説明する前に、結果を先に言ってしまう、それも自信たっぷりに。それで顧客が呆気にとられる様を見て、ひとりで勘違いな優越感に浸っている。先日ユーザー会議で問題になった、苦情の内容そのままだ」

秋山に受けた嘲弄を、江尻は悪評判を暴露することで返上する。

「何だって？　いつの話です、それは」

秋山の顔が引きつった。江尻は視線を和らげ、ため息をつく。

「専務。わたしが犯人である根拠など、この男に説明できるわけがありません。秋山は当初、自分の事件の犯人は上野くんだと信じていた、思いついた推理に酔いしれていたんです。しかし予想外にも、今度はその上野くんが死んでしまった。だから混乱しているのです。さきほど二階で見せた演説はどうです。彼は、名探偵を気取りたかった。しかし推理が破綻してしまったので、何とか取り繕おうとして、苦し紛れに別の犯人をデッチ上げたまでのこと。この男は、まだ子どもなのですよ」

「ふざけるな！」

耐えきれずに秋山は立ち上がった。

「人を侮辱するにもほどがある。デッチ上げだと？　冗談じゃない。いいか、こっちには、あんたが犯人だという、はっきりした根拠があるんだ」

「それなら、退屈な能書きは省略して、さっさと話してくれないか」

激昂する秋山をよそに、江尻はコーヒーをすすった。苦いのか甘いのか、わかりづらい表情だった。

「よろしい、説明しましょう。みなさんは死体をよく確認していないでしょうが、上野さんは撲殺されていました。石井常務と同じく、後頭部のあたりを。常務の場合は、頭が割れて部屋が血まみれでしたが、上野さんは一撃だったのか、鼻血が少し流れた程度で済んでいました。

さきほどぼくたちは、手分けしてこの別荘の内部を探索しました。そして、我々が別行動をとったわずかの間に、上野さんは殺されたんです。こともあろうに腕自慢、力自慢だった彼が、いとも簡単に殺害されてしまった。ですが、考えてみてください。日ごろから鍛えているプロレスラーならともかく、巨漢とはいえ上野さんは、やはりただのサラリーマンです。背後を襲われ、鈍器で頭を殴られては、ひとたまりもない」

「話がまわりくどいな」

江尻は容赦なく指摘する。

「相手が上野さんだとしても、それ相応の凶器さえあれば、ぼくたちにも殺すことは可能だということですよ。変だな、指示されたからプロセスを詳細に説明しているのに、結論を急がされてしまった」

「だが秋山、上野の部屋は荒らされていた。あれだけの格闘をしているのに、いくら凶器を持っていたからといって、一撃で簡単に殺せるか」

奥田の疑問を、秋山は嬉しそうな顔で受ける。

「ぼくは、あの部屋の状況は捏造、作為だと考えています。もし犯人が未知の人間であったなら、いくら上野さんが腕自慢だとしても、ドアを開けて『犯人を見つけたぞ』くらいは叫ぶでしょう。しかし、上野さんはしなかった。なぜか。それは相手が、よく知った人物だったからです。二階で上野さんは、ぼくたちの寝室を調べていた。そして、たまたま自分の部屋にはいったところへ、様子を見に来たふりをして犯人が訪れる。おそらく上野さんは、犯人を見つけたらただじゃおかないとか、凄みをきかせながら、飾り棚の人形でも見ていたのでしょう。まさか犯人が目の前にいるとは思っていないから、不用意に背をむけてしまった。犯人は、そこを一撃してしまえばＯＫなのです。あとは、外部からの侵入者の仕業に見せかけるため、棚を倒したりして部屋を荒らしておけば、仕事は完了です。

さて、プロセスの説明はここまでにして、いよいよ結論にまいりましょう。みなさんは、別荘の内外探索をはじめる際に、それぞれ武器を手にされました。もちろん上野さんは、その武器のいずれかで撲殺されたのです。

列挙してみましょうか。ぼくはテニスラケット、一緒に行動していた佐藤さんは、最初はカメラの三脚でしたが、重かったので途中から掃除機のホースに持ち替えています。専務はシャベルでした。そして江尻さん、あなたが持っていたのは、金属バット」

江尻は、持っていたカップを空にした。

「ラケットも掃除機のホースも、FRPや合成樹脂製ですから丈夫です。しかし、大男である上野さんの、後頭部を一撃できるほどの破壊力となると、どうでしょう。

次は専務です。専務はシャベルを選択されました。見た目も頑丈だし、凶器としては申し分なさそうに見えます。しかし残念なことに、あれは軽すぎるんです。六十七歳の老人でも、片手で持って歩けるほどに」

「セラミック製だからな」

奥田が説明を補足する。秋山は笑顔で会釈した。

「ところが金属バット。これだったら、可能だとは思いませんか。江尻さんのような、腺病《せんびょう》質《しつ》タイプの小男でも、金属バットなら上野さんを殴り殺すのは、そう困難なことではないでしょう」

「話は終わったか」

カップを持ったまま、江尻は、のっそりと立ち上がった。応接間をでて行こうとする。

「どちらへ行かれるのです」

行く手に、秋山が立ちはだかった。

「二杯目を飲もうと思ってな」

秋山は、呆れたように天井を仰いだ。

「そんな場合ですか。それとも、ここから立ち去るということは、罪を認めたと判断してもいいのですか」

「奥田専務」

江尻は、仕方ないといった目つきで振り返った。

「専務は、どうお考えですか。この茶色い長髪男の言うとおり、わたしが上野くんを手にかけたと、思われますか」

佐藤は、奥田の後ろに立ったまま、二人の本部長の舌戦を見守っていた。どうやら事態は収束を迎えつつあるようだ。これで犯人がわかれば、通報できる。東京へもどれる。

判断をうながされた奥田は、疲れた顔を上げると、江尻の前で壁と化している秋山を見た。

「お前の説明はよく整理してある、こじつけも感じられなかった。だが、どうしても腑に落ちないことがある。理由だ、動機というやつだ。上野が石井を殺した理由については、まあ、承服できないこともない。以前からイジメられていたことで腹に据えかねたというのは、ひどく子どもじみた動機だとは思うがな。だが、今度はその上野を、そこにいる江尻くんが殺してしまったとは、またどうして」

「そんなことを悩んでおられるのですか、専務」

奥田の疑問を、秋山は笑い飛ばした。

「動機の解明など、現代の犯罪においては無価値ですよ。新聞の社会面を見てください、イン

ターネットの配信ニュースを閲覧してくださ
い。うるさいからと子どもを床にたたきつけ重傷を負わせた父親、仲間が悪口を言ったと勘違いして首を絞めたホームレス、アルバイトの面接に落ちた腹いせで誰でもいいからと刺してまわったフリーター。専務は、そんな殺人の動機を聞いて納得できますか？　訊くだけ無駄、正常な人間からすれば、かえって混乱を招いてしまうものばかりじゃないですか」

「それは違うぞ」

秋山の演説を、奥田はひとことでとめた。混合色の蛍光灯下で、ロマンスグレーの髪が脂ぎって光る。

「お前の言った事例は、最近の若い連中の話だ。いまの人間は苦労を知らない、本当の意味の苦労をな。だから気に入らないことがあると、すぐに他人を傷つけるし、欲しい物があれば簡単に盗む。確かにお前の言うとおり、教師から自分だけが怒られたからとか、引きこもりの人間が自分の強さを誇示したかったからとか、このごろの事件は読んでいても頭の痛くなる内容ばかりだ。

だが秋山、お前の言うとおり、上野を殺したのが江尻くんだったなら、明確な動機が存在するはずだ。この男は、我が社の業務全体を取りまとめる地位にある。勤続年数だって、わたしより長いんだ。そんな地位と忠誠心のある男が、いい加減な理由で人殺しなど、するものか」

佐藤は大きくうなずいていた。なるほど、言われてみればもっともだ。しかし本当のところは、誰が犯人でもいいから、早く決着をつけてくれと願っていた。

専務の異議に、秋山の顔から白い歯が消えた。江尻を見すえたまま、唇をぐっと噛んでいる。

「ふん。動機なんか知りませんよ。この人に、江尻さん本人に訊いてください。ぼくはただ、これまでの状況から推理して、犯人を特定しただけのことです」

「それなら秋山くん、同様に、こちらだって推論は立てられるんだ。きみが犯人だという推理をね」

奥田の援軍を得てリラックスしたのか、江尻はそう言って、ふたたびソファに腰を降ろした。

「何だって、ぼくが犯人？」

「そうだ」

「それはあり得ない。第一ぼくは、ずっと佐藤さんと一緒だったんだから」

「そうとも言えまい」

「バカな、ぼくが犯人だなんて」

探偵のつもりが、一転して容疑者の立場に追いやられ、秋山は狼狽していた。仁王立ちのまま問いつめるが、江尻は視線を合わせない。

「専務。わたしは秋山くんと違って、人さまを軽率に殺人者呼ばわりするような教育は受けておりません。したがって、探偵気取りに誰それが犯人だなどと軽口をたたくのは不本意なのですが、ここは収まりがつきません。申し上げてもよろしいでしょうか」

「構わんよ。わたしも聞きたい」

「では失礼して。わたしの話は簡単です。秋山くんは、地下室へは降りたが、行動を共にしている佐藤さんの目を盗んで、すぐにそこを出た。そのとき手にしていたテニスラケットは、何か別の鈍器に持ち替えられていた」

佐藤はビクッとした。そういえば、地下の部屋で二度目に声をかけられたとき、秋山はラケットを持っておらず、手ぶらだった。江尻はつづける。

「そして二階へ上がり、上野くんを捜す。たまたま彼は自分の部屋にいたので、何気ないふうを装い、なかへはいる。上野くんは、相手が秋山くんなので、気を許して背をむけ捜索を続行。

ここでわたしが強調したいのは、犯人は、上野くんが容易に隙を見せてしまうほど、心安い人物だという点です。仮に秋山くんの言うとおり、わたしが犯人で、上野くんを殺すために部屋を訪れたとしましょう。しかし残念ながら、わたしでは上野くんの後頭部を殴打することはできないでしょう。なぜなら、彼はわたしに敵意を抱いていましたから。

彼が殺される前、つまり石井常務が殺されたあと、わたしは上野くんが犯人であると指摘し、秋山くんと論争を展開した。結果として証拠不十分だったわたしは、矛を収める形になったが、それでも完全に、上野くんの無実を認めたわけではなかった。それは彼もまた、同様に感じていたことでしょう」

「それ以前に、上野はきみを恐れていたしな。先日の取引ミスの責任を取らされて、いつ懲戒を受けるのかと」

「それもあります」

もちろん佐藤が知る必要のないことではあったが、上野は仕事上のミスで、常務の石井だけでなく、事業本部長の江尻にも頭が上がらなくなっていたようだ。常務が殺されたとき、一番初めに上野を疑った秋山に対して、上野は殴りかからんばかりにビール瓶を振り上げたが、江尻の一喝でおとなしくなってしまった。自分の進退を握られているという不安が、彼を即座に冷静にもどしたのだろう。

「つまるところ、わたしが上野くんを殺そうとしても、部屋にはいって相手の隙を見計らって襲うなどは、不可能なのです。せいぜい中二階にある遊戯室で、ビリヤードをしている最中に後ろからとか、浴びるほど飲ませて酔い潰すとか、そんな方法でしか成功しないのではと考えます」

「でも、だからといって」秋山が全身を震わせて反論する。

「ぼくが犯人であるとの証拠には、何ひとつならないじゃないですか。それに最初に言ったとおり、ぼくは佐藤さんと一緒だったんだ。いくら地下室が広いからって、ぼくが途中で抜けだせば、佐藤さんは気づくはずですよ。そうでしょう！　ね、佐藤さん」

「は、はあ」

佐藤は返答に窮した。確かにさっき、地下室で奥田から訊かれたときは、思わず肯定してしまったが、いまは少し自信がなくなっていた。それにあのときは、部屋を調べるより陳列品の見物に夢中だったし。佐藤の返事を待たずに江尻は言う。

「それなら、こういう推理はどうでしょう。秋山くんと佐藤さんが、共謀して上野くんを殺害した。部屋が荒らされていたのは、外部犯に見せかけるためのカムフラージュではなく、実際に二対一で争った跡である。それなら辻褄が合う」

「冗談じゃない！　佐藤さんと上野さんは初対面だ。どうして面識のない人間に殺意を抱く？」

初対面ではなかったが、佐藤はだまっていた。話の腰を折っている場合ではない。

「きみがそそのかしたんだ。上野くんを殺せば、営業本部長の席が空くとか何とか言って」

「くだらない！　詭弁にも限度がある。それなら争った跡が、外傷が、ぼくや佐藤さんの体についているはずだ。見てくれ、二人とも無傷じゃないか」

「そのようだ。だったら初めの推理にたちもどって、二人で上野くんの部屋へはいって、背後から殺したことにしよう」

「ふざけないでくれ！」

「そうだよ秋山くん。まったくふざけた議論だ、きみもそう思うだろう」

低い声が響いた。のどの奥でうなるようなそれが、江尻の笑い声だとわかるまでに、佐藤は若干の時間を要した。

「専務、いかがですか。わたしの申し上げたことは、秋山くんの言うとおり、ふざけた詭弁です、ただのこじつけに過ぎません。それは、わたしの話を裏付けるものが、何ひとつ存在しないからです。これは推理などではなく、無責任で不謹慎な想像でしかありません。いや、中傷と言ってもいいと思います。しかしながら、それはここにいる秋山くんが、わたしに浴びせたものと同様であることも、また事実なのです。わたしの申し上げた秋山、佐藤共謀説が、手前勝手な想像なら、秋山くんの唱えた江尻犯人説もまた子どもじみた空想。わたしは、そのことを言いたかっただけなのです」

そう言ってひとつ、江尻は大きく息をつくと、カップを持ってもういちど立ち上がった。

「秋山くん、コーヒーのお代わりを、させてもらうよ」

秋山は江尻をにらみつけていたが、すぐに力尽きたように、どいた。

「おい江尻くん、お湯を沸かしなおしてくれ。インスタントですまんな。コーヒーも砂糖も、そこに出ているから」

厨房へ消えた江尻に、奥田は声をかける。そしておもむろに、秋山へむきなおった。

「なあ、秋山。お前には、いまの状況がわかっているのか」

何だか、駄々っ子をなだめるような物言いだった。

「もちろんです。石井常務と、営業本部長の上野さんが殺された。しかし警察へ連絡したくとも、犯人が見つかるまではできない」

「ああ。だが、それも明日までだ。いくら会社の醜聞を防ぐためとはいえ、ここで殺人があったことを、そう長く隠し通すことはできない。今度は、通報義務を怠ったとか、あるいは何か隠蔽工作をしたなどと邪推されたりして、逆効果を招いてしまう可能性もあるからな」

「だから考えてるんじゃないですか。江尻さんが怪しいのではと、ぼくなりに推論したのに。あんな形で侮辱されて」

「証拠がないからだ。だがな秋山、いまの状況で江尻くんとお前の、どちらが犯人かと訊かれれば、わたしは迷わず答えられる。お前だとな」

「バカな」

「さっき、自分で言ったじゃないか。現代の犯罪に、理由なんか不要だと。わたしや江尻くんの年代の者には、まるで理解できないことだが、お前のような世代の人間にとっては常識なんだろう。秋山、お前も、ほかの若い社員と同じだよ」

「どういうことですか」

「見こみがあると思って、ちょっと難しい仕事を任せると、こんな仕事できないと、簡単に放り投げてしまう。将来の夢を訊ねると、適当に働いて、あとは遊んでいたいと答える者がほとんどだ。何がしたいと言うわけでもない、何になりたいと思うこともない。自分でひとつ、会社を改革してやろうとか、世の中を変えてやろうとかの気概もない。それでいて妙な格好で道を歩いてみたり、髪の形に気をつかったり、自分を主張することには意欲的だ。見かけだけは強がっているが、いざ何ができるかというと、結局は何もできずに他人のだした結果を非難し中傷するばかり。たしなめれば、中途半端な知識を振りかざして反論する始末。それもインターネットか何かで仕入れてきた、受け売りで表層を舐めただけのな」

「専務。あなたはぼくを、そんな人間に見ていたのですか」

秋山は、愕然とした表情になった。信じられないといった顔だった。社のスター的存在である天才エンジニアを、ここまでこき下ろす奥田の言動に、佐藤もいささか困惑していた。

「常務を殺したのは、お前が言ったように上野だろう。おそらくな。だが、その上野を殺したのは、お前だ」

「何ですって」

「理由は、動機がないからだ。いや、強いて挙げるならば、この事件を混乱させたかったんだよ。お前は、ここで上野がバスタオル一枚でビールを飲んでいたとき、あいつの言動の矛盾を突いて、上野が犯人であることに、早くから気づいていた。だったら、どうしてそのとき、すぐに言わなかったんだ」

「それは」

「説明してやろう。それは、お前が言いだす前に、江尻くんが上野を糾弾してしまったからだ。江尻くんが言ったように、お前は名探偵になりたかったんだ。だが当てがはずれて、その舞台を横取りされてしまった。それでお前は、主導権を取りもどすために、不本意ながら上野を弁護することにした。運よく、江尻くんの話には無理が多かったから、お前の見こみ通り上野は無実になった。そのあとで仕切り直し、改めてお前は上野犯人説を、したり顔で演説したかったのだ」

「違う」

「だがそこで、お前はひとつ、おかしなことを思いついてしまった。自分より先に、犯人を指摘した江尻くんを、少し懲らしめてやろうと。それで、お前は上野を殺し、その罪を江尻くんに着せてしまおうと考えた。突然に人殺し呼ばわれされて狼狽する姿を見て、笑いたかったのだ。しかし目論見は、今度もはずれてしまった。それどころか、真相を見破られてしまったのだ。藪蛇だったな、秋山」

「違う、ぼくじゃない」

「犯人は、お前だ」

「違う」

「おーい、事業本部長」

奥田に呼ばれて、厨房から、眉間にしわを寄せた顔が覗いた。

「お湯は沸いたかね」

「はい。いま、専務の分も、いれようと思いまして」

「コーヒーはいいから、警察に電話してくれないか。犯人がわかった。正直、もうここにいるのはうんざりだ。死体だらけの場所で、暢気にコーヒーなんか飲んでいられるか」

江尻に声をかけている間も、奥田は秋山から目を離さなかった。

意外な展開だった、秋山が犯人だったとは。にわかには信じがたい。だが地下室で、この男とずっと一緒だったかと問われたら、自信がなかった。それ以上に、佐藤は専務に異議を申し立てるのが怖かったのである。今後の、自分の出世のことを考えると。

「承知しました。携帯電話は寝室においてありますので、取ってまいります」

「ぼくじゃないですよ」

秋山の震える声など聞こえなかったかのように、江尻は廊下を、奥の階段へと消えていった。

「ぼくじゃない。ねっ、佐藤さん、違いますよね」

「はあ」

懇願するような目で見られたが、佐藤には返答のしようがなかった。

「秋山。そこから先は、警察で言うんだな」

「ちくしょう!」

秋山が叫んだ。暴れだすのかと佐藤は驚怖したが、天才エンジニアは髪を掻きむしると、そのまま江尻の去ったあとを追って消えた。

「佐藤くん、秋山を追ってくれ。江尻くんを襲うかも知れない」

「は、はい！」

佐藤は応接間を飛びだした。自分でも驚くほどの敏捷さだった。上司の指示には迅速に対応する習性が、ここでも見事に発揮されていた。

2

階段を上りきる、目の前には長い廊下、むかい合ってならぶ寝室のドア。奥の右側にあるドアを開け、部屋にはいろうとする江尻の後ろ姿を佐藤は捕えた。

「事業本部長、ご無事ですか」

「無事だよ、どうしてだ」

「秋山さんが、血相を変えて二階へ上がったものですから、てっきり事業本部長を襲うものと」

「来なかったな。おそらく、中二階でヤケ酒でもあおってるんじゃないか」

会話中も佐藤を振りかえることなく、そう言い捨てて、江尻は部屋へ消えた。

中二階。言われて佐藤は、左へつづく別の廊下へ視線を移した。秋山は、こっちへ行ったのか、恐る恐る進んでいく。

右手に、また別の廊下が見える。ここにもドアが、むかい合って二つずつあった。室内捜査で奥田が点検したという、今回は使用しない四部屋のようだ。

さらに歩いていくと、洗面所とトイレを過ぎたところに、短い下り階段が現れた。降りると、目の前に肌寒い空間が広がる。

室内は消灯されていたが、それでも非常灯の明かりでぼんやりとあたりの様子をうかがうことはできた。壁づたいに進んでいく。ビリヤード台があった。その奥にも一台ある。手が、何かに触れた。ビクッとして見ると、ダーツの的だった。壁に木目があることに気づいた。しかし顔を近づけて見ると、ただの壁紙であった。

この部屋は、あとから増築されたのだろうか。寝室からつづく中途半端な階段といい、ログハウスの雰囲気を壁紙で粗略に間に合わせていることといい、どうも急場しのぎに慌てて造ったような、あるいは所有者が建造途中で意欲を喪失してしまったかのような印象は否めなかった。

壁に気を取られて歩を進めていたため、腰を何かにぶつけてしまった。見ると、黒く巨大な物体が、大口を開けて鎮座している。何か怪物の剥製なのか。思わず悲鳴を上げそうになって、それがピアノであることに気づき、胸をなでおろした。無理もない、本物のグランドピアノなど、佐藤はこれまでに見た経験などなかった。

横をすり抜けようとしたが、ピアノの側面が壁にピッタリ接触していて進めない。こういう状態は、ピアノによくないのではないか。素人ながら、そんなことを考えつつ反対側へまわりこむ。

壁際に、何か機械らしきものが見えた。独身者用の冷蔵庫ほどの大きさだ。ジュークボックスだった。暗くてなかは見えないが、扇型のガラス窓の奥では、黒いＳＰレコードたちが、鋭利なつばを立てて行儀よくならんでいるはずだ。前面のパネルを手さぐりでいじってみると、右手の親指に小さなくぼみが当たった。コイン投入口なのだろう。すぐわきに、返却ボタンが細長く突きでていた。

　突然、ジュークボックスが光を放った。同時に扇型のガラス窓が明るくなる。驚いた佐藤が後ずさりすると、部屋もまばゆいばかりに明るくなった。闇に慣れた目を思わず手で覆う。

「その機械が気に入ったようですね。レコード、かけてみますか」

　声は秋山だった。手をどけて目をしばたたかせると、すぐ目の前に相手はいた。束ねた髪に、白い歯。その顔からは、応接間を走りでて行ったときの、思いつめた表情は消えていた。

　しかし佐藤は警戒の色を弱めない。ジュークボックスから離れると、代わりに機械の前へ立った秋山が、前面に配列されたアルファベットと数字のボタンをいくつか押した。

「お金は不要です。コイン投入口は、ただの飾りですから」

　ガラス窓のむこうで、レコードの列がパタパタと動きはじめる。ある場所で停まると、半円状のフックを持ったアームが伸びてきて、一枚を強引に引っぱりだした。前にあつらえてあるターンテーブルに載せると、先端にカートリッジを積んだ別のアームが迫り、黒いレコード盤の溝めがけて降下していった。

「何だ、これ。専務も気が若いな」

　腰下にあるスピーカーを鳴らしたのは、ジャズでもロックでもなかった。SP盤だからクラシックは無理だとしても、女性アイドルの歌謡曲が聞こえてきたのは、意外であった。

「何だろう、この曲。佐藤さん、ご存じですか」

　流れているのは、懐かしい歌声であった。

「『二人だけのセレモニー』です」

答えてから、佐藤は少し赤面した。澱みなく返答できた自分が、照れくさかったからである。

「へぇ、知らないなあ。誰が歌ってるんだろ」

秋山は興味なさそうにジュークボックスから離れると、おもむろに奥のカウンターへはいった。

「何か、飲みますか?」

ビリヤード台のむこうは、ちょっとしたスタンドバーになっていた。カウンターの上にグラスがいくつか伏せてあり、後ろの棚には飲んだこともない洋酒のラベルが、いくつも見てとれた。

「け、結構です。いまは酒など、飲んでいる場合ではありませんから」

舌をもつれさせながら、断った。目の前にいる男は、犯罪者なのだ、もはや自分の上司などではない。その思いが、佐藤の態度から卑屈を取り去っていた。心なしか声のトーンも、江尻に似てきていた。

「そんな場合ではありませんか。それは、ここで人が死んだから? 会社の存亡を左右する要職にある人間が、立てつづけに二人も殺されてしまったからですか。でも、もういいじゃないですか。事件は解決したのです。間もなく、ここへは警察官がやってくる。そして、犯人は無事に逮捕されるのですよ。彼らはぼくを捕まえる。それで終わりです」

自嘲的な笑みを浮かべながら、秋山は手にしたシャンパンの栓を飛ばす。そして二つのグラスへ、均等についでいった。

「あなたは、本当に犯人なのですか」

「それに対する返答は、警察の取調室でやってくれと、さっき専務から言われました。ですから、ぼくはもう、これ以上わめくことはやめます」

「あの、あのとき秋山さんは、わたしと一緒でしたよね」

「いつの話です」

「二人で地下室を調べたとき。専務が、地下室へおいでになったときです」

「ええ。ぼくも、あなたと一緒にいたつもりでした。しかし、さっき専務がぼくを犯人だと言ったとき、あなたはすっかり沈黙してしまって、弁護してくれませんでしたよね。あれは、どういうわけです」

「それは……」

「別にいいですよ。もう済んだことです」

秋山は鼻で笑うと、グラスを指で挟んだ。

「地下室では侵入者の調査に集中していたから、ぼくが途中で部屋をでたとしても気づかなかったかも知れない。したがって、終始行動を共にしていたとは断言できない。よって、ぼくが犯人でないなど保証できるはずがない。

あなたの言い訳は、こんなところでしょう。でも、もうひとつ、本当の理由があったのではありませんか。あそこで専務の意見を否定してしまったら、自分の立場がまずくなるのではないか。ここは、長いものに巻かれておいたほうが無難だ。なぜなら、事件の真相はどうあれ、誰が犯人であろうと、部外者である自分には何の関係もないのだから」

「とんでもない。め、滅相もありません」

本心を見透かされた佐藤は、うろたえながら激しく手を振って否定した。それを見て秋山は、カウンターのむこうで大笑いする。

「図星でしたか。嘘のつけない人だ」

「違います！　そんなこと思っていません」

「いいんですよ。終わったことですから」

秋山は、子どものように否定をくり返す佐藤をなだめるように、語調を変えて言葉をつづけた。

「それより佐藤さん、もうすぐ、ぼくは連行されてしまう。あなたとも、これでお別れです。本当は、お話ししたいことがあったのに。上司と部下でなく、正社員と派遣社員なんて関係でもなく、家庭を持つ父親としてのあなたに、訊ねたいことがあったのに。もう、そんな時間もなくなってしまいました。お別れに一杯、付き合っていただけませんか」

そう言うと、秋山はもうひとつのグラスを差しだす。

『サマービーチ』往年のアイドルの歌は、二曲目にはいっていた。

「それとも、やはり佐藤さんは、ぼくが犯人だと思っているのですか。そしてグラスには毒。警察が来る前に、自殺するつもりなんじゃないか。腹いせに自分を道連れにして。これもまた、図星でしょう」

「違います！　あなたは、犯人じゃない」

佐藤は叫んでいた。邪魔なビリヤード台を押しのけ、つかつかとカウンターの前までやって来ると、秋山の手からグラスを奪い取った。

「では佐藤さん、乾杯」

「か、乾杯」

からかうような言い方に、憤然としてグラスをかたむけた。口当たりのよいシャンパンは、いっきにのどを越えて流れていく。

　グラスを空にした佐藤を見る秋山は、ここで初めて会ったときと同じ、快活で屈託のない表情にもどっていた。

「ありがとう。とても嬉しいです、ぼくを信じてくれる人間がいて」

　相手のグラスに二杯目をつぐ、秋山は本当に嬉しそうだった。

「ぼくはね、さっきの専務の態度を見てしまってから、もう誰も信用できなくなっていたんです。そりゃ確かにぼくは、あの連中と同じ上級管理職に就いてはいます。けど、仕事以外での付き合いはほとんどありません。専務に何度か、この別荘に呼んでもらった程度です。だから、あの二人が本当はどんな人間で、腹の底では何を考えているとか、正直さっぱりわからないんです。ぼくの推理どおり、石井常務を殺したのが本当に上野さんだったとしても、どんな理由があるのか知りませんし、それ以前に、どうしてあんなに簡単に人が殺せるのかも理解できません。

　ぼくは、さっきみんなの前でした説明に、自信を持っています。上野さんを殺したのは江尻さんです。なのにそれを、あの奥田専務から否定されてしまいました。ぼくはもう、専務さえも信じられません。佐藤さん、いまのぼくが信用できるのは、唯一あなただけです」

「はあ。ありがとうございます」

　取りあえず礼を述べながら、佐藤は二杯目を空けた。

3

「シャンパンのせいで、脳細胞が活性化したのかな。うんざりかも知れませんが、いまちょっと思いついた、ぼくの推理を聞いてもらえますか」

カウンターを挟んで、何度目かの乾杯を済ませたあと、秋山が言いだした。佐藤はすっかり顔が火照ってしまっていたが、秋山のほうは日焼けが邪魔してわからない。

「ぼくは、石井常務を殺したのは上野さんだと言いました。その推理の発端となったのは、常務の死を奥田専務から告げられたときに、上野さんが吐いた言葉に起因しています。

しかし、いま思いだしたのですが、上野さんは最近、柄にもなく推理小説に凝っていましてね。暇を見つけては読んでいたようでした。ここへくる間も、列車のなかで読み耽ってしまい、あやうく乗り越してしまうところだったと話していたのです。そんなミステリー好きの人間が、予想外な人の死と遭遇した場合、事故死でも病死でもなく、思わず殺人と口走ってしまうものではないでしょうか」

「はあ、なるほど」

秋山の話は、専務がたしなめた、立証のできない無責任な想像でしかなかった。しかし佐藤は、おとなしく相槌を打つ。

「そう考えると、常務殺害についての上野犯人説を、もういちど見直す必要が生じてくるのです。それでぼくは、さっきの状況をもういちど振り返ってみました。そして、あることに気づいたんです。佐藤さん覚えていますか、石井常務の悲鳴が聞こえたときのこと」

「はあ」

「もちろん、さっき応接間で解説したように、悲鳴は常務のものではなく、別人の作為であったと考えています。しかし、もういちど思い返してみてください。ぼくたちは、あのとき聞いた悲鳴を、なぜ石井常務の声だと、すぐに信じこんでしまったのでしょう」

「あ」

そうだった。玄関をでようとして、靴の片方に足を突っこんだ直後、厨房にいた専務から呼ばれたのだ。そして——。

「覚えているようですね。そうです、奥田専務が言ったのです、常務の声だと。ぼくは応接間で、誰も本物の常務の悲鳴など聞いたことがないと言いました。そのとき、専務は何も言わなかった。つまり、専務自身も、石井常務の悲鳴を聞いた経験はないのです。にもかかわらず、なぜあのとき専務は悲鳴の主を特定できたのでしょう」

秋山はニヤリと笑うと、グラスで唇を湿らせた。

「どうです。その疑問に突き当たってしまうと、それまでの視点を大きく変更せざるを得なくなってくる。あのとき悲鳴をだしたのは、上野さんではなく、専務ではなかったのかという変更をね」

「で、では。犯人は専務」

「まあまあ、結論を急がないで。ただ上野さんが死んでしまっているいまとなっては、いくら罪を着せても文句は出ませんからね。死人に口なしです」

佐藤は混乱していた。秋山の言っていることは、立証こそできないが納得のいくものだ。しかし、企業トップのひとりである専務が、こんなところで殺人など犯して、何の利益があるというのだ。常務取締役が殺され、営業本部の部長が殺されては、犯人が誰であろうと会社の信用に影が落ちることは変わらない。それに、本当に誰かを殺したいと考えるなら、それなりの地位と名誉のある人間なのだ、何も自ら手を汚さずとも別の手段があるのではないか。

いや、その前に。常務を殺したのが専務の奥田だとすると、殺害の際に浴びているはずの、返り血の処理が問題となってくる。

「し、しかし秋山さん。専務が犯人だとすると、常務を殺したときの返り血は、どうしたのでしょう。上野さんの場合は、すぐに入浴して洗い落としたというお話でしたが、専務は、あのとき厨房にいらっしゃいましたよ」

「佐藤さん、それからもうひとつ、ぼくは気づいたことがあるのです」

秋山は答えてくれなかった。佐藤が拍子抜けするなか、若き企画本部長は嬉しそうに、ひとり話をつづける。

「玄関口で悲鳴を聞いたあと、ぼくたちは厨房にいた専務と三人で二階へ駆け上がり、寝室で石井常務の惨殺死体を発見しました。そのあとで応接間の上野さんを見つけ、専務が常務の死を告げたのでしたね。驚いた上野さんは、半信半疑で二階へ上がり、自分の目で確かめてから、納得してもどってきました。しかしここでも、おかしなことがあったんです。何だか、わかりますか？」

「いえ」

知らないと首を振りながら、佐藤は別のことに気づいていた。秋山の目が血走り、ふたたび狂気性を強めてきていたことを。

「あのとき、江尻さんだけが、常務の死体を確認していないのですよ。二階に横たわる、血まみれの石井常務の死体を。ざくろのように後頭部を割られた、むごたらしい屍を。ぼくたちは見たのに、自分だけパスしているのです」

「あの、秋山さん」

「いくら人相がわからないほど頭がグシャグシャで、顔面が破壊され血だらけだったとはいえ、お世話になった常務じゃないですか。それを見もしないで、話だけ聞いて、死んだと思うなんて。変だと思いませんか」

「はあ」

変なのはこの男のほうだ。死体の描写を、わざと過剰にグロテスクに表現している。それでいて嬉しそうな秋山の形相に、佐藤は身震いが起こった。

「それによって導きだされる推論は、こうです。江尻さんはね、常務の死体を見る必要がなかったのです。なぜなら、石井常務を殺したのは、ほかならぬ江尻さんだったのですから」

「あの、すいません」

「あの男、いつも苦虫を噛みつぶしたようなポーカーフェイスを装っていながら、その実は驚くほど冷酷で残忍な殺人鬼だったのですよ。佐藤さん、犯人は、事業本部長の、江尻さんです」

さっきの専務犯人説はどうなったのか。それに犯人が専務の奥田にせよ、事業本部長の江尻にせよ、返り血の問題は少しも解決されていないではないか。しかしいまは、そんな疑問など意味を持たないことが、すでに佐藤にはわかっていた。

狂っている、秋山は狂ってしまったのだ。危険だ、このままでは、今度は自分が殺されるかも知れない。佐藤は逃げる隙をうかがいながらも、腰が砕けそうになるのを抑えるのに必死だった。

「そうだ、佐藤さん。ビリヤードやりましょう。ナインボール」

秋山は快活にカウンターをでると、佐藤の肩をいきなりつかんだ。

「は、離してください！　わたしはビリヤードなんて知りません」

「だったら、ぼくが教えてあげますよ。ほら、そこに立ててあるキューを握ってください。どれでも好きなのを」

右手で指図しながら、左手は佐藤の肩をつかんだまま離さない。その力に佐藤は泣きだしそうになる。これでは武器など持っていなくても、素手で簡単に殴り殺されてしまうのではないか。想像するだけで歯がガチガチ鳴った。結局、おとなしく言われるままにキューを持つしかなかった。

「よし。では、今度はボールをセットしてください」

秋山の顔は、これまでに見た笑顔のどれよりも、明るく楽しそうだった。

江尻は、間違いなく警察に連絡してくれただろうか。あれからずいぶん経つのに、いっこうにサイレンの音が聴こえない。肩をつかまれた状態で、佐藤は泣きべそをかきながらボールをセッティングした。

「これで、いいですか」

「ＯＫ、よくできました。ではゲームを」

そのときだった。叫びながらやって来る人影が見えたのは。

「秋山！　そこだったか」

奥田だった。

「専務！」

奥田の姿を見て、秋山の力が一瞬だけ抜けた。その隙を突いて手を振り払い、佐藤は専務の元へ逃げた。

「ああ、佐藤くん。無事だったか」

「は、はい」

助かった。安堵で思わず、佐藤の顔に涙が溢れる。

「秋山。お前、一体何が目的なんだ。どうして、こんな真似をした。そんな必要が、どこにあるんだ」

専務は肩で息をしながら、ビリヤード台を挟んで秋山とにらみ合う。

「目的？　真似？　必要？　すみません専務、まったく意味が理解できません」

佐藤が床に放り投げたキューを足の先でいじりながら、秋山は首を傾げてみせた。

「お前だ。結局お前が全部やったことなんだ。石井常務も、上野も、そして江尻も、みんなお前が殺したんだ！」

奥田の糾弾に被さって、遊戯室内を絶叫にも似た悲鳴が轟いた。叫んだのは、今度も佐藤だった。壁にピッタリ貼りついて、両手を広げ磔のような格好になっていた。頭のそばで、ダーツの的がブラブラ揺れている。秋山の放った矢が突き刺さったのだ。

「ぼくが江尻さんを？　だって事業本部長は、さっき通報するために、携帯電話を取りに部屋へもどったじゃないですか」

「それを、お前が追いかけて、連絡する前に殺したんだ」

「あり得ない」

「だったら見てこい。お前がやった証拠に、携帯電話がメチャメチャに壊されて、江尻くんの足元に転がっているから」

　秋山は動かなかった。狂気に満ちた笑顔を、的の横で怯える佐藤にむけるだけだ。その顔に見すえられ、佐藤はまたも悲鳴をあげた。

「佐藤さん、答えてください。ぼくは、あなたと一緒でしたよね、さっきからずっと。だから、江尻さんを殺すなんてこと、できないですよねぇ。佐藤さん、ねぇってば！」

「うわぁ！」

　気がつくと、佐藤は勝手に走りだしていた。専務の後ろをすり抜け、二階へつながる短い階段を駆け上がる。その足は寝室へむかっていた、江尻の部屋だ。どうやら自分で、この目で見なければ気が済まないらしい。石井常務の死体を確認しなかった江尻、その江尻の死体を、佐藤の足は確かめようとしていた。

　部屋は覚えていた。さっき二階へ上がったとき、江尻が寝室へはいろうとする後ろ姿を見ていた。巨大な換気扇がまわる廊下、一番奥の右側だ。

　たどり着いた。ノブをつかんでひねる、ドアを思いきり開けた。

　専務の言ったとおりだった。言ったとおりの光景が、寝室で起こっていた。

ドア口のすぐ前で、プラスティックの破片が、薄い基盤や小さな液晶板と一緒に、原形をとどめぬまでに散乱していた。

そして、破片のそばに見える人間の足。石井や上野と同様、こちらへ足の裏をむけ、うつ伏せに倒れている。衣服はビリビリに破られて、激しい格闘のあとを物語っていた。

携帯電話の破片だけなく、足元には掃除機も転がっていた。樽型をした、業務用のゴツいやつだ。なぜかそれには、ホースも吸いこみ口もついていなかった。

「ワッ！」

驚かされて飛び上がり、佐藤は部屋へ頭から突っこんだ。勢いあまって、目の前の掃除機に両手でしがみつく、衣服に携帯電話の破片が突き刺さった。

「だ、だれ……」

すするような声で後ろを見ると、秋山が立っていた。佐藤の無様な姿を、相変わらずの笑顔で見下ろしている。

「どうです佐藤さん、ぼくの推理は当たっていたでしょ。犯人は専務ですよ。きっと専務と、江尻さんは共犯だったんだ。けれど、途中でトラブルが起こって決裂したんだ。それで専務は、江尻さんも殺してしまった。

さて、次に殺されるのは誰でしょう。ぼくかな。それとも佐藤さん、あなたかな」

殺される！　逃げなければ！　佐藤は立ち上がろうとした、しかし力がはいらない、腰が抜けたようだ。床の上で必死にもがくが、両手と両足を、ただバタバタさせるばかりだった。

それを見て、秋山が大口を開けて笑いだした。

「ハハハハ。冗談ですよ、そんなに怖がらないでください。心配しなくても、警察へは、ぼくが自分で電話します。携帯電話くらい、ぼくだって持っているんですから」

何がそんなにおかしいのか、秋山はゲラゲラ笑いながら、立ち去った。

助かった。だが安心はできない。

秋山は部屋へもどったのか、本当に通報しているのか。それにしては、部屋のドアを開け閉めする音が、いつまでたっても聞こえてこないじゃないか。

危ない、とにかく早く、ここから逃げないと。ここにいてはいけない。佐藤はもがきつづける。努力が功を奏したのか、突然、腰が立ってくれた。

江尻の部屋をでる、廊下に秋山の姿はない。どこへ。いや、どこでもいい、いまのうちに逃げろ。佐藤は廊下を階段へまっしぐら、いっきに駆け降りる。

一階の廊下を、まっすぐ行けば玄関。しかし佐藤は、そこで立ちすくんでしまった。

「佐藤くん、無事だったか」

応接間から奥田が現れた。疲れた表情で、手に金属バットを持っている。滑り止めなのか、軍手をはめた念の入りようだった。

「怪我はないか。秋山はどうした」

佐藤は答えなかった。彼の防衛本能が、金属バットの獲物は自分なのだという強迫観念を起こさせた。逃走経路を変更する、まわれ右をして走りだす。そこには階段が、地下へ通じる階段があった。

地下室へ逃げこむと扉を閉めた、鍵のかからないのが腹立たしい。室内を見まわす。金属バットに対抗できる、何か強力な武器を捜さなければ。扉のそばにおかれた収納ケースには、もう釣り竿やスキー道具くらいしか残っていなかった。

陳列ケースを見た。コミックと一緒に、ライフル銃があったことを思いだした。ガラスケースに駆け寄る。秋山はプラスティック製のオモチャだと言ったが、ケースの銃には二丁とも、そうは思えないほどの質感があった。

これしかない。佐藤は収納ケースにもどると、スキー板を選んで担ぎだす。そしてそれをガラスケースめがけて、思いきりたたきつけた。寒けのする音を残してガラスが砕け散る。手を突っこみ、上の棚にあった銃をつかんだ。

重い。佐藤は一瞬よろめく。ズッシリとした感触に、秋山が嘘をついていたことを知った。

助かった。これだけの重量があれば、金属バットが相手でも遜色はないはずだ。それに秋山ならともかく、相手は年寄りなのだ。

頼もしい武器を手にすることができ、やっと落ち着いた。と同時に、ひどい疲労感が全身を襲う。ガラス破片の飛び散ったケースの前で、佐藤はモデルガンを抱えてしゃがみこんだ。

何時だろう。腕時計を見る。もう、帰りの電車はない。

長い、長い夜になりそうだった。

企画本部長、そして専務

月に三、四回だから、夢を見るのは少ないほうだ。

入院していたころから飲んでいる薬のせいだろうか、夜はぐっすり眠ってしまう。だから夢を見ることは、あまりない。あるいは見ていても、起きたとたんに忘れてしまう。

見る夢は、二種類しかない。

ひとつは、自分が父親になっている夢。家でテレビを見ていると、妻に連れられた子どもが帰ってくる。

「お父さん、お腹すいたでしょ。ラーメン買ってきたよ」

そう言って、大きな買い物袋を引きずりながら、嬉しそうに自分を見上げている。

ありがとう、重たかっただろう。そう言って子どもを抱き上げようとすると、とたんに子どもの体がラーメンと化してしまうのだ。驚いてあたりを見まわすと、そこには一緒に帰ってきたはずの妻の姿も見えず、せまい部屋にただひとり、自分が立っているだけなのである。

子どもは、日によって女の子だったり男の子だったり、あるいは中学生だったりと変貌することはあるが、幕切れは変わらず同じであった。

もうひとつは、旅の夢。団体旅行で、大きな旅館に泊まっている。みんなで温泉にはいり、楽しく食事もしている。

ところが、翌日になって宿を発つという段になって、着替えてロビーへ行くと、自分ひとりしかいない。宿の仲居さんに訊ねてみると、ほかの宿泊客はすでに発ってしまったと言う。慌てて旅館をでると、停まっていたはずのバスが消えている。バスが走り去ったであろう道を、急いで追いかける。待ってくれ、どうして自分だけおいていくんだと叫びながら。

叫んでいると、もうひとりの自分が囁く。お前は嫌われているんだ、いつだって、仲間はずれなんだよ。その声を聞いて我に返り、夢から覚めるのである。

修学旅行だったり合宿だったり、温泉旅館だったりユースホステルだったり。はたまた自分だけオートバイで別行動をとらされていたりと状況設定はさまざまだが、翌朝、ひとり取り残されてしまうのは、変わらなかった。


うたた寝をしていたようだ。はっと気づいて佐藤は顔を上げる。

いまごろになってアルコールがまわってきたのか。したたか酔っていたことを思いだした。夕食をすませたあとビールに付き合わされ、さっきは秋山に、なかば強引にシャンパンを飲まされてしまった。これまでアルコールとは縁のなかった体だ、わずか数杯のグラスでも相当にこたえていた。

「佐藤くん。ここか」

ビクッとして扉のほうを見る。両手にかかえた武器、モデルガンにしては重すぎる銃とともに、佐藤は立ち上がった。

「はいって、いいかな」

奥田の声だった。別荘の持ち主のくせに、ずいぶん遠慮した物言いだった。

「どうぞ」

そう言うしかなかった。扉に鍵はないのだし、断ってもはいってくるに違いない。銃を構えて、入室者を待ち構えた。

ゆっくりと扉が開いて、最初に見えたのは、乱れたロマンスグレーの頭髪だった。それにつづいて奥田の疲れた顔、そして足元から、金属バットの先が現れた。

「佐藤くん、怪我をしたのか？」

言いながら近づいてくる。佐藤は反射的に後ずさりした。

「いいえ、大丈夫です」

「ガラスケースが、割れているじゃないか」

「自分で壊しました。飾ってあったこれが、欲しかったもので」

佐藤は手にした銃を奥田にむけた。

「そう言うことか。心配させるなよ」

奥田は、佐藤が無事であることを見て、本当に安心しているようだった。

「来ないでください」

「どうした」

「来ないでください。来たら、この銃で殴りますよ」

「なぜ」

「江尻さんの次は、このわたしですか。そのバットで、わたしを殴り殺す、おつもりですか」

「まさか」

奥田は笑いながら首を振ったが、佐藤は銃を降ろさない。

「佐藤くん。きみは、わたしが江尻くんを殺したと、思っているのか」

「ほかに、犯人がいないじゃないですか」

「秋山がいる」

「あの人は、わたしと一緒でした。江尻さんが、ご自分の寝室へはいって行かれたあと、わたしは遊戯室へ行きました。秋山さんは、そこにいたんです。そして、そこへ専務がいらっしゃるまで、江尻さんが殺されたことを報告に来られるまで、わたしとシャンパンを飲んでいました」

「そう、言い切れるのかね」

「そ、そりゃ秋山さんは、頭が少しおかしくなっていましたよ。途中から言っていることがわからなくなりました。でも、あのとき一緒にいたことは、確かです」

「なるほど、そうか」

奥田は目を伏せると、力なく笑った。

「いずれにせよ佐藤くん、こんなに離れていたんじゃ、まともに話もできない。応接間にもどらないか。説明はそれからだ」

「ここで結構です」

佐藤は姿勢を崩さない。犯人が奥田であると、信じて疑わない態度であった。

「わかった。では、こうしよう。わたしの持っている、このバットをきみに渡す。それなら安心だろう。たとえわたしが犯人だとしても、素手ではきみを殺せまい。それにもう、そんな体力もないしな」

奥田の申し出は意外だった。佐藤はわずかに逡巡したが、同意することにした。

「ほら」

奥田は、バットのグリップ部分をこちらへむけた。恐る恐る手を伸ばして、受け取る。金属バットは無事、佐藤の手に渡った。

「これで安心しただろう。なあ、少しはわたしを信用してくれないか」

「しかし、先ほど申し上げたように、事業本部長が殺されたとき、秋山さんは一緒に」

「わたしが犯人だったら、なぜ自分の犯した殺人を、わざわざきみたちへ知らせに行く必要があるんだ」

言われて佐藤は絶句した。ふたたび混乱する。

ああ、思い返してみると、あのとき遊戯室は暗かったのだ。非常灯をたよりに室内を歩くことはできたが、自分より先にそこへ秋山がいたなど、確認できる状況ではなかった。別の場所に隠れていて、自分をやり過ごしたあとで江尻を殺し、遊戯室にやってくる。ジュークボックスをいじっている自分に、気づかれぬように近づいて、いきなり電源を入れて驚かせた。秋山がそんな行動をとったとしても、できないことではないと思われた。

「どうやら、わたしを信用してくれたらしいね」

気がつくと、佐藤は両手に構えていた銃とバットを降ろしていた。

あのとき秋山に、江尻を殺害することは不可能ではなかった。では、すべては秋山の犯行だったのか。あの、天才気取りで演説をぶっていた男の、結局は自作自演だったことになるのか。

営業本部長の上野を殺したのも秋山、事業本部長の江尻を殺したのも秋山。では石井常務は？　これだけは当初の説明どおり、上野の仕業で片づけていいのかも知れない。

しかし待てよ。だとすると、遊戯室で秋山が言っていたことは、どうなる。玄関口で聞こえた悲鳴を、石井常務の声だと断定し、先入観を植えつけることとなった奥田の言動。また石井の死体を、最後まで確認しなかった江尻の態度。

いや。秋山の言ったことが、すべて正しいとは限らない。専務が本当に、悲鳴を常務の声だと決めつけたかどうか、酔いのまわったいまの頭では判断力に乏しい。第一、このモデルガンだって、あいつはプラスティックだと言ったが、嘘だったじゃないか。

手にした銃を見つめながら、佐藤は次第に秋山への疑惑を確信に変えつつあった。

「それを、ケースにもどしてもらえないだろうか」

我に返ると、奥田が目の前で手を差しだしていた。

「すみません」

老人への疑いは晴れた、佐藤は銃を返す。

「本当にすみません、ガラスを割ってしまって。東京へ帰ってから、必ず弁償します」

「いいさ。それより、せっかくきみを招待したのに、こんな事件に巻きこんでしまって」

奥田は、佐藤から受け取った銃を、丁寧にケースへもどしながら言った。

「大切なモデルガンを、粗末に扱ってしまって」

「アーマライトM16だ。若いころから愛読している、コミックの主人公が常用するアサルトライフルでね。きみが触った、銃身カバーがおむすび型をしているのがA1、下にある、溝の彫られた丸いカバーがA2だ。主人公は当初、このA1カスタムを使用していたんだが、あるエピソードから、下のA2に持ち替えるんだ。その話がまた、興奮ものでね」

それより秋山はどうなったのか。通報はしたのか。佐藤は訊ねたかったが、奥田の場違いなまでに懐かしそうな目を見ていると、話題を変える勇気が湧いてこなかった。

「バットも、お返しします」

「構わないよ、持っていなさい。それで自分を護る必要が、もうないとは限らないからね。それより佐藤くんは、推理小説は好きかな」

わずらわしそうに軍手をはずしながら、奥田が顎でしゃくるほうにも、また巨大な陳列ケースがあった。どうやら、そこにぎっしり詰まっている書籍は、すべてミステリーのようだ。

「はあ。子どものころに、読んだような、読まないような」

推理小説など、読んだことも読む気もないとは、とても言えなかった。

「なら話が早い。ほら、これを見てごらん。大正十二年に出版された『新青年』の四月号だ。誰のデビュー作が収録されているか知っているかね。江戸川乱歩だよ」

「はあ」

古びた雑誌の表紙を指さして、すごいだろうと言われても。ただ気のない返事をするだけだ。

「そしてこれが乱歩全集。昭和六年に出版された十三巻の、最初の全集なんだ。もちろん、このころ乱歩はまだ健在で執筆をつづけていたから、正確には全集と言えないけどね。そしてとなりが、昭和四十四年から刊行が開始された全集十五巻。昭和三十五年に出版された『ヒッチコックマガジン』の一月号に掲載された短編の『指』までが網羅されているから、これは全集と呼んで差し支えないと思う。次の、下の段にあるのが、同じ出版社からでた二十五巻だ。これは終わりのほうの巻に、少年探偵ものが収録されているのが特徴だな」

自分の趣味の話題になると、場所も立場もわきまえず夢中になってしまう連中がいる。現代では「オタク」などと称し嘲笑されているが、しかしこれが企業の取締役ともなると、簡単に無視できないから厄介だ。

「この『日本探偵小説全集』に、高木彬光の『刺青殺人事件』が初めて掲載されたんだ。しかしねきみ、本当の『刺青殺人事件』というのは、発表されたときは三二十枚だったのに、この全集に収録されているのは六五十枚も分量があるんだ。これはどういうことかと言うと、つまり、高木の書いたデビュー作は、二種類存在しているんだ。そして、その三二十枚のバージョンが載っているのがこれ、この『宝石選書』昭和二十三年六月号だ。どうだ、すごいだろう」

横溝、海野、清張と、奥田専務のミステリー本自慢はなおもつづく。そして大阪圭吉とかいう、見たことも聞いたこともない作家の短編が載った『ぷろふぃる』九月号を見せられて、さすがにうんざりしてしまったころ、やっとケースの終端へたどり着いた。

しかし、むかいのケースへ移って、今度は洋書の自慢がはじまったから堪らない。

「これにはね、ホームズの『四つの署名』が掲載されているんだよ」

と言って、嬉しそうにリピンコット誌の二月号を見せられたときは、さすがに「それがどうした、小説のミステリーより、現実問題を何とかしてくれ」と叫びだしそうになった。

「退屈かね？」

やっと察してくれたのか、奥田が顔を覗きこむようにして言った。

「いえ、そんなことは。ただ」

本心とは裏腹に、無理して作り笑いを浮かべる。

「ただ、何だね」

「秋山さんのことが、さっきから気になって。それに僭越ですが、いまは一刻も早く、警察に連絡することが先決だと思いまして。専務のコレクションを拝見するのは、また日をあらためて」

「それが、そうはいかんのだ」

佐藤は、常識的な判断をしたつもりだった。しかし奥田は、それをはねつけた。

「きみに、これらの品物の価値を理解してもらいたいんだ。そのために説明しているんじゃないか」

奥田は厳しい表情で、佐藤をなじるように言ったが、言われたほうは意味がわからない。

奥田は蒐集品の説明を再開する。

「これは島田荘司の『占星術殺人事件』。ソフトカバーの初版本だ。再版と違って、主人公の表記が異なる逸品だ。ちなみに、この作品にはもうひとつ、バージョン・ゼロとも呼ぶべき版が存在する。作者が昭和五十五年に、第二十六回江戸川乱歩賞へ応募し提出した原稿だ。これは『占星術のマジック』というタイトルになっているのだが、何とかして手に入れたい。いま知り合いを動かして、出版社の倉庫をしらみ潰しに捜させているところなんだ」

洋書ケースの最後に、一冊だけおかれた日本のミステリーについて説明があり、それで小説エリアの講釈は、やっと終了した。

次は反対側の壁に移る。いくつかならべられた旧式の装置や機器の前に、佐藤は押しやられた。こちらの列は、探索のとき秋山が担当した個所で、見るのは初めてであった。若きエンジニアだったころに、開発に携わった製品たちであると奥田は前置きした。

計算機の始祖ともいうべき歯車式加算器に、表示部に光電管を初めて使用した卓上電子計算機。そのとなりには、巨大な重箱のような不格好な鉄の箱。電子写真の実験に成功した、チェスター・カールソンの理論をもとに、初めて製造されたコピーマシンの第一号。赤坂山王のF社ショウ・ルームにあったものを、移転の際に譲り受けたのだと、奥田は目を細めながら説明した。

ほかにも、現在のビデオデッキほどの大きさを持つ、ハードディスク・ユニット。容量は、この大きさでやっと一ギガバイトとのことで、これはN電気の工場から。

床の上に、ドンとおかれたオートバイのエンジン部分。一九六九年に発売されたK重工業の、マッハⅢと呼ばれたバイクの三気筒シリンダー。奥田はこのエンジンの、中央部分の冷却処理問題に尽力したらしい。

今度は、こじんまりしたガラスケース。なかに敷かれた赤いクロスの上にポツンと、ワッシャのようなリングが二つ、重ねておいてあった。

「これはね、オートフォーカス用カメラの駆動モーターなんだよ。いまでは当たり前になっているが、自動焦点を実現させるためには、高精度で消費電力が少なく、かつ小型のモーターを開発する必要があった。モーターはカメラのピントを合わせるために動くわけだから、当然のこと慣性や惰力が生じてはならない。それにわたしが関わったC社では、モーターをカメラ側ではなく、レンズに内蔵するという方針で進めていたから、モーターの小型化は大命題だった。それで考えだしたのが、この超音波モーターなんだ。超音波の振動を、回転エネルギーに変換することに成功したときの感激は、いまでも覚えている。大変だったが、やり甲斐のある仕事だった」

感慨深げにガラスケースを覗いていたが、気が済んだのか、奥田は振り返ると、部屋の隅にある絵画に視線を移した。秋山が遠い眼差しで見ていた、目隠しをされた女性が、断頭台で首をはねられるところを描いたものであった。

「ご静聴ありがとう。わたしの蒐集品についての説明は、これで終わりだ」

そう言って奥田は、部下である佐藤にむかって、わずかに会釈をした。

「とんでもない。こちらこそ、勉強になりました」

仕方なく、佐藤は社交辞令を返す。それを奥田は、大きな仕事を終えたあとに感じる、疲労のなかの爽快感に浸るような、柔和な表情で見つめていた。

「わたしの仕事も、これで終わった。では佐藤くん、ここの管理はまかせた、あとのことは頼んだよ」

「はい」

性分から、佐藤は思わず即答してしまったが、そのあとで、おずおずと聞き返した。

「あの、それは、どう言うことで」

ぶら下げた金属バットを、もじもじとさすりながら、間抜けた顔で奥田を見る。

「この部屋にあるコレクションを、すべてきみに譲ることに決めたんだ。別荘ごとね」

佐藤は豆鉄砲を食らったような顔で、なおも奥田を見る。

「これからは、わたしの跡を引き継いで、蒐集をつづけてほしい。この部屋の品物について、きみに事細かく説明をしたのは、そのためだったんだ」

そんな、いきなり別荘をくれると言われても。アパート暮らしの永い佐藤には、まったく現実感のない話であった。

「嫌とは、言うまいね」

「いえ、滅相もありません。そんなことは。しかし、それはまた、どういう理由で」

「もう、わたしは、ここへはもどってこないからさ」

ひとことずつ、奥田は確かめるように喋る。

「どちらか、外国へ移住でも」

奥田は、軽くうなずいた。

「秋山がどうしているか、上で何をしているのか、きみはさっきから、ずっと気になっていたんじゃないかな」

そうだった。秋山は、自分から通報すると言っていた。

「はい」

「秋山は、もういないんだ」

その言葉の意味が、佐藤にはすぐ呑みこめた。奥田が金属バットを、さきほど自分に手渡した武器を、凝視していたからだ。

「せ、専務」

「ここへ降りてくる前に、そのバットで殺してきた。秋山が寝室へはいるところを、あとから追いかけて、あいつが電話を使う前に、殴り殺した」

「そ、それでは、犯人は、専務だったのですか」

全身から血の気が引いていく。佐藤はそれを何とか押しもどしながら、必死に勇気を奮い起こしバットを握りしめた。

「違う」

「ではなぜ。どうして秋山さんを」

「わたしは、秋山が犯人だと思っている。もっとも、殺してしまったから、本当のところは、もうわからないがね。だが、あの男の芝居じみた演説や、妙に筋のとおった説明が、わたしには信用できなかった。それにあいつ、すっかり狂ってしまっていた。わたしが目の前でバットを振り上げているのに、何も抵抗しなかったよ。ただヘラヘラ笑っているだけだった。だから簡単だった、殺すのは」

「どうして……。秋山さんは自分から、警察に連絡しようとしていたのですよ。警察がくれば、警察の人に調べてもらえば、それで済んだのでは」

「ああ、そのとおりだよ。だから佐藤くん、あとできみが通報してくれ。それを頼むために、こうして話しているのだからね」

「おっしゃっていることが、わかりません」

本当にわからなかった。どうして秋山を殺す必要があったのか。そして犯人でもない奥田が、殺人を犯した理由も。

「この部屋を、もういちど見て欲しい。きみにはおそらく、年寄りが金にものを言わせて集めた、ただの古本やガラクタばかりに見えるだろう。だが、ここにあるものすべてがわたしの歴史、技術者としての実績であり生きざまなんだ。

これまで、契約社員として生きてきたきみと同じで、わたしも若いころは一企業に拘束されることを快しとしなかった。いくつもの工場や研究所を渡り歩き、行き詰まっているところを見つけては、知識と閃き、想像力を提供して難題を片づけた。それが結実し成果となったのが、ここに飾られたバイクのエンジンであり、カメラのレンズモーターであり、コンピューターのハードディスク・ドライブユニットなんだ。

そして、推理小説。まだ若くて血の気が多く、単細胞だったわたしは、ものを考える楽しさ、分析熟考する面白さ、偏らず多面的に思考することの重要性を、多くの探偵小説から教わった。マンガだってバカにしちゃいけない。アーマライトを愛用する殺し屋の物語を読んで、わたしは組織に属さず、一匹狼で企業を渡り歩く潔さに目覚めたのだからね。

つまるところ、この部屋は自分自身、わたしの存在そのものなんだ。

しかし、老いはわたしにも訪れた。気力こそ、若い者にはいまでも負けないが、知力の衰えはひどかった。日進月歩で高速化、コンパクト化していくコンピューターのメカニズムやアーキテクチャーには、さすがに追随していくのが困難になってきた。

いまの会社に迎えられたのは、時代の波において行かれ、途方に暮れようとしていた、そんなときだった。我が社の社長は、もとは工場で黒電話を造っていた男でね。若いころにいくつも貸しがあったのを、しっかり覚えてくれていた。わたしは専務として迎えられたが、慢心することなく働いた。恩を返すつもりで。

現場からたたき上げの江尻くんは、部下で

あっても勤続年数では先輩だから、それなりに礼儀はつくしたし、天下りで常務の座についた石井とも、波風立てずにうまくやってきたつもりだ。とにかく、自分に第二の人生を与えてくれた会社に、少しでも貢献しようと頑張ってきた。

それが、こともあろうに、わたしの別荘で殺人事件が起こってしまった。会社の人間が、しかも常務や本部長といった上級管理職ばかりが、たったの一晩で亡くなってしまったんだよ。常務の石井だけなら、まだなんとかなった。わたしと同じ年寄りだからね。ところが、それだけでは済まず上野や江尻くんまでもが殺されてしまった。二人の本部長を同時に失ったのは、企業にとって大打撃となる。そのあとで、秋山が犯人だったとわかったところで、どうにもならない。『重役同士で殺し合い。伊豆の別荘で三人を殺害した挙げ句に発狂』こんな見出しが写真週刊誌を飾り、テレビのワイドショーを賑わせてしまっては、もう我が社は死に体も同じだよ。

だから、わたしは決意したんだ。秋山を殺し、自分も死ぬことを」

「そんな！　何も、死なななくたって。それに、秋山さんを殺さなくても」

「わたしの責任だ。わたしの別荘で事件は起こったのだから。それに秋山は、ああするより仕方なかった。あの調子で、事情聴取でおかしなことを言われては警察も混乱するだろう。また狂った勢いで、何を言いだすかわからない。これ以上の醜聞《しゅうぶん》の拡大は、何としても防がねば。それが、わたしを迎えてくれた社長に対する、せめてもの償いだ」

　奥田は目を閉じると、軍手の突っこまれた腰ポケットを、撫でるような仕種をした。そして、もういちど力なく笑った。

「残念だ。せっかくきみと知り合えたのに、たった一晩しか話せなかった。この研修が終わったら、来期から我が社にきてもらって、データ運用課を任せる段取りになっていたんだが。派遣会社とも話が着いていて、週明け早々には、きみへ直接に連絡が行く手筈になっていた」

　やはり、そうだったのか。佐藤は心底がっかりした。自分は、引き抜かれることになっていたのだ。知らないところで、これまでの勤勉さが認められ、上司の指示にはけっして逆らわない誠実さが評価されていたのだ。自分の前には、正社員と名のついた、管理職のペンキで彩られた、頑丈なレールが敷かれようとしていた。それなのに。

「では佐藤くん、わたしは寝室へ引き上げるから、あとのことは頼んだよ。携帯電話は、秋山の部屋においてあるのを、使ってくれ。秋山を殴り殺すとき、壊さないように気をつけたから」

「専務。奥田、専務……」

　眩暈がしてきた。風に吹かれるように左右へ揺れる体をバットで支えながら、佐藤はただ、奥田の名を呼ぶことしかできなかった。

　地下室の扉を開け、老人は部屋をでて行こうとする。だが、思いだしたように立ち止まり、おもむろに振り返った。そして苦悩に満ちながらも、意を決した表情をむけた。

「佐藤くん。わたしの、本当の気持ちを言ってもいいだろうか」

戸惑う佐藤を、奥田は待たない。

「本当はね、きみにも死んで欲しいんだ」

恐ろしいことを。しかし、そう言う奥田の顔から、殺意は微塵も感じられなかった。

「もちろん、理不尽な願いであることはわかっている。だが、考えてみてくれないか。わたしが自殺したあとで、きみは通報し、ひとりで警察の到着を待つことになる。そこで事件の顛末を、冷静に説明することができるかね。

石井を殺したのが上野で、その上野と、江尻くんを殺したのが秋山。秋山を、今度はわたしが殺し、最後に自殺した。殺人の動機は、わたしは社の体面と醜聞を悲観してのことで、秋山は発狂。上野については、わからない。

そんな内容で、果たして警察は納得してくれるだろうか。下手をすると、きみに容疑がかかる可能性だって起こる。それならいっそ、わたしたちと一緒に、死んでしまったほうが楽だとは思わないか」

「そ、そんな」

「この別荘の訪問者が、すべて死んでいたとなると、警察は外部の者による犯行とみてくれるかも知れない。外部犯なら、我々は被害者だ、企業の信用に傷がつくこともない。そうなると、大いに助かるのだが」

「し、しかし専務」

「冗談だよ。ま、頑張りなさい」

冗談にしては、残酷すぎる軽口だった。

奥田は背をむけると、そのまま扉のむこうへ消えた。

「専務！」

ゴトリと重い音をたてて、扉は閉じられた。

佐藤は部屋でひとり、奥田の残した蒐集品たちのなかで、バットにすがりつくばかりであった。

「どうしよう。一体どうしたら」

呟きながら、佐藤は床に座りこむ。これからどうしよう。わからない。

早く警察に知らせないと。しかし、ここで起こったことを、理路整然と説明できるだろうか。専務の言われたように、逆に疑われたらどうしよう。

そうかといって、五人のあとを追って、自分の生涯に幕を引くなど、そんなことは到底できない。

とにかく、こんなところにいても仕方がない。早く二階へ行って、通報しないと。携帯電話は秋山の部屋にあるらしい。けれど、電話をするには秋山の死体を、専務が殺ったという秋山の死体を見なければならない。いまは、もう誰もいないのだ。たったひとりで、死体と対面しなければならない――。

恐ろしい。二階に、五つの死体が転がっていることを想像しても、自分が警察へ連れて行かれたあとのことを考えても。だからといって、ここに座りこんでいても、事態は悪化する一方だ。唯一の生存者である自分が、連絡できる状況であったにもかかわらずモタモタしていたら、本当に自分が犯人にされてしまう。

急がないと。早く、連絡しないと。自殺はできない、死ぬなんてことは、絶対に無理なのだから。

佐藤は震える体を励まし、バットを支えに何とか立ち上がった。よろよろ歩きながら、扉までたどり着く。全身から力が抜けてしまい、扉ひとつ開けるのも大変だった。

部屋をでて、目の前の階段を上がる。さらに、途中でくの字に折れた階段が現れた。

一瞬、佐藤の脳裏を考えがよぎる。このまま、逃げてしまったらどうだろう。しかし、すぐに打ち消した。列車は終わっている。ここをでて、始発までどこかに隠れていようにも、この寒さでは相当につらい。凍死することはないにしても、この気温を我慢して、そとで夜明かしする根性はなかった。

それだったら、夜明けまでここにいて、始発電車で帰ったほうがいい。しかし、それでは駅員に顔を見られてしまう。かといって、列車以外でここから帰る方法が浮かばない。

ダメだ、そんな、よこしまな考えを持っては。あとを託してくれた専務に申し訳が立たない。それに事件が解決すれば、この別荘は自分のものになるのだし。

震える足で一段ずつ階段を踏みしめながら、佐藤は懸命に自分を叱咤激励する。

二階だ、廊下が見えてきた。黒く長くつづく両側に、むかい合うドアが三つずつ。

静かだ、換気扇がとまっているせいだ。佐藤が歩くと、黒く静かな空間は、わずかにきしみ音を立てた。

むかって右側、もっとも手前のドアが、自分の寝室に割り当てられた部屋だった。荷物をおいたきりで、使わないままに終わった部屋。そのむかいが、奥田専務の部屋だ。信じたくはないが、ここで専務は、すでに自決をしているのだろうか。そしてそのとなりが、発狂した企画本部長、秋山の部屋。

足がすくむ。同時に、激しい吐き気も突き上がってきた。

くさい、血の臭いだ。錆びた鉄の凄まじい臭いが、ここには満ちていた。

思わず手で鼻をおさえる。残った手で、佐藤は秋山のいる、寝室のドアを開けた。

「ギャー！」

開けたとたん、さらに増した臭気のなかに、それは現れた。

こちらに足をむけた死体。しかし、これまでと違って、顔がこちらを見ていた。

顔。いや、顔と呼べるだろうか。石井常務の部屋で見た頭部がざくろであるなら、いま佐藤の前にあるのはスイカだった。てっぺんからパックリ割れた顔、亀裂はひたいを越えて鼻まで達していた。割れたひたいから何かがはみでており、それがドス黒く染まった髪や、眉のあたりまで溢れていた。

佐藤が絶叫したのは、ドス黒い顔の死体に、カッと開いた両眼で出迎えられたからだ。

「うわー！」

ふたたび叫びながらも、ドアのノブにつかまり、何とかその場を逃れた。

「専務！　どうして、こんな酷いことを。携帯電話は、どこですか。部屋が、血の海で、場所がわからないじゃないですか！」

佐藤は泣きだした。泣きじゃくりながら、となりの専務の部屋へ怒鳴りこむ。しかしそこでも、宿泊者は絶命していた。

「せ、ん、む」

ドア側へ足をむけ、うつ伏せた格好。そばにはナイフが、石井常務の部屋にあったのとは別の物が落ちていた。裂かれた腹部から、しみでた血液がTシャツを染めている。

この、おそらくはこと切れて間もない、もっとも新しい死体を起こそうと、メソメソしながら部屋へはいっていく。

そのとき、何かにつまずいた。カエルのようにペッタンと、両手を突いてつんのめる。倒れた場所が悪かった。死体の上に、うつ伏せた格好で重なるように倒れてしまった。伝わる、固い冷たい感触が、もはや相手を起こすのが無駄な作業であることを、佐藤に気づかせた。

「うへへへ」

せせら笑いが起こった。それは次第に大きくなり、やがて廊下に響きわたるほどの胴間声へと変わる。

笑っていたのは、佐藤であった。ゲラゲラ笑いながら立ち上がると、彼は目の前の死体を一発、蹴り飛ばした。

「動かない、死んでる。へへへへ」

笑いながら部屋をでた。廊下を奥まで走り、両側のドアを矢継ぎ早に開け放つ。一斉にほとばしる錆びた臭い。

「常務、起きてくださいよ。石井常務」

言いながら常務の部屋へはいると、やはり死体を蹴る。そしてむかいの部屋で江尻の名を呼びながら、やはり死体を足蹴にした。

「上野さん、上野さーん」

大声で呼びながら、今度は上野の部屋のドアを開ける。

「だらしない。誰に殺されたんですか、情けない」

飾り棚の下敷きになっている死体に、よだれを垂らしながら佐藤は悪態をつく。

やがて気が済んだのか、佐藤は上野の部屋をでると、最後にもういちど、もっとも悲惨な死体のある秋山の部屋を訪れた。相変わらず、驚いたような目でこちらを見ているドス黒い顔。佐藤はそれに、不器用なウィンクをひとつ返すと、こらえきれなくなったのか、思いきり嘔吐した。

ふらふらと秋山の部屋をでる。足元に、持っていたはずの金属バットが転がっていた。拾い上げると、手についた血のりでグリップが汚れた。バットをブラブラさせながら、佐藤は千鳥足で階段を降りていく。

足がベタベタして気持ち悪かった。二階で踏んだ血のせいだ。玄関で靴を履こうとしたが、このベタベタが不快だったので、裸足のままそとへでることにした。

寒い。けれど、さっきまで雲に隠れていた月が、いまは晴れた夜空に美しかった。そんな景色を見上げながら、佐藤は昼にきた道をひとり、バットを片手に歩いていった。

砂利道のせいで、足の裏はすでに破れていた。靴を履き慣れた足が、点々と赤い道しるべを残していく。血の跡をつけながらも、なぜか佐藤に苦痛はなかった。背後から走ってきた車が、不審に思ったのか近くで徐行する。しかし薄気味悪くなったようで、すぐに行ってしまった。

別荘をでてから、どのくらい時間が経っただろう。月明かりのむこうに、駅が見えてきた。駅舎が見えたとたん、佐藤は説明のつかない怒りを覚えた。

帰りたかった。早く家に帰って、ホーロー浴槽の風呂に浸かって、使い慣れた布団にもぐりこむ。いつもの生活にもどりたかった。

だから、真っ暗な駅舎を見たとたん、無性に腹が立ってしまったのだ。

「起きろ！　おい、起きろ！」

そう叫ぶと、佐藤は持っていた金属バットを振り上げて、あたりをかまわず殴りはじめた。

静かな夜の駅前だったが、騒ぎを聞きつけ人だかりができるまで、そう時間はかからなかった。

ふたたび、佐藤

「では。失礼ですが、お名前から教えていただけますか」

「佐藤裕一。二十八、歳です」

「ご家族は？」

「同い年の妻と、今年から小学生の子どもが、ひとりおります」

くたびれた背広姿の佐藤を前に、担当の中年刑事は、やれやれといった顔を背後の若い巡査にむけた。

「ご家族は、さぞ心配しておられるでしょうな。一日も早く退院して、あなたも家に帰りたいでしょう」

佐藤は答えなかった。ぼんやりと刑事にむけた顔は、蝋人形のように白く、精気を失いノッペリしていた。

「あのときの模様を、もういちど、ここでお話しいただくことは可能ですかな。お体に障るようなら、無理にとは申しませんが」

「お話しいたします。きょうはそのために、病院が外出を許可してくれたのですから」

蝋人形の顔で、佐藤は無感情に喋りはじめた。

土、日の休日を利用して行われた、上級管理職の人間のみを指名しての研修会。開催場所は伊豆にある、専務の個人別荘だった。

そして着いたその日から、恐ろしい事件が連続。最初の犠牲者は常務。直前に将棋で口論をしていたこともあり、営業本部長が犯人ではと疑われた。

ところが、次はその営業本部長が殺された。残った三人の管理職のうち、事業本部長と企画本部長は、お互いを犯人だと告発し罵り合った。

しかし、そう言っていた事業本部長が、今度は殺されてしまった。残された専務と企画本部長。企画本部長を犯人だと確信した専務は、会社の醜聞をこれ以上に拡大させないため、自らの手で犯人を殺害したあと、自分も命を絶ってしまった――。

「それで、専務から渡された金属バットを持った、あなたがひとり生き残ったと、そう言うわけなんですね」

「はい」

「なるほど。駅で保護した際に、あなたが叫んでおられた内容と同じですな。異なる部分はまったくない」

「何度訊かれても、同じことしか申し上げられません。事実を、お話ししているのですから」

「事実ですか。事実、事実、事実ね」

中年刑事はあごをかきながら、必要以上に顔へしわを寄せた。

「見てきたような嘘とは、こういうことを言うんでしょうな」

ため息まじりに吐いた刑事の言葉に、佐藤の頬がピクッと震えた。

「佐藤さん。あなたはこれまで、何度も口走っておられた。専務さんの別荘で、五人の人間が殺されたとね。そして被害者は、
常務の石井寿一氏、
営業本部長の上野五郎氏、
事業本部長の江尻昌幸氏、
そして企画本部長の、秋山正史氏、
最後に別荘所有者で専務の、奥田武也氏は自殺したと、そう言われた」

「何度も、申し上げました」

「あなた以外は、全員が殺され、また自殺した」

「みんな、血の海のなかで」

「おかしな話ですな」

「何が、おかしいんです。何がおかしいんですか」

「だって、そうでしょう」

わずかに赤みのさした佐藤の表情を気にしながら、中年刑事は言葉をつづけた。

「あなたが、死んだと言われた人たちは、みなさん生きておられるのですから」

「なんで、すって」

濁った目で、佐藤は体を震わせはじめる。

「別荘の所有者である奥田さんをはじめ、石井さんも江尻さんも、東京で元気にお仕事をされていますよ」

「そんな、バカな」

そんなバカな。言ったとたん、周りの風景がグルグルまわりはじめた。

何を、バカなことを。死んだはずの五人が、

生きているなどと、よくも平然と嘘をつけたものだ。

「上野さんと秋山さんは出張で、いまごろは京都に行かれているそうですがね」

そのとき、佐藤の脳にある、スイッチがはいった。

思いだした、思いだしたぞ。同じだ、あのときと、同じなんだ。

気がつくと、笑っていた。自分でも驚くほどの、奇天烈な声を発していた。

耳障りな笑い声を上げて、佐藤は立ちあがった。鳥の羽ばたきのように、両手を思いきり上下にバタバタさせはじめる。大きく開けた口からは、舌がベロンと垂れ下がっていた。

「手伝ってくれ！　舌を噛み切らせるな！」

騒然となった取調室で、ひとり、佐藤は嬉しそうに奇妙な笑い声を上げていた。

ふいに、目の前に中村敬子が現れた。ショートヘアの可愛らしい、セーラー服がよく似合う彼女。

どこへ行ったんだろう、中村さん。会いたいなあ、元気かな。

第三章

1

静岡県伊東市において、伊豆高原と呼ばれる地域は広い。

観光地であるここには、また美術館が圧倒的に多かった。フランスのカシニョールの絵画、または香水ばかりを展示したもの、わが国初の本格的現代美術館である池田二十世紀美術館など。そのあとに、からくり時計やアンモナイト化石を展示する博物館、公園、体験作業のできる工房とつづくだろうか。

当然のことペンションも多く、北は富戸から南は八幡野あたりまで、協同組合加盟の施設だけで四十軒を越えている。

しかし今回の殺人事件は、それらの観光施設とは反対側、駅を境にして太平洋側に位置する、比較的閑散とした地域で発生した。

佐藤裕一が駅舎前で行なった暴挙により、たたき起こされた宿直当番の駅員が通報。駆けつけた警察署員たちによって、佐藤の身柄は拘束された。

そして、ただちに伊東署から静岡県警へ応援要請が出され、数台の警察車輛が鑑識課員、殺人課の担当を乗せて急行した。

建物で発見された死体の様子と、佐藤裕一の供述は一致していた。凶器と目されるナイフや金属バットなども、すみやかに押収された。

しかし捜査陣は、本人が否定したにもかかわらず、実地検分の結果から、佐藤の処遇を参考人から被疑者へ切り換えた。本件を、佐藤裕一の犯行であると断定したのだ。

よって、五名もの死者を出した本件は、被疑者の突発的な精神疾患による凶行として、次第に収束していった――。

「ちょっと待ってください。死者、死者とは、どういうことなんです」

福島県警刑事部、捜査第一課に詰める都築文太《つづきぶんた》は、テーブルの向かいに腰を降ろす先輩、警視庁捜査一課、殺人犯捜査第一係の刑事、冨士原修二の話を途中でさえぎった。

「佐藤が死体を見たという五人は、みな生きていたのでは、ないんですか」

「ああ、そうなんだ。全員ピンピンしている」

「だったら何故、それが殺人事件になるんです」

都築の前におかれた、ホットココアのカップは、すでに空になっていた。歩調を合わせるように、冨士原は喋り疲れた頬を両手でマッサージしたあと、テーブルの上で冷めてしまったコーヒーをいっきに飲む。

「佐藤が供述した五人は、確かに生きていた。だが、代わりに別の五人の死体が見つかったんだ」

「別の、五人？」

「別荘で発見されたのは、専務とか本部長といった管理職なんかじゃなく、若い社員ばかりだった。全員、佐藤と同じ課で、同じ仕事をしていた連中の死体だったんだ」

「どういうことなんでしょう」

「そいつは、こっちが聞きたいよ」

先輩のぶっきらぼうな返答に、都築は乗りだしていた体をソファにもどしながら、茫然とした表情を空のカップに落とす。

「それで、その佐藤に、責任能力は問えそうなんですか」

都築と冨士原は、同郷人である。巡査時代から都築は、このひとまわり以上も年の離れた先輩に世話になってきた。それは刑事職についてからも変わらず、冨士原が東京へ転勤となってからも、問題にぶつかるたび福島から電話で相談を持ちかけていた。今回、刑事になって初めての休暇を利用して東京見物に出てきた都築だったが、最初の訪問は、やはり先輩のいる桜田門になっていた。

「まず無理だろうな。こちらとしては、あれほどの大仕事をやらかした男を、狂人だから無罪放免でしたで、片づけたくはないんだが」

「その五人を殺害したのは、佐藤だと?」

「状況証拠が物語っている。ビール瓶の指紋、ナイフの指紋、掃除機の指紋。掃除機は業務用でずいぶん重かった。持ち上げるにはひと苦労だが、凶器としては有効だったんだろうな。なぜか本体だけが現場にあり、ホースは応接間に転がしてあった。あとは洗面所と浴場だ、犯行後に体を洗ったんだろう、ルミノール反応が出た。もちろん佐藤本人は、徹頭徹尾、自分の無罪と、事件との無関係を主張しているが」

「掃除機などに触れたことも、否定してるんですか」

「触ったことは触ったが、殺人に関しては頑として否認している。うっかり触ってしまったとか、専務から渡されて持ったとか、突き飛ばされて思わずつかんだとか間抜けな言い訳ばかりだ。血で汚れた手も、洗面所では洗ったが、風呂は使っていないと、中途半端なことを聞かされた。掃除機のホースについては、犯人から身を守るために持っていたとか言ってたな。その供述だけでも充分に狂気だよ、発見時、奴は金属バットを持っていたんだし」

コーヒーがなくなったので、冨士原はグラスの水に口をつける。つづいて、都築も水で唇を湿らせた。

「おかしな話ですね」

「そうだな。しかしまあ、東京に出てきてからこっち、おかしな事を言う連中ばかりに会ってきたから、あらかた慣れちまったけどね」

「五人の同僚を殺したあと、どうして死んだのは会社の管理職だなどと、虚言を吐いたんでしょう」

「イカれてるからだろう」

「ひとりで、五人もの人間を殺害するエネルギーは相当なもののはずです。なのに、それに成功しておいて、どうしてわざわざ駅で暴れて犯行を報せるような真似をしたんでしょうか」

「だから」

思わず荒くなった自分の語気に、冨士原は照れ隠しか苦笑してみせた。

「都築、お前の気持ちはわかるよ、佐藤を常人として裁きたい気持ちはな。けれど、現段階ではなかなか難しいんだ。奴には以前にも、入院歴のあったことがわかったしな」

「精神科のですか」

「学生時分から五年はいってた。それでも、退院してから大検を取得したくらいだから、根性はあったんだろうな。だがいまの職場には、そのことを伏せていた。奴は大検取得後にコンピューターの専門学校へはいり、卒業後は情報処理関係の派遣会社を転々としていた。しかし前の派遣先ではトラブルを起こして、すぐに辞めている。しばらくして、別の会社を経由して現在の企業へ契約社員として就業した。だが派遣会社のほうは、佐藤が前職でトラブルを起こしたことや、長期間入院生活を送っていたことなどは、まったく知らなかった。

もっとも、佐藤の嘘は、同情できないこともない。精神の病で長期入院を余儀なくされていた人間が、晴れて退院できたからといって、その過去を知った企業の、どこが雇ってくれるかってんだ。前の職場で起こしたトラブルにしても、理由原因を聞かれる前に心の病気のせいだろうと、決めつけられるのが関の山だろう。現にあいつは、今回それを裏付ける狂態を演じてしまったしなぁ」

「それは、佐藤裕一が本当に精神疾患を持っているとしての話ですよね。いまでも言いはっているんですか。死んだのは、管理職の人間たちだと」

「言いはってるね。かりに佐藤が、本人の言う通り自分も被害者で、唯一生き残ったひとりだったとしても、とにかくその部分を修正しないとはじまらないからな。何とか納得してもらおうと、回収した死体を全部見せた。一体ずつ説明もしてやったよ。だが、だめだった。死体は目の前にあるのに、まったく認めようとしないんだ。これは嘘だ、そんなはずがない、なぜなら自分は現場にいたのだから。それの一点張りさ」

気がつくと、喫茶店には空席がなくなっていた。都築が腕時計を見ると、ランチタイムが近づいていた。

「都築、店を変えようか。この喫茶店じゃ、腹いっぱいにならん」

先輩にうながされて、福島から来た刑事は席を立った。入れ代わりにはいって来たOL二人組が、歓声を上げながら都築たちのいた席に腰をねじ込む。

「ちょっと歩くが、神田駅を少しはいったところに居酒屋があるんだ。そこが昼は定食をやっていてな、ワラジみたいなとんかつを喰わせてくれる。飯もお代わり自由だ。もっとも、三杯を越えると嫌な顔をされるが」

「そんなに喰えませんよ。私も今年で三十三です。そろそろ中性脂肪に気をつけないと」

「もう、そんなになるのか。おれも爺さんになるわけだ。この前まで警察帽が大きくて、顔半分がスッポリ隠れていたのにな。早く見つけろよ、嫁さん。ボヤボヤしていると、二十一世紀になっちまうぞ」

「はあ」

あいまいにうなずきながら、冨士原について歩いていると、目の前が映画館ばかりになった。これが有楽町の映画街なのか。福島にも映画館はあるが、デパートの一フロアに集中するミニシアターがほとんどだから、劇場に掲げられた巨大な看板を目にするのは珍しかった。

スタイリッシュ、新感覚ホラー。

作品タイトルの横を、稲妻のように走る惹句を読むかぎり怪奇映画だということはわかる。だが、スタイリッシュとは。

「ホラー映画の主人公にでも、なっているつもりなんでしょうか」

「佐藤か、どうだかね。現実に興味がないのは確かかもな。嘘で固めた人生が、お好きのようだ」

「入院歴の、不申告ですか」

「それだけじゃない。派遣会社に提出した履歴書では、八年前に結婚して、小学生の女の子がひとりいることになっていた。だが、奴は独身だったよ。既婚者だと言ったほうが、情報処理業界では信用ができて、仕事を斡旋してもらいやすいからってのが理由らしい。実際のところは、三年前に母親を亡くして以来、ずっとひとりだ」

派遣会社の担当者は、職務経歴書の内容と面談での印象を重視するが、プライバシーには干渉しない傾向がある。だから学歴詐称や婚姻歴の偽証といった、通常では考えにくい嘘がまかりとおってしまうのである。

「おまけに、年もごまかしていた。二十八じゃなくて、本当は三十三だったよ。入院していた五年間を、調整したつもりだったのかね。お前と同い年じゃないか？」

「ええ」

「ここだ」

小さな雑居ビルに着いた。黒板がきの看板に大きく「とんかつ定食」とある。店は地下にあるようで、看板の後ろにせまい階段があった。

「冨士原さん、その件の調書、あとで見せていただいてもよろしいですか」

階段をついて降りながら、都築が訊ねる。

「構わんよ。もう捜査は打ち切ったんだし」

「ありがとうございます」

「しかし、お前も物好きだよな。せっかく休みで東京見物に来たのに、なんでわざわざ他所のヤマに首を突っこむんだ」

木戸を開けると、店内はワイシャツにネクタイ姿でごった返していた。先輩刑事は、厨房の出入り口付近にめざとく席を見つけると、小走りに進んで行く。

「すると、このヤマについては、仕事はもうないということですか」

「ああ、あとは雑用だけだな。佐藤が、別荘で死んでいたと言った、専務連中への聞き込みだ。県警のほうから一応、事情聴取をしておいてほしいと頼まれていた。だが、こっちも別件を抱えていたからな。忙しくて後回しにしているうちに、むこうの捜査本部がさっさと解散しちまった。それで、そのままだ」

「アリバイのウラをとるんですか。それじゃ、その聞き込みをやらせてもらえませんか」

「アリバイ？　お前が？　何で？」

丸イスを引いて腰を落ち着けながら、都築の申し出に冨士原は目を剥いた。

「先輩の手伝いを、したいんです」

「おかしな野郎だな。そりゃまあ、依頼が来た以上は報告書を起こす必要があるんで、いずれは形だけでもやらなきゃならんが。だが」

湯飲みを運んできた女店員に定食をふたつ注文しながら、中年刑事はクスクス笑いだした。

「何と言って訊くんだ？　伊豆で、あなたたちは死んだことにされているんですが、事件当日、確かに犯行場所にいなかったですか、殺された覚えはありませんかってか？」

今度は、返答に窮した都築が笑う番だった。

「むかし、お前が生まれる少し前に、航空機のハイジャック事件があった。そのとき犯行グループが『われわれは、明日のジョーである』って声明文を出したんだ。あしたのジョーってのは、当時流行したマンガだったんだが、原作者のところへ行って、犯人はあんなことを言ってますが、彼らは『あしたのジョー』ですかなんて、たずねた刑事はいなかったよ」

言ってから、冨士原はゲラゲラ笑いになった。

「もっともお前なら、やりかねんだろうがな。それで?」

「それで?」

「手伝うからには、何か見返りが欲しいとか、言いだすんだろう」

「はあ。実は、佐藤裕一と、面会の許可を取り付けてもらえないかと」

「佐藤と? 何で? 東京には面白いところがたくさんあるぞ。どうしてまた、精神科の病院なんか」

「会いたいんです。話を聞きたいんです」

「奴の虚言、狂言をか」

「まあ、そんなところです」

「ふーん。まあ、手続きはとっておくよ」

「ありがとうございます」

「どうして、そんなに佐藤に執着するんだ。同郷人だからか?」

そこへ、とんかつ定食が運ばれてきた。二人は割り箸をとると、同時に飯をかきこみだした。

2

佐藤裕一の供述と、実際に発見された死体の身元とは、大きく食い違っていた。佐藤の言動には不可解な点が少なくないが、その最たるものが、死体に対する「人違い」であった。
自分が別荘で会ったのは、専務や常務に、各部門の本部長たち。同じチームの若い同僚などでは断じてなかった。自分は玄関で専務に迎えられ、常務たちと食事をし、企画本部長から散歩に誘われた。そして最後には、責任をとって自害した専務から、その別荘を譲り受けた。この話を、恐怖に顔をこわばらせたり、妙に自慢顔になったりして、何度も何度もくり返す。おかげで聴取を担当した刑事は、すっかり内容を暗記してしまったほどだった。
どんなに事実を説明しても、佐藤は否定した。挙げ句、佐藤は警察に喰ってかかった。何が目的か知らないが、こんなことをしている暇があったら、早く専務たちの遺体を見つけて、手厚く葬ったらどうだ、と。
その専務、奥田武也の別荘で発見された被害者の身元は、
システム開発課主任、剣崎勝
システム開発課、加藤純
同、菊池篤郎
同、栗原秀成
同、河本翔の五名と判明していた。
佐藤裕一は、それらの殺害を否認しているだけでなく、死そのものをも否定しているのである。
「私は正常です、真面目なサラリーマンなんです。それを、あなた方は、陥れようとしているんです。自分を狂わせようとして、こんな作為をしているのでしょう」
まったくもって、これは狂人の戯言としか、

言いようがなかった。

テクノ・マーベル・ブレインの本社ビルまでは、昨日、冨士原とはいった定食屋から歩いて、十分もかからない距離にあった。住所は大手町だが、地図を見るかぎり東京駅からのほうが近いようだ。

昨日は食後いったん警視庁庁舎へひき返し、調書に目を通したあと、ほかの担当刑事からも状況を聞くことができた。そして冨士原の助力で、都築は事件に関する資料をすべて把握した。

そしてきょう、都築刑事はコートの襟を立て直し、駅前で購入した二十三区の地図を手にしていた。

歩きながら、都築は得たばかりの情報を整理する。

まず、二階の寝室で発見された死体のひとり、剣崎勝について。金属バットで撲殺された剣崎は、倒れた部屋の飾り棚の下敷きになっていた。佐藤はこの部屋で、剣崎ではなく営業本部長の上野五郎が死んでいたと言った。中肉中背だった剣崎に対し、上野は一九〇を越える大男だというから、通常であれば間違えるはずがない。しかし死体は入口に足をむけた格好で、頭部は飾り棚のむこうにあり判別しづらい状態にあった。

剣崎の死で不可解だったのは、死体と飾り棚の間に、ベッドから剥がしたシーツや毛布が丸めて詰めてあったことだ。そのため発見時、剣崎の体は肥大して見えたと、県警の巡査は記録していた。

次に加藤純。佐藤が言うところの、専務の奥田が自殺したはずの部屋で見つかった死体。これは一見して小型ナイフによる自殺ともとれるが、実際は鈍器の殴打による頭蓋骨陥没が直接死因となっていた。ナイフによる腹部の刺傷は死後に付けられたもので、出血は少量であった。

それから、不可解というほどではないが、栗原秀成。事業部の江尻だと佐藤が言った死体も、やはり撲殺。これはわきにあった掃除機に付いていた血痕が一致したので、凶器はすぐに特定できた。だが掃除機とはいっても、抱えあげる際にはギックリ腰を用心するほどに重たい。反面ヒットすれば、ほぼ確実に相手は絶命するだろう。しかしどうして、手近なナイフや金属バットを使わずに、わざわざ重たい思いをしたのか。

それ以外にも、引っかかることはあった。所有者の奥田が、蒐集品を所蔵している地下のコレクションルーム。佐藤は犯人から身を守るため、ガラスケースを割ってモデルガンを取りだしたと言った。そして、その後やってきた専務に返し、銃はケースにもどされたと。しかし捜査陣が部屋へ踏みこんだとき、ケースの中は空だった。この件について、担当刑事は奥田に質問をしたが、ケースには何もおいてなかったとの電話回答を受けている。次のコレクションのために、スペースを空けてあったと言う説明であった。

すべては狂人の妄想による凶行、妄言が生んだ供述と解釈してしまえば、簡単に片づく話なのだ。何をこむずかしく考える必要がある、部外者である自分が。

そんなことを考えているうち、気がつくと本社ビルの前に立っていた。

約束は十一時、場所は大手町の本社ビル。都築は昨日、専務取締役の奥田武也と面会のアポイントメントを取り付けることに成功していた。

事件と直接関係のない人間を、参考人として呼びつける強制力を警察側は持たない。それで都築は静岡県警の刑事を装い、伊豆の事件では迷惑をかけたので、挨拶がてら会いたいと、丁重な態度で面会を願いでた。結果として、電話口の相手は好意的であった。

受付で氏名とともに、先方名と約束時間を告げる。半円形に広がったテーブルのむこうに座る、二人の受付係のひとりが社内電話で確認し、もうひとりが入館申込書を差しだし記述を求めてきた。

「都築さまでいらっしゃいますね」

「はい」

備え付けのボールペンで、入館申込書に書きこみながら返事をした。

「専務は今朝、突然に体調をくずされまして、お話できる状態ではないそうです」

「え?」

都築は手をとめて受付嬢を見る。

「しかし、昨日お電話さしあげた時点では、お元気そうでしたよ」

「きょうになって、急にお体を悪くされまして」

「専務は、どちらにおいでですか」

「入院されました。社へは、おりません。それで専務の代わりに、当社企画部の本部長、秋山が面会したいと申しておりますが、いかがいたしましょう」

そう言うことか。このまま門前払いかと思っていたから、この代替案に都築は安堵した。

入館申込書と引換えに入館証を渡された。指示どおり、クリップに挟んで胸ポケットからぶら下げる。そのままロビーで待っていると、やや待たされた後、正面のエレベーターが開いて男が降りてきた。

顔を見て、すぐにそれが秋山だとわかった。

「秋山さんですね」

「はい。よくおわかりになりましたね」

さきに声をかけられて、相手は一瞬驚いた表情をしたが、すぐに白い歯を見せて笑った。

「人の識別も、仕事のうちですから」

「さすがだなあ。ぼくのような若造が部長をしているなんて、最初は信じてくれない相手がほとんどなんですよ」

「でも、ベンチャー企業なんかでは珍しくないでしょう」

「そうですね、あとはゲーム業界かな。ですが、うちは古い考えの客が多いんで、同じようには行きません」

若き部長と並んで、上がりのエレベーターを待つ。あとから、エレベーターホールへ社員らしき男が数人やってきたが、秋山がいるのに気づくと、黙礼をしたあと全員そそくさと階段へむかった。この男、見た目は気さくだが、社内では管理職として、やはり威厳のある存在なのだろう。

「申し訳ありませんでしたね刑事さん。お約束していた奥田が、突然に倒れてしまって」

「お悪いのですか」

到着したエレベーターに乗りながら、秋山の横顔に訊く。

「今朝、出社してオフィスについたとたん、発作を起こされたそうです。もともと心臓の弱い方でしてね、無茶をしないよう気をつけていらしたようなんですが」

「それで、ご容体は」

「発作そのものは、今回が初めてではないのですが。さきほど病院の人間と連絡をとったところ、集中治療室にはいったとのことです」

「集中治療室。それは大変ですね」

「大丈夫ですよ。専務の心臓病は、いまにはじまったことではありませんから。楽観しています」

季節はずれに日焼けした肌、ポニーテールに束ねられた茶髪。肌とは対照的に真っ白な歯。事情を説明する横顔は、佐藤裕一が供述した秋山そのままの風貌であった。

「秋山さんは、佐藤裕一という人間をご存じですか」

「あの事件の犯人でしたっけ。うちで雇用していた契約社員だったそうですね。面識はありません。もっとも、廊下や休憩室ですれ違ったことは、あるかも知れませんが」

エレベーターが停まった、到着したのは最上階。出ると目の前はホールのように広く、むこうの窓から有楽町のビル群が一望できる。ミーティングでもしているのか、整列するクリーム色の丸テーブルに、一般社員たちの難しそうな表情が散見された。

「ここは食堂兼休憩室なんです。お話しするには、部長室の応接間でもよかったんですが、こっちのほうがゆっくりできると思いまして。第一、眺望が最高でしょ」

「そうですね」

窓際の椅子に座ると、秋山が紙コップを二つ持ってきてテーブルにおいた。むかいに腰を降ろすと、わずらわしそうにネクタイを緩め、ワイシャツの前をはだける。馬蹄形のブローチが焼けた胸から覗いた。

「どうも、ネクタイには慣れません。このさき何十年、これを締めて仕事をしなければならないのかと思うと、気が重くなります。おそらくぼくが会社を辞めるとしたら、退職理由はこれでしょうね。ネクタイが苦しかったから」

笑いながら紙コップに口をつける。都築も同様に飲んだ。中身はコーヒーだった。

「さっそくですが、いくつか質問をさせていただきます」

「どうぞ、何なりと。確か、お電話では、佐藤裕一さんの勤務評価を知りたいというお話でしたね」

「ええ、それもあります」

都築がうなずくと、秋山は腰ポケットから、丸めた書類をひとつかみ取りだしてテーブルに広げた。

「これがシステム開発課から取り寄せた、佐藤さんの勤務評価表になります。あとはタイムカードに、作業スケジュール表。スケジュールは上が目標で、下が実績です。どの開発案件も、遅れることなく完了していますから、この表を見るかぎり佐藤さんの勤務態度に問題はないようでした」

秋山の言うとおりだった。タイムカードはどの日付も、始業時間の二十分前に打刻されていた。残業も、連日やっていたようだった。

「開発案件というのは、具体的に、どういう仕事をしていたのでしょう」

「佐藤さんが担当していたのは、主に顧客管理システムの拡張作業でした。当社が開発支援をしているシステムのなかで、携帯電話の加入者情報を管理するものがあるのですが、携帯電話の機能追加に伴って、その都度システムが改修されるのです。その際に、データベースの項目を追加したり、メインフレーム・コンピューターが使用する記憶領域を拡張してやる必要性が生じたりするので、そういった作業を佐藤さんにお願いしていました」

「すると佐藤は、その、システムのカイシュウと言うのですか。改修そのものの仕事はしていなかったのですね」

「ええ。以前は佐藤さんにも、ロジック修正などをお願いしていたのですが。ここ最近は、情報セキュリティのルールが厳しくなった関係で、外部の人間にプログラムを触らせたり、データベースを見せたりするのはNGということになりまして」

「では、そういう仕事は派遣会社の人間ではなく、正社員の方が」

「そうです。それを担当していたのが、河本に加藤、栗原、菊池それに剣崎といった連中でした」

「と言うと、つまり」

「専務の別荘で殺された社員たちです。彼らは、佐藤さんと同じチームで作業をしていたんです」

これは意外だった。あの別荘で発見された五人が、佐藤と面識があり、かつ極めて近い席にいたとは。それどころか、さらに佐藤は、会社の方針とはいえ、これらの若い正社員たちに仕事を奪われた形になっていたのだ。

これが佐藤を、今回の凶行へ走らせた動機なのだろうか。

「刑事さん。この契約社員だった佐藤さんが、本当に事件の犯人かどうかは知りません。ですが、社員を五人も失って、会社が打撃を受けたことは事実です。主任職だった剣崎以外は、入社してまだ三、四年の若手でしたが、それでも意欲的な連中ばかりでした。みな学生時分から、パソコン環境下でのデータベース・デザインには精通していましたしね」

話を聞きながら、都築はおもむろに天井を見上げる。二十八だと偽っていた、佐藤の実年齢は三十三。それは、部下を亡くして困っていると目の前で苦笑する秋山と同じなのである。同い年の秋山は部長職、同じ仕事に携わる同僚はみな二十代の若手で、しかも正社員。彼のおかれていた立場と心境が、わかったような気がした。

「今回の事件、秋山さんは、どう思われますか」

「と、おっしゃいますと。犯人は、なぜあのような事件を起こしたか、ということですか」

何となく発した言葉だったが、この男、頭の回転が速い。これで質問が、一つほど省かれた。

「精神を患っていたからと、聞いています。何でも、自分も被害者のひとりだと、頑張っているそうだとか」

「はい。逮捕後の言動と挙動に鑑みて、精神疾患を起こしていることは明らかです。しかし、どうも納得できないのです。

佐藤裕一が本当に狂人だったとして、どうやって五人もの男を殺害することができたのでしょう。被害者は、みな二十代の若い男たち、対して犯人は三十三の中年です」

「三十三が、もう中年ですか」

「これは失礼、一般論としてです。では、言い方を変えて。けっして腕っぷしに自信があったわけでもない男が、たったひとりで五人をいちどに手にかけたなど考えにくい。だとすると、何か周到な計画を立てる必要がある。しかし、そんなことが可能でしょうか、狂人に」

「そのような疑問を持っておられるということは、刑事さんは、犯人が精神異常を装って凶行におよんだと、そうお考えなのですか」

「正直なところ、そう思っています。まあ、あの男が正気にしても、供述内容が中途半端なのが、少々気に入らないところなんですが」

「供述が、気に入らない？」

「実際に、現場にあった死体は加藤さんや剣崎主任といった、面識のある人物ばかりだった。ところが本人は、頑としてその事実を受け入れようとしない。自分は犯人ではないし、殺された人間もまた違う、と。あくまで被害者は専務の奥田さんや、常務の石井さん、それにあなただと言ってゆずらないのです。一契約社員であるあの男にとっては、おそらく一生、会話を交わすことなどない方々を、被害者として名指ししているのです。これが刑事責任を逃れるための、偽の狂気であり虚言だとしたら、もっとほかに狂人らしいというか、それなりの嘘をついてもいいのではないでしょうか」

「狂人らしい嘘、と言いますと。たとえば?」

「たとえば……」

いつの間にか秋山から、笑みが消えていた。代わりに射すくめるような冷たい視線でこちらを見ている。しかし都築はひるまず、返答を考えた。

「たとえば、その、宇宙から声が聞こえてきて、殺人を指示されたとか」

例としては陳腐この上なかったが、ほかに浮かばなかった。秋山は笑いだすかと思ったが、冷えたまなざしに変化はない。

「なるほど。刑事さんの出された例も、悪くはないと思います。しかしですね、狂人の言い訳に、もっとこう言うべきではなどと、評価を下すことが有意義でしょうか」

「それは、まあ」

「たとえば、たとえばですよ刑事さん。ぼくが、いまから一週間後に発狂して病院送りになったとします。そのとき、刑事さんがいま、ここでぼくと交わしていた会話を思いだして、ぼくに狂気の兆候があったことを推察できるでしょうか。そういえば、話すときネクタイを緩めたから、少しおかしかった。いや、狂人なら突然に笑いだしたり、踊ったりするものだから、あのときは正常だった。人によって判断はそれぞれです。

また、正常でありながらも、言動が理解されなかったために、世間から狂人扱いされた人物だっています。ニコラ・テスラやガリレオ。もっとも一方は嘲笑を受け、かたや宗教裁判で死刑になったことでは異なる人生を送りましたがね。

刑事さん。我が社は今回の事件で、五名の人材を失いました。佐藤という男が、狂っていようがいまいが、部下たちが殺されたのは事実なんです。

本来なら、こんなところで刑事さん相手に割く時間は、ぼくにはありません。専務の容体の件もありますしね。しかし、事件が専務の別荘で起こり、容疑者も被害者も我が社に勤務していた人間だったということで、こうして応対しているのです。

申し訳ありませんが、こんな言葉遊びのような推理ごっこをされるのでしたら、ぼくは別のことに時間を使いたいんです。犯人の精神状態など、興味のないことですから」

秋山から、快活な若者のイメージは、跡形もなくなっていた。都築の発した質問が、若き上級管理職には、ひどく気に入らなかったようだ。それとも、三十三歳は中年であると表現したことがまずかったのか。自分も同い年であることを、先に言うべきであった。

「おっしゃるとおり、狂人の真贋を、ここで論ずるのは不毛でしたね。忘れてください」

都築は、仕切り直すように咳払いをした。「ところで、次も少々、訊きづらい質問なのですが」

訝る秋山に、都築は事件当日の所在を訊ねる。

案の定、呆れた顔をされてしまった。

「それはつまり、ぼくのアリバイを確かめたいと」

「ええ。まあ、そんなところです」

「意図を説明してもらえますか。ぼくは、いや、専務や常務も含めた五人は、基本的に事件とは無関係なはずです。刑事さんが、わざわざ伊豆からおいでになったのは、容疑者とされる人物が、ぼくたちの氏名を列挙したからですよね。佐藤さんは言ったのですか、ぼくや常務や、専務が犯人であると」

「いいえ」

「では説明してください。アリバイとは、犯罪の容疑をかけられた者が、事件には無関係であることを主張するための証明ではないのですか」

「そのとおりです。ただ、これも仕事でして、報告書に記入しなければならないものですから」

都築が困った顔をしていると、秋山は時間の無駄と悟ったのか、すぐに頭を切り換えて話しはじめた。

「あの日は栃木のゴルフ場にいました。当社で開発している制御基盤の、搬入関係をお願いしている配送会社の社長から、ゴルフを教えて貰う約束だったもので。先方の名刺を差し上げますから、どうぞ確認してください」

「わかりました、お預かりします。ところで、奥田さんについてはどうでしょう」

「専務のアリバイですか、ないと思いますよ、孤高の人ですから。おそらくはご自宅か、別荘で読書でもされていたのではないですか」

「別荘、事件のあった別荘ですか」

「まさか。専務は、鎌倉と那須にも別荘をお持ちなんです。しかし、いつもおひとりで行かれるし、この季節は管理人もいないので、確認をとるのは無理だと思いますね」

別荘が三軒、都築には想像もつかない生活だった。おそらく生涯、食べることと寝る場所に不自由することはないのだろう。部下の研修旅行に、一軒くらい提供しても痛痒はないはずだ。仕事がなく食い詰めて、子どもと一緒にアパートでひっそり、餓死していた若い母子の顔が、刑事の脳裏をかすめていった。

「刑事さん。捜査の結果、専務が事件に関与している可能性がでてくるようでしたら、すぐに連絡ください。取締役に嫌疑がかかるなど、企業の信用を揺るがす大問題ですから」

「了解しました。しかし、そんなことはないと思います」

「そろそろ次の面会、石井常務と会う時間ではありませんか」

追い払うように言われて、都築は休憩室の掛け時計を見上げた。そのとおりだ。こちらのスケジュールまで、秋山はしっかり押さえている。

重役室は二つ下のフロアにあるとのことで、都築はふたたび秋山に案内されてエレベーターに乗った。

都築はきょう一日で、専務と常務の二人と面会の約束を取り付けていた。残り三人の本部長については、基本的に社内にいるとの返答だったので、先方の都合に合わせて随時、話を訊くつもりでいた。だから専務の代わりに秋山と話せたのは、運がいいほうだった。

「この廊下の奥です」

説明しながら歩く秋山に、都築は、さっきの質疑で気になっていたことを訊いた。

「秋山さん、被害者の五人は、佐藤裕一の仕事を引き継いでいたと言われましたよね」

「ええ、そうですよ」

「佐藤がひとりでやっていた仕事を、五人がかりで？　人件費的に、ずいぶん効率が悪くないですか」

「仕方ありませんよ。剣崎以外は別の部門の人間でしたから。畑違いなのを、無理やり引っぱって来たんです。いまは人件費より、情報セキュリティを重視する時代なんです」

畑違い。さっきの話では、被害者たちは学生のころから、パソコンに詳しかったのではなかったか。それとも、同じコンピューターと名がついていても、業務用とパソコンでは勝手が違うのだろうか。いずれにせよ、五人でする仕事を単独でこなしていたのだから、佐藤が仕事のできる人間だったことは確かだ。

「常務、おいでですか。刑事さんがお見えです」

秋山が常務室と書かれたドアをノックすると、なかからうなり声のような返事があった。

「では、ぼくはここで」

若き本部長は、一礼したあと踵を返して歩き去った。

「まともなのに、話が理解されなかったために、狂人扱いされた人間もいる」

姿勢のよい後ろ姿を見送りながら、都築は秋山の言葉を反芻していた。

3

「刑事さん。こちらでしたか」

応接室を出たとたん、声をかけられた。いきなりの大声に驚いて振り返り、都築はさらに驚いた。巨大なキウイが、カーペットの敷かれたオフィスの廊下をズシズシ鳴らしてやって来たからだ。

「秋山から、もう帰られたのではと言われてきたのですが、いやあ間に合ってよかった」

巨人はひとりで嬉しそうだが、都築は防衛本能から思わず身構えていた。

「営業本部長の上野です」

挨拶とともに、上体が大きく傾いた。相手は頭を下げただけだったが、都築には、頭突きをされるのではとの恐怖感が湧いた。

「あなたが上野さん。初めまして、県警の都築と申します」

相手の差しだした名刺を受け取りながら、何とか平静を装い挨拶を返した。

「石井常務につづいて、午後の江尻本部長の尋問は、無事に終わりましたか」

「これは参考人聴取で、けっして尋問などではありませんよ。江尻さんはこちらの応接室で、いま終わったところです」

「次はおれの番ですよね、さっそくはじめましょう」

上野は言うと、なかば強引に都築の肩をつかみながら、いま出た部屋とは反対側のドアを開けた。

「何か、飲み物でも」

「いいえ、結構です」

おそらく、またコーヒーだろう。口が苦い。ココア好きの都築は、もうこれ以上コーヒーを飲みたくなかった。

「そうですか。では失礼して」

腰を降ろしながら、上野は尻ポケットから缶コーヒーを二本取りだした。断ってよかった、やはりコーヒーだ。上野は、ひとりで二本とも飲むらしい。

「どうでした。これまでの成果は」

　さっそくプルトップを開けながら、上野は世間話でもするように訊く。

「成果というほどのものは、ありませんよ。今回の訪問は、あくまでも事後確認が目的ですから」

「この前の刑事さんの話じゃ、おれたち殺されたそうじゃないですか」

「ええ。被疑者は、そう供述しています」

「だったら、香典を貰いに社内をまわろうかな」

　そう言って、巨漢は缶コーヒーを飲み干した。

「石井常務の印象は、どうでしたか」

「温厚で、なかなかの好人物でした。年齢のせいと申しては失礼になるかも知れませんが、会話をしていて落ち着くというか。あれが包容力というのでしょうね」

「そうでしょう。常務はいい人です。何でも丁稚奉公のころから、電話業界で飯を喰っているそうですよ。ですから顔は広いです。恥ずかしい話ですが、営業をしていて問題が起こると、いつも最終的には常務を担ぎだして解決してもらっている始末なんですよ。ありがたい人に、天下りしていただきました。技術の奥田専務、営業の石井常務、この二人のおかげで現在の我が社があるようなものです」

　上野は石井を激賞する。

「だけど、そんな石井常務も殺されたんでしょう。うーん、惜しい人を亡くした」

　上野はニヤニヤしながら、腕を組んで刑事を睥睨する。

　どうもいけない。この男の軽口に乗せられ、都築は自分のペースを見失っていた。このままでは雑談で終わってしまう。

「上野さん。質問してもよろしいですか」

「どうぞどうぞ。そのためにいらしたんでしょう。事件の日の、アリバイですよね」

「はい」

「おかしな話ですね。事件のあった日、別荘にいなかったという、確実に被害者でなかった証明を、しなければならない」

言ってから上野は笑いだした、つられて都築も苦笑する。

「さっき秋山から聞いたんです。アリバイを訊かれるから、怒るなって。まさか、怒るわけがない。笑うなってのは、無理だけど」

ゲラゲラ笑う上野とは対照的に、座っている椅子はギシギシと悲鳴を上げていた。

「いや失礼しました。アリバイでしたね。あの週末は、家で寝てました。暑かったのと、前の日が仕事で遅かったものですから、くたびれてしまって。あと日曜は、ビデオを見てました。出たばかりのＤＶＤってやつを。こんなんじゃ、だめですかね」

「いえ、そんなことは」

「ですよね。推理小説なんかじゃ、犯人がアリバイを偽造する場合、完璧なものを用意するから逆に怪しまれるでしょ。でも現実のアリバイなんて、証人もいない、あいまいなものですよ。ときに、常務や江尻さんとは、どんなことを話したんですか」

ひとこと訊いただけで、またも質問者の立場を上野に取って代わられた。都築は、仕方なく答える。

「石井常務とは、世間話がほとんどでした。現場不在確認にしても、心安く答えていただきました。ご自宅でひとり、将棋を指しておられたそうです」

「常務は三年前に、息子さん夫婦と別居しましたから。いまは奥様と二人っきりで、水いらずのはずです」

「そうおっしゃっていました。お若いころは、仕事に追われて家庭を省みる暇がなかったから、いまは二人で、その時間を取りもどしたいのだと」

「いい話だ。で、江尻さんとは」

「人事関係の部長さんのせいか、ずいぶん具体的なことを話していただきました。被害者五人の経歴や、彼らがあの日、専務の別荘で研修を行なった経緯ですとか。何でも、仕事の引き継ぎが目的だったらしくて、平日はスケジュールが一杯だから、休日を利用して打ち合わせをしたかったとか。それを聞いた奥田専務が、ただでさえ多忙なのに休日出勤は気の毒だと考えて、気分転換の意味で観光地での作業を提案され、それで別荘の使用を許可したという話でした」

「ほう、そうだったのですか。ほかには」

「ほかには、若い社員の批判ですかね。いまの人間は、自分の仕事に対して、責任感や自尊心を微塵も持っていない。法曹に携わる人間が痴漢行為をしたり、警察が不祥事をしでかしたりするのは、そのせいだと。耳が痛かったです」

「ふん、あの人らしいや。若い社員たって、自分だって大して変わらないくせに。で、江尻さんにも訊いたんですか、アリバイ」

「土曜日に、お姉さん夫婦が姪御さんを連れて遊びにきたそうで、一泊して帰られたとのことでした」

「なるほど。では、確認は簡単ですよね。刑事さんは、江尻さんの親族に連絡して確かめるのでしょう」

「それはまあ、セオリーですから。もっとも、常務にしても江尻さんにしても、容疑者のアリバイを追及しているわけではありませんので」

「秋山はどうなんです。奴も家で、母親のオッパイを飲んでいたとか言いましたか」

「ゴルフをしていたそうです」

「なら相手がいるはずだ。それではっきりするでしょう。おれたちは五人でセットみたいに扱われているから、ひとりアリバイが成立すれば、それでOKなんじゃないのかな」

「ええ。助言ありがとうございます」

都築が軽く会釈をすると、それが合図だったかのように、上野は二本目の缶コーヒーを開けた。

「ときに上野さんは、将棋はお好きですか」

一瞬、缶を持つ上野の手がとまったような気がした。いや、気がしただけか。

「将棋ですか。そうですねぇ」

上野は答える。

「最近は、あまりやりませんな。もともと得意でもないし。もっとも将棋にかぎらず、何かを賭けるということなら、いつでも受けて立ちますが。あ、刑事さんの前で不謹慎でしたな」

「石井常務と、将棋をされたことは」

「ありますよ、とても歯は立ちませんが。先方は休日を、すべて将棋に費やしていますしね」

「では、上野さんが常務と対局しても、勝つようなことはない」

「当然です」

「すると、負けた常務が、癇癪を起こして将棋盤をぶちまけるようなことは、間違っても起こり得ないわけですね」

上野は缶コーヒーをテーブルにおいた。笑顔で都築を見る。

「どうして、そんなことを訊かれるのかわかりませんが、あり得ないですよ。おれが常務に将棋で勝つことも、よしんば勝ったとして、そのせいで常務が取り乱すなんてことも、絶対にないです」

「そうですか。そうでしょうね」

都築が納得してうなずくと、上野は、申し訳なさそうな表情で顔を覗きこんできた。

「おれが、将棋に勝たないと、まずかったですか？」

「別に、そんなことは」

「だったら、ここで常務と将棋をしてもいいですよ。そうは言っても勝つのは無理ですが、対局後に将棋盤をぶちまけてもらうくらいは、石井常務にお願いすれば」

真面目な顔で、何を言いだすかと思ったら。

「そんな必要はありませんよ」

「だって、せっかく東京まで捜査に来たんでしょ。何の成果も上がらず、手ぶらで帰ったら怒られるんじゃや。うるさい上司に、おれみたいな」

いつの間にか、上野はいじめっ子のような顔になっていた。

「ご心配にはおよびません。それに、成果は出ていますんで」

「ほう。それはまた、どんな。やっぱり犯人の証言のほうが正解で、ここにいるおれたちは、全員が幽霊だとか」

すっかり嘲弄されている。都築は、頭に血が上っていくのを感じた。

「江尻さんにお会いできたのが、収穫だったってことです」

「事業本部長が、何か珍しいことでも言ったんですか」

上野は興味深そうに訊く。意地の悪い笑いは消えていた。

「いえ。話の内容はさきほどの通りです。風貌が違っていたんです。被疑者の話に出てくる、江尻さん像と。供述する人相とは、別人だったんです」

「へえ。犯人の話に出てくる事業本部長は、どんな感じなんですか」

「髪が真っ白で、レンズの厚いメガネをかけていたと。顔にしわも多くて、結構な年だったそうです」

「それじゃ、まったく違いますね」

「実物は、ずいぶんお若いので、いささか戸惑ってしまいました。白髪なんか一本もありませんし」

「当然でしょう。秋山と同じで、まだ三十三ですからね」

「ご本人も、そうおっしゃっていました。お父上が健在であったとしても、そこまでの年寄りにはなっていないと、にらまれました」

「あのキツネ目で？　でも、どうしてまた事業本部長だけ、そんなことに」

「おそらく、佐藤は供述を創作する目的で、みなさんに関する情報を集めていたのでしょう。石井常務が将棋好きだとか、秋山さんがいつも日焼けしていて長髪であるとか、上野さんが立派な体躯をしておられるとか。しかし江尻さんにかぎっては、資料が入手できなかったか、記憶違いでも起こしたのではないか。そう考えています」

「なるほどね。そいつは、大きな収穫でしたね」

上野はひとりで満足そうにうなずくと、ふたたび缶コーヒーを飲んだ。二本目も空にしたあと、ふいに巨漢の営業部長は、またイタズラっぽい顔になり都築を見すえた。

「ねえ、刑事さん。おれはね、本当は残念で仕方ないんです」

「何がですか」

「事件の話ですよ。その頭のイカれた男が、おれや秋山なんかの死体が別荘に転がっていたと言っているのを聞いて、自分が本当に現場にいれば、どんなに面白かっただろうってね」

「面白い？　五人もの死者が出た現場の、当事者になることがですか」

「だってそうでしょう。犯人は、一晩で五人も殺したんですよ。凄まじい凶悪犯です、殺人狂ですよ。会いたかったなあ、そして一戦交えたかった。このおれを、殺せるものなら殺って欲しいもんだ」

そう言って、上野は本当に残念そうな顔をした。

「刑事さん。おれの、いまの願望を言いましょうか。オヤジ狩りに会うことなんです。ひとりでは何もできない、群れては弱い者しか相手にできないチンピラどもを返り討ちにする、合法的にブチのめすことなんですよ。相手が十人以上なら、ひとりやふたり殺しても、別に構わないですよね。正当防衛でしょ」

「それは、状況にもよりますが」

物騒な話になってきた。そのとき、ドアがノックされて、わずかに開いた隙間から、若い男の顔が覗いた。

「よろしいですか、上野本部長」

男はセーターにジーンズという、オフィスには似つかわしくないラフな格好をしていた。髪は秋山のように長かったが、顔は日焼けどころか青白かった。

「よう。どうした」

「先方から、面会時間を変更してほしいとの連絡がありました。十七時が都合いいそうです」

「夕方の五時か、仕方ないな。わかった」

「それから、秋山本部長は、やはり同行できないとのことです」

「そうか」

若者の伝言は、それで終わった。

「おい待てよ。きみのほうはどうなった」

用件を済ませ、ドアを閉めようとする若者を、上野が呼びとめた。

「はい？　ぼくのほうと言いますと」

「だから、うちの会社にはいる気になったかってこと」

「そのことでしたら、すでに課長へお断り申し上げました」

「何だ、そうなのか。奥田専務は期待してたんだぞ」

「すみません」

「まあいいさ。あ、それからな。秋山が、今度から呼ぶときは、本部長をつけないでくれと言っていたよ。きみに役職で呼ばれると、からかわれている気がするんだと」

「はあ、そうですか。わかりました」

最後に、失礼しますと元気なく言い、若者はドアを閉めて消えた。

「アルバイトですか、いまのは」

都築が興味なさそうに聞くと、上野は落胆した表情でうなずいた。

「はじめはヘルプデスクで雇ったんですが、アーキテクチャーに関して恐るべき発想を持っていましてね。いまではシステムのチューニングをしてもらっています。実は、殺された五人が担当していた業務も、緊急で彼に引き継いでもらってるんです」

「もとは佐藤裕一がしていた仕事ですね。確か情報セキュリティの問題で、外部の人間が携わることは、禁止されたのでは」

「ええ。ですから、この話はオフレコでひとつ。現在うちの社員に、彼ほどの処理能力を発揮できる人材がいないもので」

「ずいぶん、仕事のできる男なんですね」

「奥田専務が気に入りましてね。むかしの自分を思いだすんだそうです。何度となく、うちへの就職を打診したのですが、いつもあの調子で逃げられてしまって」

この不景気に、就職の誘いを無下にするとは。どれだけ仕事ができるのか知らないが、相当な変人には違いない。

4

奥田を除く四人から得た供述の裏を一応とるべく、翌日から都築は、配送会社やゴルフ場、石井の自宅などを奔走した。

秋山とゴルフをしたという社長は、大宮に会社を構えていた。始業時間に合わせて訪問したのだが、ずんぐりした体に禿げ上がった頭、脂ぎった顔の老年は、すでに作業着姿で社員たちを怒鳴りとばしていた。狭い事務所で受話器を片手に、壁のスケジュール表をにらみながら配車と人員の変更を的確にこなす表情には、近寄りがたい迫力とバイタリティが噴出している。

「どうもすみません。せっかく来ていただいたのに、ずいぶん待たせてしまって」

汗の浮いた頭をタオルで拭いながら、社長はギラついた目つきに慣れない笑顔を浮かべてやって来た。事務所のすみで手持ち無沙汰に立っていた都築は、自分が忘れられていなかったことに安堵した。

「こちらこそ、こんなにお忙しいのを知らずに、勝手にお邪魔して」

「貧乏暇なしです。どうぞ座ってください。えーと、お茶は」

「結構です。朝にいただいたんで」

「そうでしたか。それじゃ、早速お話をうかがいましょうかな。申し訳ないんですが、五分ほどで。わたしも配送に出るものですから」

「社長も、自らドライバーを？」

「正直しんどいですわ、もう全身にガタが来ていますしね。けど、うちは精密機器なんかの、コワレモノを専門に扱ってるでしょう。時間はもちろんですが、商品に万一のことがあったらおおごとです。そう思うと、なかなか他人まかせにはできませんで。お得意さんの品物になると、自分で運ばんと気がすまんのです。それに、いまどきの若い連中は、見えないところで何をやってるか、わかりませんしねえ」

言いながら、都築を足元から舐めるように見上げていた。この脂ぎった社長にとっては、目の前に座る刑事も、何をやっているかわからない若造の部類にはいるようだった。

会話の時間は五分と決められたが、そんなに必要ではなかった。事件のあった日、何をしていたのか訊ねるだけであったからだ。返答は、秋山の言ったことと同様だった。あの秋山と一緒に、ゴルフをしている絵図はとても想像できなかったが、何ホール目でイーグルだのバーディだの、専門用語とともにゴルフ場の連絡先を渡されては信用するしかなかった。

四トントラックに乗りこんで走り去る社長を見送ったあと、都築は大宮駅へもどり、そこから栃木へむかった。社長が常用しているというカントリークラブは、栃木ICから七キロの場所ということで、駅前からタクシーを使うはめになった。思わぬ出費である。

コンピューター管理されているゴルフ場は、都築の聞きこみを迅速に処理してくれた。事件のあった土曜日の朝、秋山の持つ会員番号は、社長のものと並んで事務処理を受けていた。念のため、回答したフロントの人間に、コースに出たのは本当に秋山だったのかと訊ねたが、休日は会員の出入りが激しいため、いちいち顔など覚えてはいないと、つっけんどんに言われてしまった。しかしこれは当然のことである。相手が芸能人か、強烈な印象を与える人物でもないかぎり、客の顔を覚えていろと言うほうが無理な相談であった。

次の目的地は、石井常務の自宅である。栃木から取って返して、東京の文京区を目指す。その前に、都築は腹ごしらえをすることにした。といっても駅前に一軒きりの売店で、パンを買うだけの質素な昼食である。

軒先にタバコ売り場があり、カウンターには赤電話が乗る、タイムスリップでもしたような気分にさせられるノスタルジックな店。はいると駄菓子や洗剤などと一緒に、いくつかの菓子パンが並べてあった。

「いらっしゃい」

振りかえると、いつの間に現れたのかタバコのカウンターに、割烹着を着た老婦人が眠そうな顔をくしゃくしゃにしていた。

「飲み物は、ありますか?」

「そこ」

指さす奥には、開き戸で見下ろす型の冷蔵機があった。いまはストッカーと呼ぶのだろうか、都築が子どもの頃には、ここにアイスキャンデーがはいっていた。ガラスのドアをスライドさせて、冷水に浸かっている缶を取りだした。

「これください」

あんパンとカレーパン、それと炭酸飲料の缶をカウンターへおいて、ポケットをまさぐる。

「お客さん、パンは半額でいいわ」

老婦人が、嬉しいことを言ってくれた。きょうは特売なのか。それとも、自分がむかしの恋人にでも似ているとか。

「二つとも賞味期限、切れてるからさ」

　言われて、パンを手にとり包装の裏を見る。賞味期限は、昨日であった。

「大丈夫よ、一日くらい。当たりゃしないわ、あんた若いんだろ?」

　ほかには食パンしかないし、腹も減っていたから、何となく押しきられる形で金を払ってしまった。

　金を受け取ったとたん、老婦人はさっさと奥に消えてしまった。都築はひとり、誰もいない軒先でカレーパンをかじる。味は大丈夫だ。これで半額なら、儲けものじゃないか。自分を説得しながら、しかしどこか釈然としないものを感じていた。


　向ヶ丘に建つ豪奢な一軒家は、ちょっとした林に囲まれて静寂を形成していた。平日のため、もちろん石井本人は会社で不在である。古風な開き戸をくぐり、石畳を歩いてから玄関へたどり着くと、家でひとり詩吟に興じていた奥方が、主人と同様に柔らかい笑顔で迎えてくれた。常務と同い年だと言いながら、美容美顔にずいぶん投資しているのだろう、お世辞でなく五十代と言っても通用しそうな容色であった。

　都築の発した質問には「そちらの縁側で、いつものように将棋をしておりました」と、石井自身から聞いたのと同じことを言われただけであった。

「おひとりで、将棋をされるのですか」

　すると奥方は、ホホホと上品に笑った。

「何でもいまは、コンピュータァがすこぶる強くなっているそうですのよ。ですから、小さいコンピユータァを使って、やっておりますの」

老齢の婦人から、いまどきコンピューターも知らないのかとバカにされたようで、都築は少し腐る。

「わたくし、主人が将棋をはじめますと、いつもそばで詩吟を唸って差し上げるんですの。長考にはいると、わたくしの声が気分転換になるとかで」

嬉しそうに、ふたたびホホホと笑う石井夫人。幸福そうな家庭であった。

クッキーを焼いたからと、三時のおやつを勧められたが、次の訪問予定があるため辞退した。

渋谷の三軒茶屋にある、江尻の姉の家族宅を訪れたときは、タイミングが悪く夕食がはじまっていた。

「刑事さん、遅かったわねぇ。待ってたのよ」

「どうもすみません。電車の乗り換えが、上手くいかなくて」

「お腹が減ったでしょ。さ、上がって、刑事さんの分もあるから」

固辞するつもりだったが、姪の少女から強引に手を引っぱられ、食卓まで連れて行かれてしまった。テーブルに座りながら断るのは、いくらなんでも不粋に過ぎる。

「奮発してしゃぶしゃぶにしたの。きょうも亭主は遅いんだし、食べて行ってよ」

本部長のお姉さんから背中をたたかれて、都築はやせ我慢を中止した。

「でも、ご主人の仕事中に、こんなご馳走をいただいてしまっては」

「いいのよ。栄養過多で痛風ぎみなんだし」

「ご主人は、何の仕事をなさってるんですか」

「あら。昌幸から聞かなかったの？　同じ会社で働いてるわよ、大手町の。しがない総務課長だけどね」

湯にくぐらせた肉をゴマだれに付けながら、都築は新情報にうなずいていた。

「でも、刑事さん。きょうでよかったわよ。あたしたち、明日から旅行にでるの。だから一日遅かったら、会えなかったところだわよ」

「そうだったんですか。お取りこみのところ、すみませんでした」

「オジサンがね、招待してくれたの」

口いっぱいに肉をほおばりながら、となりの女の子が嬉しそうに言った。

「弟がね、取引先からツアーのチケットを買わされたって言うのよ。それで、行かないかって。まあ、子どももまだ学校前だし、あたしも、たまたま時間がとれたもんだから」

「では。ご主人と三人で」

「行かないわよ、仕事よ仕事。早く出世してもらわなきゃ、ダンナが弟より格下だなんて、恥ずかしくて近所に言えないわよ」サラリーマンも大変だ。

江尻の姉の証言は、これまでに得たものと同様、変わりばえのしないものであった。

東京を拠点に、見知らぬ町をまる二日間歩きつづけた。頑健が売りの都築も、さすがにへばってしまった。冨士原に取ってもらった神田のビジネスホテルにもどり、着古したコートと背広を脱ぎ捨てる。ワイシャツの胸に垂れたゴマだれを見て、刑事は微笑した。

「どこもみんな、いい人間ばかりだ」

ベッドに寝ころび、ゴロンと仰向けになる。

休暇届けは明日まで。明日には、帰郷しなければならない。

都築は、意気消沈した面持ちで、深いため息をついた。

ホテルへもどる前に、都築は冨士原に電話を一本いれた。そして捜査報告をしたあと、先輩刑事から佐藤裕一との面会が不可となったことを告げられたのだった。現在、佐藤は薬を多量に投与されて、ほとんど一日を眠って過ごしている。そうでもしないと、発作を起こして暴れるからだ。いちどなど、拘束服を引きちぎったことがあった。そういう状況だから、悪いが諦めてほしい、それが冨士原の釈明であった。

「せっかくの休み、無駄にしちゃったな」

天井を見つめながら、目を閉じる。呟きながら、呟いていた。

自分が刑事になったのは、たったひとつのことが理由だった。佐藤が、十六年前に証言した供述書を読むため、それだけのために警察官を志したと、言っても過言ではなかった。

そして、その佐藤の所在を、都築は知ることができた。それはあの男が、新たな事件を起こしたからだ。だが、佐藤裕一よ。なぜ、いまごろになってふたたび。


残っているのは、未だ面会の叶わない、専務の奥田だけであった。翌日、都築は病院を訪ねた。しかし容体は想像以上に深刻で、とても話など聞ける状態ではなかった。独身の専務には付添人がいたが、彼女は今回の入院で雇われただけで、本人のプライバシーには何の知識もなかった――。

　聞込み行脚で棒となった足で、都築は大手町へもどっていた。捜査に協力し、かつ突然の訪問にも快く応じてくれた本部長たちへ、ひとこと挨拶をしておきたいと思ったからだ。

　ビルの前まで来ると、玄関から巨体が現れた。見ていると、前で待機する社用車に荷物を押しこんでいたが、その後ついてきた男と突然、押し問答をはじめた。

　上野だ。近づいてみると、彼は男を車に乗せようとしていた。しかし相手は必死に拒絶している。

「なあ、頼むよ。ひとりじゃ面白くないんだ。秋山の代わりに、なあ」

「本当に困ります。このあと、仕事があるんです」

　男はもがいて抵抗していたが、あの巨体に組まれてはたまらない。

「上野さん、誘拐ですか。現行犯ですよ」

「あ、刑事さん、これは」

　まずいところを見られたというように、上野は赤面して頭をかいた。

「仕事が済んだので、帰る前に、ご挨拶にまいったのです。上野さんはどちらへ」

「これから広島へ主張でして。ふだんは秋山と一緒なんですが、急用で動けなくなってしまって」

　それで、傍らの男を代わりに。しかしその交代要員は、あのアルバイトであった。不可解な。どれだけ仕事ができるか知らないが、いくらなんでも、企画本部長の代わりをアルバイトにさせようとは。

「仕方ない、おれひとりで行くことにします。刑事さん、早くしないと常務は退社してしまいますよ。江尻さんは、まだいるかな。秋山は、捜してみてください。では」

上野はがっかりした顔で、ひとり車内へ消えていった。都築はアルバイトと二人、並んで見送る。このリムジンのような車で広島まで行くのだろうか。こっちは新幹線の自由席なのに。

「助かりました、刑事さん。おかげで命拾いしました」

去りゆく上野を眺めながら、アルバイトが礼を言う。

「命拾いとは、大げさだな」

都築は笑って答えたが、相手の顔は真剣だった。

「けっして誇大表現ではありません。営業本部長は、思い立ったら力づくで推し進めるところがあるものですから。悪い人ではないのですが」

言いながら、アルバイトは腰ポケットから取りだしたハンカチで、この寒いのに汗を拭いた。しかし命拾いしたと言いながら、ほっそりした顔から恐怖は微塵も感じ取れない。

「せっかく、部長さんが誘ってくれたのに。一緒に行ったらよかったじゃないか」

「ぼく、本日付けで退職するんです」

都築は、いささか驚いてアルバイトを見た。

「どうしてまた突然に。この会社では、ずいぶん評価されていたんだろう。給料だって、それなりに」

「急用で、来週からしばらく田舎へ帰ることになったものですから」

「けど、それなら休暇届ですむ話じゃないのかい」

「いつ東京へもどれるか、わからないんです」

わからないのは、こちらのほうだった。故郷で何があったのか知らないが、こうも簡単に仕事を放りだしてしまうこの男の、心情が理解できなかった。もっとも、上野や秋山が正社員採用を勧めていたくらいだから、無責任な辞め方はしていないのだろうが。

「それじゃ上野本部長は、きょうで辞めるアルバイトを出張へ同行させようとしていたわけだ」

「はい。本当に助かりました」

ペコリと頭を下げるアルバイトが、少し羨ましかった。他人から、企業からこれほどに能力を買われているのに、本人はまったく意に介さず、やりたいことをやっている。都築が刑事になったのは、もちろん自分の意思ではあったが、それでも学生時代の事件がなかったら、もっと別の、のんびりした人生を送っていたと思う。やりたいことをやっているのは、東京へやって来た、この三日間くらいのことかも知れなかった。

「なあ、きみ。これから昼飯なんだろう」

失礼しますと言って、神田方面へ歩きはじめたアルバイトの青年を、都築は呼びとめた。

「はあ」

「よかったら、一緒に喰わないか。神田に、ワラジみたいなとんかつを喰わせる店があるんだ」

もとは佐藤裕一が担当していた、剣崎たちの仕事を引き継いでいた男だ。佐藤のことで何か聞けるかも知れない。

「お誘いは、ありがたいのですが」

「先約があるのかい」

「いえ。いつもコンビニエンス・ストアで、おにぎりを一個買うだけです」

「ダイエット中なのか」

「経済的な問題です。本日で仕事を辞めることもありまして、贅沢は極力。帰郷する交通費のことも、ありますから」

「そんなことか。心配するなよ、おごるから」

「本当ですか！」

豹変とは、このことを言うのだろうと思った。おごると聞いたとたんの、アルバイトの嬉しそうな表情。

「ありがとうございます。行きましょう！　ぼく、とんかつ大好きなんですよ。ワラジですか」

言いながら、青年は顔を輝かせると、都築の手をグイグイ引っぱって行った。

5

「刑事さんは、伊豆の別荘で発生した事件を調べているんですか」

運ばれてきたとんかつを、おいしそうにほおばりながら、青年は世間話をするように喋りかけてきた。

「知ってるのかい」

本件は、加害者に精神障害の可能性が強いことから、マスコミ報道は自粛され、最低限の事件内容を伝えるにとどめられていた。

「概要については、秋山本部長から聞きました」

「秋山さんから？」

「ええ。初めて訪れた際に撮影されたと言う、別荘内の写真を見せてくださいまして」

わざわざ部長自らが、写真付きで説明をしてくれたのか。

「それで、いかがでした。成果のほうは」

「別に、成果なんてないさ。報告書を作るのに、必要な聴取をしていただけだからね。もう、カタのついた事件だし」

「石井常務のお宅で、クッキーを食べなかったのは失敗でしたね。いちど奥さんが会社に来られた際に、いただいたことがあるんです。おいしかったなあ」

「何でも知ってるんだな。きみは」

「伊豆で発見された被害者について、何か調べられたんですか」

キャベツをかきこみながら、青年が訊いてくる。食事中でも死体の話をすることに抵抗はないようだ。

「いや、何もしなかったよ。静岡と東京のほうで、すべて捜査済みだったんでね。五人とも、会社の独身寮に住んでいたんだが、事件の朝に寮を出ていくところを見た人間は、いなかったと聞いてる」

「寮は西葛西ですよね。周囲には団地が多いのに、あそこだけ妙に閑散として淋しいところなんです」

「行ったことがあるのかい。それともきみは、被害者たちとも知り合いだったのか」

「少し前に、誘われただけです。入社するなら、社員寮も完備しているからと。当時はぼくも、その気になっていたものですから、休日に近くまで行ってみたんですが。近所の人に聞いたところでは、ずいぶんむかし、あの場所は墓地だったと教えられました」

それは資料になかった。墓地か。では、あの五人が殺されたのは、祟りだとでも言うのか。

「別荘で発見された人たちの、死亡推定時刻はどうなっていますか」

「報告では、絞りこめなかったという話だ。発見当時、現場は気温が低くて、ちょっとした冷蔵状態だったからね」

いつの間にか、捜査情報をベラベラ喋ってしまっていた。このアルバイトと話していると、妙に警戒心がなくなってしまう。まずいかと思ったが、都築は構わず話をつづけることにした。事件は終わっている。それに自分は東京の刑事でもなければ、静岡県警の人間でもないのだから。


「胃の、内容物についてはどうです」

「それは一致していた。寝室に捨てられていた弁当のラベルと、同じ料理が出てきた」

「寝室には、大きな換気扇がついてるんですよね」

「うん」

換気扇。佐藤の供述では、訪問したときから各部屋の換気扇はまわっていたと言う。だが県警の連中が到着したとき、別荘内のそれらはすべて停止していた。あの夜は寒かった、とまっているのは当然である。それを、動いていたと頑張る佐藤の言動ひとつとっても、あの男の混乱ぶりが窺い知れた。

「秋山本部長のお話では、夏になると回すこともあるんだそうです。エアコンを付けるほどの環境ではないけど、年によっては暑い時期もあるとかで」

「確か犯人の供述では、部屋が湿気やすいので回しているとの話だったが」

「それだと、季節を問わずに稼働させないと、いけなくなりますね」

「だから犯行時、換気扇は回っていたと、言いはっていたそうなんだ」

「ふうん、なるほど」

カウンターの後ろを通りすぎる店員に、青年はご飯のお替わりを所望する。顔も体もほっそりしているのに、どこからこんな食欲が湧くのだろう。とんかつをかじりながら、都築は感心していた。

「刑事さん。もし、犯人の言うことが正しかったなら」

「何?」


「それは、いまの季節に換気扇を使用するための、口実だったんでしょうね」

「何だって?」

「犯人側の視点に立って、判断した場合の話です」

お替わりをしながら、アルバイトは会話を聞き流していたわけではなかった。

「きみは、犯人に同情しているのか」

「可能性として、あり得ると思っただけです」

「だとすると、何のために」

「犯人と目されているのは、佐藤裕一と言う人でしたよね。その人が別荘へ到着した時点で、すでに各寝室に死体があったとしたらどうでしょう」

「バカな」都築はお茶をすすった。

「何を突然に。それじゃあ、佐藤は犯行の終わったところへ、ひとりでノコノコやって来たことになるのかい。そうなると剣崎たちは、誰に殺されたことになるんだ」

「別荘の持ち主である……」

「専務？　専務が、ひとりで？」

「常務や、本部長たちが協力して」

「不謹慎だなあ。いままで世話になった会社の上司をつかまえて。非常識だよ」

「すみません」

「空想にしても、荒唐無稽すぎるね」

「はあ」

「それに、もし専務たちが犯人だったとしても、動機がわからない。みんな企業の重要なポストに就く人間ばかりだ。それが集団で殺人に手を染めるなど、どんな理由があればそんなことをすると思うのかな、きみは」

「そうですね」

謝りながら、青年は定食をすべて食べ終えていた。

「御馳走さまでした」

恭しく手を合わせるアルバイト。彼の発言を否定しながら、都築はそれでもなぜか、この青年に好感を持った。

「しかしきみは、なかなか面白い発想をするんだな」

「そうでしょうか」

「まだ時間はあるんだろう、喫茶店でも行かないか」

「はい。本日は引き継ぎ作業ばかりなので」

「ちょっと、聞いてほしい話があるんだ」

「それは構いませんが。いいんですか？」

「何が？　ああ、もちろん、おごらせて思うよ」

「ありがとうございます」
青年は元気よく席を立った。

食後のココアをともにした相手に、都築が披露したのは学生時代に起こった、事件の顛末であった。

アルバイトは興味深そうな顔で書面に視線を走らせている。喫茶店のテーブルに広げられたのは、当時高校生だった佐藤裕一が事件後、自分を唯一の生存者だとして証言した記録だった。都築は、佐藤に見せる目的で、コピーを持参してきていた。

「面白いですね、小説を読んでるみたいで。文章の体裁も、章だてになっているし」

青年が言うように、供述書の最初には「第一話『記念写真』」とあり、物語がはじまっている。

また登場する人物たちも、みなカギカッコ付きでセリフを喋っていた。

「私が刑事職に就いたとき、当時の担当官がまだ現役でね。聴取の模様を話してくれたよ。ここに書かれているとおりに、佐藤は語って聞かせたと言うんだ。まるで小説の朗読か、講談でもしているかのように、澱みなく喋りつづけたんだそうだ」

「凄まじい記憶力と、構成力を有した方なんですね」

「それに創作力もね」

「文中、つじつまの合わないところがあるのは、暗唱して喋ったからでしょうね。最初の物語で、時計をしていたのはグリーンの浴衣を着たマドカさんなのに、次のシーンでは君江さんが腕時計を見ています。第二話では、富士五湖が静岡にあるとも言っていますし。山梨県ですよね」

「そのくらいは愛嬌だよ。ここに書かれていることは、まったくのデタラメなんだから」

「ナタを振りまわして、参加者である生徒たちを殺害した加害者が、実は被害者だった。そして、殺されたはずのメンバーは、みな生きていた」

「行方不明の女生徒、ひとりを除いて」

そう。あの事件を境に失踪した、ショートヘアの女生徒。彼女は十六年たった現在でも、消息がわかっていない。

「殺されたと思っていたら、実は生きていた。似ていますね、今回の事件と」

「と言うより、同じ狂言をくり返したものと、捜査側は見ているようだ」

青年は自分のココアにひと口つけながら、コピーの最終ページで手をとめた。

そこには、佐藤を含めた六人の名が記述されていた。

「『佐藤裕一の虚言に登場した生徒。福田正史、小池昌幸、若月由香、中村敬子、宮野敏也。怪談会に参加し被害者になったと佐藤は証言しているが、福田、小池、若月の三名は生存しており、かつ事件当日は自宅にいたことも家族の証言で確認済み。ただし、中村敬子については消息不明。佐藤と共謀し、犯行後にひとり行方をくらましたか、あるいは佐藤が中村を殺害し、遺体を秘匿したと考えられる。消息については捜査継続中。宮野敏也は、佐藤の証言では殺人者にされている。しかしながら事件後、中村敬子同様に消息がつかめなくなったこと、発見された焼死体の身長が一九〇相当であったことに鑑みて、宮野は加害者ではなく被害者であるものと推定される』……。

宮野くんの遺体は、バラバラに切断されて見つかったわけですか」

「そう。抱えて運ぶのに、ちょうどいい大きさに切り分けられていたって話だった」

「でも、運び去られてはいない。犯行現場に放置してあったわけですよね」

「人間の形に、綺麗に並んでいたそうだ」

「遺体のＤＮＡ鑑定は、どうだったんでしょう」

「やっていない。当時はまだ一般化していなかったしね。それに田舎のことで、外聞を気にした遺族が、早く葬式を出したいからと死体の返還を強く望んだそうなんだ。犯人が佐藤であることは自明なのだから、いたずらに高校生のホトケさんをいじくりまわすよりはと、司法解剖もせず荼毘に付してしまった」

「行方不明の、中村さんについては？」

「文中に出てくる、髪の短い生徒だ。実際に化学実験室を訪れたのは、佐藤と宮野敏也、中村敬子の三人だったんだろう。佐藤は二人を殺害したあと、運びやすいようにどちらの死体も切断した。その後で、なぜか中村だけを持ち去り宮野のほうを放置して、火をつけた。捜査担当の見解は、まあそんなところだ。もちろん、そのときの佐藤はまともな話のできる状況ではなかったから、裏付けは取れていないが」

「死体は、切断後に焼かれたんですか。それとも、焼いてから切り分けた？」

「いい質問だね。教室の焼損度合いに比べて、死体の炭化が著しいことから、宮野の死体は焼かれてから切断されたらしい。実験室におかれていた薬品で、念入りに」

「焼却後のほうが、出血がすくないからと考えたのでしょうか」

「それに、熱で死体も萎縮するし。皮膚が変質して硬化したほうが切断しやすいことは確かだ」

「精神に異常をきたしているにしては、冷静な判断ですね」

「わからないよ。狂人のやることは」

「あれ?」

もういちど、ゴクリとココアを飲んだあと、青年は傾げるように首を左右に振って見せた。

「そのココア、あまり甘くないのかい」

言いながら、都築も飲む。美味かった。

「名前が同じですね」

「え?　どう言うことだい」

「福田正史くんと小池昌幸くん。この二人と、本部長たちがです。企画本部長は秋山正史、事業本部長が江尻昌幸なんです」

確かに。言われて都築は、初めて気がついた。

「偶然だろう。参加メンバーの名が、全員あの会社の誰かと同じだというんなら別だが。小池と江尻さんなんか、キツネ目だってことでも共通してるけど、世の中、そういう特徴の人間は大勢いるだろうから。殺された高校生の宮野と、営業本部長の上野さんにしたって、大男という点では似ていると見ることもできるけど、人相はまるで違う。宮野は顔が小さくて、痩身の美男子だったって話だ」

「上野さんも、暴飲暴食で顔がむくみはじめる前は、秋山さんに負けていなかったと仰っていましたよ。小顔で手足も長くて、九頭身くらいあったとか」

都築は吹き出した。あの上野からは、とても想像できない。

「この十六年前の事件についても、きみは佐藤の側に立った視点で、何か言えるかい?」

ひと笑いしてから、都築は少し意地の悪い質問を浴びせた。

「これはちょっと難題ですね。今回の件については、刑事さんが、専務たちのアリバイを調べていると聞いたものですから、てっきり」

カップを飲み干した青年が、小さなあくびをしながら言った。

「てっきり?」

「刑事さんは、佐藤さんが正常である証拠を捜すために、行動されているものと思ったんです」

そう問われれば。それは、確かにそのとおりだ。

化学実験室で同級生を惨殺し、挙げ句に教室に火を放つという非道を行なった佐藤裕一。しかし彼は、少年法と刑法39条に擁護されて、現在までのうのうと生き長らえている。そしていま、五名もの人間をなぶり殺しにした殺人鬼が、ふたたび精神障害という法のバリアに逃げこむのは我慢できなかった。何としても健常者として裁きたい。そして、狂人の着ぐるみ脱ぎ去った佐藤に、都築は訊ねたいことがあった。しかし。

「あの男に責任能力があってくれ、それは捜査陣の誰もが願っていたことさ。けど、犯行時に心神喪失状態だったことは、残念ながら精神鑑定の結果としてしっかり出ている。それを覆すために、私は動いていたわけじゃないよ。第一、奴が正常なら、事件と無関係な人間のアリバイ確認なんて、最初から必要ないんだし」

「いえ。そういう意味ではなくて。供述が正常である証拠。その、つまり、佐藤さんの話が、嘘ではないという視点に立って、それを立証するために行動されているものと」

青年が、さっきの話を蒸し返してきた。

「また、専務たち犯人説を推すつもりなのかい」

こっちは真剣に話しているのに、やはりアルバイトだ。不真面目な。

そのとき。

店のドアが開いて、新しい客がはいって来た。アフロの髪にメッシュのタンクトップ、ヨレヨレのデニムパンツという、季節を無視したオフィス街には珍しい格好の男。手に抱えた紙袋も、同様にヨレヨレだった。

都築たちの席を通りぬける際、災難にも紙袋が裂けてしまった。中身がボタリと、まとめて床に落ちた。ステッカーの束だった。黒地に白抜きで、東洋人俳優の横顔がいっぱいにデザインされ、その下に俳優の名が書かれてあった。

都築より速く、アルバイトはステッカーの束を拾い上げる。

「かたじけない」

アフロの男は、受け取りながら堅苦しい謝礼を述べた。

「小学生のころ、親に映画へ連れていってもらったことがあったけど。二十六年もたつのに、未だに根強い人気があるんだね」

店の奥へ消えるアフロの客を目で追いながら、刑事は懐かしそうな顔をした。

「誰がですか?」

「いまのステッカーの、俳優だよ」

「337・8と書かれた?」

「何だい、それ」

「書いてありましたよ」

しばし、呆然とした表情でアルバイトを見つめていた都築だったが、すぐに破顔して膝を叩いた。

「そうか。きみは、そっちの席だから逆さまに見えたのか。確かに『B・LEE』をひっくり返すと『337・8』に見えるなあ」

「ああ、そうだったんですか」

いくらか赤面しながら、青年は得心したようにうなずいた。

瞬間!　都築の頭を、何かが駆けぬけていった。

ひっくり返すと、別の、違うものが見えてくる。視点をかえると、それまで見えなかったものが——。

「きみ、さっきの話だけど、そうなると、どういうふうに考えられるんだ」

「さっきの話、と申しますと?」

「だからさ。今度の事件で、佐藤の言っていることが事実だとしたら」

いきなり話題をもどされて、さすがの彼も少し戸惑い気味だった。

「はあ。たとえばですが、別荘で発見された剣崎さんたち五人は、土曜の朝までに全員、あらかじめ殺害されていたと仮定するんです。そして佐藤さんが到着したあと、本部長たちは、さも自分たちが殺されたかのように思わせて、ひとりずつ姿を消していく。代わりに各寝室に寝かせた死体を一体ずつ見せていけば、顔さえ見られなければ看破されることはありません。特に事件時、佐藤さんは恐怖と動揺から冷静な判断力を欠いておられたでしょうし。また、別人だとはわからぬように、被害者全員の頭部を部屋の奥側にして寝かせ、さらには顔や頭を潰すこともしていましたから」

都築は戦慄した。そういう、そういう見方も、確かにできる。

「しかし、だとしたら専務や本部長たちは、何のためにそんな手の込んだことを」

「それはわかりません、情報不足です。ですが別荘の、部屋中の換気扇が回っていたというのが、どうも引っかかるんです」

「死体の臭気がこもらないように。臭いで、佐藤に不審を感じさせないためか」

「それから剣崎さんの死体についても。確か、上から飾り棚が倒れる形に被さっていたのですよね。その際、遺体と棚との隙間に毛布が押しこんであったと、秋山さんから聞きました。これは明らかに、剣崎さんを上野本部長と見せかけるための作為だと思うんです」

面白い推理だ。だが、しかし。

「証拠がない。何ひとつ、ないよ」

「ええ。すべては、可能性の域を出ていないんです」

「先輩刑事に話したら、佐藤に負けず劣らずの妄想癖にかかったと、笑われてしまうのがオチだな」

「その証拠を、捜されていたのかと」

都築は目をしょぼつかせる。ノコノコ東京まで来て、この数日間お前は何をやっていたのだと言われたような、淋しい心持ちになった。

「いけない。もう、こんな時間に。時給を削られてしまう」

ふいに青年が情けない声を出したので、都築も慌てて立ちあがった。

「すまなかった、最終日だというのに。会社で何か言われたら、警察に事情聴取を受けていたと説明してくれ。そんな理由じゃ、許してもらえないかな」

「いいんです。お話できて楽しかったです。むかしの事件の、供述書も読ませていただきましたし」

レジで料金を支払い、あわただしく喫茶店を出た。そろそろ東京でも、ダウンジャケットが必要なくらい、風が冷くなりつつある。

「とんかつ定食とココア、御馳走さまでした」

店の前で、青年は丁寧に頭を下げた。

「礼を言うのは、こっちかも知れない。物事を、別の視点から見ることを教わったんだからね」

「あの。ぼくは別に、秋山さんたちを犯人と断定しているわけでは」

「わかってるさ。それより田舎から帰ったら、どうするんだ。あの会社に、はいりなおすのかい」

「別のアルバイトがはいっているでしょうから、また仕事を探します」

「そうか。きみなら、何をやっても重宝がられるんじゃないか。礼儀正しいし、人当たりもいいし」

「ありがとうございます。でも、買い被りですよ。アルバイトをクビになったことだってあるんですから」

「ほう。そりゃまた、どうして」

「コンビニエンス・ストアで、働いていたときなんですが。期限切れのお弁当を、仲間と食べていたところを店長に見つかってしまって。消費期限が切れたら、商品棚からはずしてしまうので、捨てるのは勿体ないと思って食べたんです。そうしたら、養豚などの餌に二次利用する商品に、無断で手をつけたと言うことで」

「消費期限切れの、弁当……」

呟いたとたん、都築は空を仰いでいた。雲の多い冬の空に、何かがチカッときらめいた気がした。

「刑事さん、どうかしたんですか」

ふたたび青年に向きなおった都築の表情は、興奮から赤べこのように紅潮していた。

「ありがとう！」

それだけ言うと、刑事は脱兎のごとく走りだした。

あとには、昼休みを超過して困惑するアルバイト青年が、ひとりで寒そうにしていた。

「もしもし、冨士原さん」

「おう、都築か。ホテルに電話したんだぞ。きょうあたり帰るんだろう。もういちど飯でも喰おうと思ってな。お前の頼みを聞けなかった、詫びもしたいしな」

「そんなことは。それより、休暇は延長します。もう少しこっちに残って調べます」

「調べる？　何を？　大丈夫なのか。休暇願の延長なんかして」

「クビになるかも知れません。成果が出なければ」

「まったく、言いだしたら聞かない男だからなあ」

「すみません。それより冨士原さん、お願いがあるんです。れいの事件で、奥田の別荘の寝室に捨ててあったゴミ、まだ保管してあるでしょうか」

「ああ。もちろん証拠物だから、一応は」

「管理は、静岡県警ですか」

「いや、うちにあるはずだよ。犯人も被害者もこっちの人間だからって、送って来た」

「お手数をかけて申し訳ないんですが、それを見せていただくわけには、いきませんか」

「何だよ、今度はゴミあさりか。いいよ。これから来るんだろ、それまでに手配しておくから」

「ありがとうございます。いま、本庁ですか?」

「新宿にいる。路上放置のバラバラ死体で、駆り出されているところだ」

「そうでしたか」

「お前も携帯電話を持てよ。田舎だから要らないってことはないだろう。ああ、それより、報せたいことがあったんだ」

「何です?」

「ええと、待ってくれ。加藤純、菊池篤郎、栗原秀成、剣崎勝、河本翔。どうだ」

「佐藤が否定している、実際に殺されていた五人ですね」

「そうなんだ。いやな、二課のほうから上がったネタなんだが、テクノ・マーベル・ブレインから顧客情報が流出したって言うんだ。何でも企業内部の人間が意図的に持ち出して、数社の金融機関に売却したらしい。内部告発でタレこんで来た電話の相手が、その五人の名を喋ったんだ」

「本当ですか！　すると、どう言うことになるんでしょう」

「会社から顧客情報を持ち出した人間が、みな殺されてしまったというわけだ。もしかしたら、このヤマ、もういちど棚から下す必要があるかも知れんな」

「そうですね。冨士原さん、助かりました。何だか、光明が見えてきたようです」

「おい。お前、その件の継続をやってるんなら、余計なことはするなよ。すぐに別班が動くから、クビになる前に福島へ帰れ」

「大丈夫です。これから本庁で弁当のラベルを確かめて、あとはコンビニを回るだけですから」

「何だ、昼飯を買いに行くのか？」

6

アルバイトの青年と、神田でとんかつを食べてから、ちょうど一週間が経過していた。

その一週間で都築は、すべきことを、すべて終えていた。

東京駅にもどったのは、金曜日の早朝であった。通勤ラッシュがはじまる前のオフィス街には、飲食店から出された生ゴミ袋が点在し、それを物色するカラスがあちこちをうろついていた。

都築は、秋山との面会を再度とりつけていた。容体が重篤な専務の引き継ぎもあり、多忙を理由にいちどは断られたものの、何とか食い下がって、早朝の始業前を空けてもらうことに成功した。

ビルをはいると、まだ八時前だというのに、受付嬢がひとり着席していた。早朝訪問の客が少なくないということか。話が伝わっていたようで、カウンターにはすでに入館証が用意されていた。

「あの、刑事さん」

「わかっています、企画本部長は重役室ですね」

二十代の化粧なれした女性に手をあげながら、都築はエレベーターホールへむかった。

重役室に、秋山正史はいた。ドアのプレートには専務とあったから、ふだんは奥田が使用している部屋なのだろう。そこで若き本部長は、椅子に腰を降ろして宙を見すえていた。

「ご多忙のところ、無理を言ってすみませんでした」

都築の挨拶に、秋山は力なく目を閉じる。

「忙しいですよ。ただでさえ専務の問題でおおわらわなのに、別の刑事さんからも、事情聴取をされて迷惑してるんです」

ひどく疲れた顔だった。昨日に面会の電話をいれたときは、ずいぶんと不機嫌で、相当な剣幕で一方的にまくし立てられた。あのときの秋山と、同じ人間とは思えなかった。

「二課の連中ですね、剣崎さんたちの件で。顧客情報流出の」

「ご存じだったんですか」

「これでも、警察官ですので」

「けど、あなたは今回の事件には、無関係だそうじゃないですか」

秋山は鼻で笑う。だが、表情に笑顔はなかった。

「はい。休暇で東京見物にやって来ただけの、田舎刑事です」

「担当外の人間が、取引先や家族、親戚宅まで押しかけて、聞き込んだわけですか。法的措置をとりますよ」

「取り下げてもらう権利は、私にありません。しかし告訴の前に、捜査の成果を聞いていただけませんか」

「成果が、出たんですか」

「本当なら、先週のうちに帰る予定だったんですが。こちらへご挨拶にうかがった際、ビルの前である人間と立ち話をしましてね。それがきっかけで、気が変わってしまって。休暇を延長して、昨日まで捜査をしていました」

「それで、どうでしたか。変わった気は、ただの気のせいでしたか。それとも延長捜査で、気が晴れましたか」

「ええ、気が済みました」

「それはよかった」

まるで、最初から知っていたとでもいうふうに、秋山は物憂げにうなずいた。

「上野さんは、まだ出張ですか」

「いまは松山かな」

「やはり、自動車で」

「そんなことより、どうだったんです。結果報告のために、ここへ来たのでしょう」

「はい。捜査の結果わかったのは、佐藤裕一の証言は、すべて事実であったろうということです」

「ほう。それから?」

「事件のあった日、あなた方は別荘にいた。そして剣崎さんたち、五名を殺害したのも、あなたたちだと考えています」

都築は言い切る。対してデスクの秋山に、まったく動じる様子はなかった。目の前にはゆったりしたソファがあったが、刑事は目もくれず、両足で床を踏みしめていた。

「ぼくたちが犯人なんですか。すると、どんな犯行プロセスをとったことになるんですかね。説明してみてください」

問いにうなずくと、都築は上唇をなめた。

「あなたを含めた専務、常務たちは、剣崎、加藤らシステム開発課の五人を、伊豆の別荘へ招いた。そして、二階の寝室に誘いこんで次々と殺害した。凶器はほとんどが金属バット、例外として掃除機の本体を使用。そのあとで人相の識別を困難にするため、ナイフで一部被害者の頭部や顔を破壊した。これで、計画の第一段階は終了です。

そのあとで、犯人に仕立て上げる、六人目の被害者となる佐藤裕一が到着しました。あなた方は、何もなかったかのように佐藤を応対、昼食や夕食をともにした。

計画の第二段階は、そこからはじまりました。最初に石井常務が、部屋へもどったふりをして、トイレあたりから悲鳴を上げる。あなた方は佐藤を連れて寝室に駆けつけ、そこにあった別人の死体、菊池篤郎を見せて、それが石井常務だと思いこませた。菊池の死体は、頭部をナイフで突き砕かれた上うつ伏せであったから、ひっくり返しでもしないと身元は判別しにくい。常務はこのときを利用して、別荘を出たはずです。

佐藤に死体を見せたあと、犯人は外部からの侵入者ということになり、手分けして建物の周囲を調べる。

つづいて、別荘の内部を調べようという話になる。上野さんを除いては、二人一組でコンビを作って室内を見てまわる。ここで上野さんは、常務につづいて別荘を出て、彼の仕事は終わり。あとは残ったあなたたちが、上野さんの寝室にある死体を見て、佐藤と一緒に驚いてやればいい。しかしここでは、剣崎勝の死体を大男に見せる必要があった。そのため、丸めた毛布を押しこむことで体を膨らませて見せ、さらに飾り棚を倒してかぶせ、死体の足元しか見えないように細工したんです。

三番目の江尻さんは、簡単だったはずです。専務の指示を受けて、携帯電話を取りに二階へ上がり、寝室へはいる真似をするだけですから。

そして次が秋山さん。狂気を装いながら、佐藤をひとり、地下室に追いこんだ。そこであなたの仕事は終了です。最後に専務が地下室を訪れ、佐藤へこれから自殺することを告げ、去る。専務が、そのまま別荘を出て行ったのは、言うまでもありませんがね」

「なるほど。では、剣崎たち五人を殺害した動機は」

「剣崎、加藤、菊池、栗原、河本の五名は、こちらの会社が所有する顧客情報を不正に持ち出し、売買行為をしていたことが別件捜査で判明しています。この不祥事は、企業の信用を失墜させる大問題はないですか」

「そうですね。由々しき事態です」

「そこであなた方は、この問題を隠蔽しようと画策した。情報売買の首謀者、および加担した全員を殺害し、かつ今回の異常事件をさらすことで、情報漏洩のスキャンダルからマスコミの目を逸らそうと目論んだのです。

あなたは別荘で、佐藤にこう言ったそうですね。この事件の犯人が誰であれ、常務が殺され、容疑者に専務や本部長などの名が挙がれば、そのスキャンダルだけで会社は終わってしまう。

ところが被害者と犯人は、平社員と外注の契約社員だった。これなら痛くもかゆくもない。いまの若い連中は、責任感もなく常識も薄い、それがあなた方の認識でした。この事件では、むしろ世間に同情されてもいいくらいだ、専務などは、せっかく提供した別荘を人殺しの場にされたのですから」

「動機はわかりました。私たちを犯人と特定した、根拠をきかせていただけますか」

都築は内ポケットから手帳を取りだした。めくりながら、ページを目で追う。

「殺された剣崎たち五人のパソコンから、今回の旅行日程表が出てきました。指示は秋山本部長で、施設提供は奥田専務。現地集合で、集合時間は十一時だと書かれていました。初めてこちらへうかがった際、私は江尻さんから、佐藤と殺された五人は、仕事の引き継ぎ目的で伊豆に行ったとの説明を受けました。平日はスケジュールが詰まっているために、休日を利用して打ち合わせをすることになった、それで奥田専務が別荘の使用を許可したと。さて、それを念頭において旅行日程表を見直してみると、おかしなことに気づいてしまう」

「何です。何がおかしいんです」

「集合時間です。引き継ぎの打ち合わせは、開発現場の当事者である、佐藤を含めた剣崎さんたち六人がいれば停滞なく遂行できるはずなんです。何もわざわざ集合時間など設定しなくても、それぞれが都合のよい時間に勝手に家を出て、全員が集まったところではじめても構わない。会社と違って、別荘には泊まりこみなんだから時間はたっぷりある。

にもかかわらず、集合時間が設定されていたのはなぜか。そこで視点をかえてみた。では、ほかにも参加者がいたとしたら、どうだろう。それが役職のある人間だとしたら、彼らは指定された集合時間を厳守するはずだ。しかしそう考えると、今度は別の疑問が浮上してくる。弁当です」

「弁当?」

「別荘には、コンビニエンス・ストアで買ったと思われる、弁当の残骸が残っていました。ラベルの品目と胃の内容物は一致しているから、被害者たちがそれを食べたのは確かです。しかし妙な話だ。これから観光地へむかうという彼らが、果たして道中で弁当を買っていくような行動をとるだろうか。自然に囲まれた伊豆高原を訪れるのに、現地のレストランで、ゆったり食事を楽しもうとは考えなかったのか」

「刑事さん、混乱していませんか。話は単純なんですよ。別荘へ行ったのは六人だけだった、好き勝手な時間に集まったのではダラダラしてしまうから集合時間を決めた。別荘は観光地域から離れていて、食事をとるのが不便だから弁当を持ちこんだ。それだけのことでしょう」

「いいえ。現場には、あなた方もいたんです。そして、佐藤さんを除いた五人については、口頭などで集合時間の変更が通達されていたはずです」

「ずいぶん強引ですね。そこまで決めつけるんでしたら、証拠を示したらどうです」

都築の語調は次第に熱を帯びてきていたが、秋山は冷然とした態度を、保ったままだった。

「剣崎たち同じアパートに住む五人は、おそらく揃って伊豆へむかった。朝七時五十六分に東京を出る新幹線こだまに乗れば、九時五十八分には伊豆高原へ到着できる。その時間なら、ゆっくり歩いても時間に遅れることはないでしょう。

私は、彼らが弁当を、アパートのある西葛西から東京駅へむかう途中のコンビニで買ったと考えているのですが、いかがでしょう」

「そうじゃないですか。それも、東京駅に近い場所で買ったとみるのが自然でしょうね。西葛西のコンビニから、弁当袋をぶら下げた格好で東京駅まで電車に揺られるのは、手荷物が増えて面倒だ。それにこの時期、車内は暖房もきいているから弁当がいたむことだってあるだろうし。列車が来るまでの間に、東京駅付近で購入したと考えるのが妥当です」

「そうですよね。ですが、そう考えると、おかしなことが起こってしまうのです」

そう言って、都築は腰ポケットに手を入れると、小さなビニール袋を取りだす。中には、シールのような紙片がはいっていた。

「何ですか」

「弁当のラベルです。別荘のゴミ箱に捨ててあった、コンビニ弁当を包装するラップに貼ってあったのを、剥がして持ってきました」

「それが、何だと言うのです。そのシールにも、包装のラップにも、剣崎たちの指紋が付いていたのでしょう。その弁当は、彼らが食べたものなんですから」

「そのとおりです。佐藤裕一が、奥田専務の寝室だと言った部屋のゴミ箱からは、専務ではなく加藤さんの指紋が、石井常務の部屋では菊池さん、秋山さんの部屋からは河本さんの指紋が検出されています」

「同時に、部屋からはぼくたちの指紋も出たでしょう」

「ええ」

「当然です。あそこは専務の別荘だし、常務やぼくや、上野さんも何度か遊びに行ってますからね」

「存じております」

「で、その指紋に、何の問題が」

「指紋は無関係です。重要なのは、このシールに打たれた、弁当の消費期限なんです」

都築はビニール袋ごと、シールを秋山の目の前に突きつけた。

「見てください。ここに消費期限と、そのとなりに括弧でくくった製造年月日が、それぞれ時刻まで丁寧に印字されているでしょう。わかりますか」

「視力は、いいですから」

「この日にちと時刻に注意してください。このシールの製造日は金曜日になっています、事件が起こった前の日ですね。時刻はＰＭ三時、そして消費期限が翌日のＰＭ五時。この弁当は、金曜日の夕方三時に製造され、翌土曜日の夜五時が消費期限であったことがわかます。ちなみに夏になると、消費期限は四時間ほど早まるそうですがね。

さきほど、剣崎さんたちは土曜の朝、新幹線に乗車する直前に、東京駅周辺のコンビニで弁当を買ったと想定しました。しかしその時間では、このシールの貼られた弁当を買うことは不可能なんです。

シールの上のほうに、コンビニエンス・ストアのマークが付いています。この店舗チェーンでは、一日二回の巡回補給を行なっていましてね、巡回車が担当している各店舗を訪問する時間帯は、明け方四時と夕方の四時前後なんだそうです。

秋山さんは本部長でいらっしゃるから、コンビニ弁当なんかには縁がないでしょうが、試しに朝の七時や八時といった時間にコンビニへ行って、弁当を買ってみてください。このラベルのような、前日の夕方三時製造で、消費期限がその日の夜五時などといった商品は、おいてありませんから。手にはいるのは、その日の深夜三時製造で、消費期限が翌日早朝の五時までの弁当なのです。

秋山さん、いいですか。つまり、剣崎さんたちが新幹線に乗る直前に弁当を買ったとしたなら、このシールには十二時間進んだ時刻が印字されていなければならないのです。土曜日の深夜三時製造で、翌日曜日の朝五時が消費期限と書かれた」

「ふん、それで？」

「それで、このことから二つの可能性が浮上して来るんです。ひとつは、殺された五人は指定された時間を前倒ししてやって来た。そしてもうひとつが、弁当は別の人間が、あらかじめ購入していた」

「刑事さんは、どっちを選択したんですか」

「どちらもです。そして、そう考えると、話に筋が通ってくる。さきほど説明したように、あなた方も別荘を訪れていた、そして剣崎さんたち五人を殺害し、そのあとに何食わぬ顔で佐藤裕一を迎えた。

そこまでの段取りをスムーズに行なうには、さて、どのような手順が最善でしょう。

すでに述べたように、引き継ぎ作業と理由をつけて、被害者の五人を別荘へ呼びよせるのは問題ない。しかし、日程表の時間どおりにやって来られたのでは、殺人を完了する前に佐藤と鉢合わせしまう。それでは困るので、時間が変更になったと、証拠が残らないよう口頭で伝えた。

熱海行きこだまの始発は六時十七分。しかしそれでは伊豆高原駅下車が八時七分になってしまう。五人の別荘到着を待って犯行を開始したとしても、佐藤がやって来る十一時までにすべてを終わらせるのは危険が伴う。では、車ならどうでしょう。こっちは交通渋滞がある。東名高速の大井松田など、平日でも渋滞は慢性的ですからね。万一、現場への到着が遅れてしまい、別荘へ自分たちより先に佐藤が着いてしまっては、やはり計画はブチ壊しになる。

だったら五人を迎えに行って、前日のうちに出発したらどうか。そうすれば、どんなに遅くとも土曜の早朝、夜明け前には到着できるはずです。したがって五人は、土曜の早朝ではなく、金曜の深夜に出発させられたのだと思います」

「と言うと、ぼくたちは剣崎たち五人と、合計十人で深夜のドライブをしたことになるわけですか。ずいぶん狭苦しい旅だったんだな」

「ワゴン車なら、大して窮屈ではないでしょう。それで、前夜のうちに出発したんです。途中で立ち寄ったコンビニで、つまみや弁当を大量に買いこんで。その時間であれば当然、弁当の製造と消費の年月日時刻は、このシールと同じになるんです」

喋り終えて、都築は深く息を吸いこんだ。対して秋山は、椅子の上で微動だにしない。

わずかな沈黙が重役室に流れたあと、秋山がやれやれといった顔で、口を開いた。

「刑事さん。あなたの言っていることは、論理の歪曲です。どうしても、ぼくや専務を犯人にしたいがために、その弁当のラベルを都合よく解釈しているに過ぎません」

「そうでしょうか。そうは思いませんが」

「シールの製造年月日から、弁当は前日の夕方に作られた古いものだった。それでぼくたちが前の夜に出発して、五人を殺害。そして翌日に佐藤さんを出迎えたと、刑事さんは勝手に信じこんでいる。ですが、何もぼくたちが介入しなくても、剣崎たちが自分たちの判断で金曜の夜に別荘へ行っていたとしても、おかしくないわけですよ」

「そうですか」

「そうでしょう。この業界の連中は、朝に弱いのがほとんどなんです。そこへ不案内な観光地へ集まれと言われたら、休日に早起きするよりは前日のうちに行っていたほうがよいと考えるのが、常識的な社会人の判断だと思いますがね」

「なるほど」

「ここから東京駅へ行く途中に、コンビニで弁当を買って行けば」

「それは、無理なんですよ」

「どうして！」

　初めて、秋山の語気が荒くなった。

「前日の金曜日に、剣崎さんたちが仕事を終えてから東京駅へむかったとする。こだまの最終は二十一時三十二分ですから、それに間に合えば、伊豆高原には二十三時二十九分に着くことが可能です。ですが事件の前日、彼らシステム開発課のメンバーが、新幹線に乗車するのは不可能でした。あの日五人は、全員が夜十時まで残業をしていたんですから。トラブル対応とかで、電話で顧客の苦情処理に追われていたそうなんです。お客さんの電話を途中で切り、仕事を放擲《ほうてき》でもしないかぎりは、とても二十一時三十二分には間に合わないんです」

「刑事さん。何もぼくは、彼らが列車を使用したとは、言ってないじゃないですか」

「では、どうやって？」

「車ですよ」

「彼ら五人は、だれひとり車の免許を持っていないんです。もちろん、事件現場周辺にも乗り捨てられた自動車なんかなかった」

「タクシーが」

「ここから伊豆までですか、豪勢ですね。あり得ないことでないでしょうが」都築は、小さく首をふった。

「タクシー会社に問い合わせました。夜の十時すぎという時間に、西葛西や大手町から伊豆高原まで行くような客なら、まず運転手が忘れることはない」

　都築は、さめた表情で秋山を見下ろした。

「それはそれは。捜査ご苦労さまでした」

奥田の椅子に体をうずめる秋山は、立ったままの都築を眠そうに見上げた。

7

「ですが刑事さん、あなたの推論は、やはり強引です。ぼくだって、コンビニへは行きますよ。弁当だって買います、独身ですからね。だから指摘できるんです。あなたの話に、重大な見落としがあることを」

「なんでしょう」

都築は無感動に訊く。今度は、刑事のほうが微動だにしない。

「いまのお話、弁当の製造年月日と消費期限のこと。夕方に行けばその日の午後三時製造のものがあり、朝ならその日の午前三時製造の弁当がある。そんなのは、あくまでも理想ですよ。商品は、売れ残るんです。たまたま買った弁当が、前の製造分だった。ぼくはそんな経験をしていますよ」

「そうですか」

「ええ。それに惣菜コーナーにあるキムチなんか、消費期限の迫っているほうが、よく漬かっていて美味かったりしますからね」

「では秋山さんは、あのとき別荘にあった弁当は、土曜の朝に買ったけれど、前日の売れ残りだったと言いたいわけですか」

「まあ、そういうことに」

「各寝室のゴミ箱に捨てられていた弁当の容器も、厨房の冷蔵庫に残っていたサンドイッチも。シールが金曜日の午後三時製造だったのは、それがすべて売れ残りだったと」

「可能性としては、あり得ないことではないでしょう」

「そう言われると、仕方がありません。こちらとしては、あの弁当を売った店を、捜すしか手段がなくなります」

「是非そうしてください。店がわかれば、誰が買ったか判明しますよ。あれほど大量に買いこんだんです。店員さんだって覚えているでしょうね。これで、お話は終わりですか。では、ぼくは」

「もう捜しました」

「え?」

席を立とうとして、秋山は硬直した。その顔には、はっきり、信じられないという色があった。

「まさか」

「なぜ、まさかと思われるんですか」

秋山は答えない。都築は構わずに話をつづける。

「わたしは、さきほど申し上げたように、みなさんが剣崎さんたち五人を連れて、前日に車移動で伊豆まで行ったと確信しております。するとたち寄ったコンビニは、このビルから、あるいは西葛西の寮から伊豆までを結ぶ、道路沿いに点在する店舗のどこかであったと考えられる。そこで弁当に貼られていたシールから、販売元であるコンビニチェーンの本社へ連絡し、店舗の所在マップを入手したんです。捜査には数日を費やしましたが、それでも意外に楽でした。そのコンビニは、静岡地方にはあまり店舗展開しておらず、また国道沿いにも出店が少なかったからです。しかし予想に反して、どの店で聞きこんでも、大量の弁当を買った客を記憶していた店員はいませんでした。

ところが昨日、ある店舗で聞きこみをしようと思っていたところ、ひょんなことから面白い話を耳にしましてね。相手はバイク便のアルバイトだったのですが、店の前で、何かに憑かれたような顔をして立っていました。不審に思って話しかけてみると、彼は以前、そのコンビニで働いていたと言うんです。なぜ辞めたのかと訊くと、店内を改装するため、工事の間、二週間の自宅待機を言い渡されたからだと。二週間も無収入状態がつづくのは死活、それで転職したとのことでした。では、何をそんな顔で見ていたのかと問うと、店が、改装前と少しも変わっていなかったから、驚いていたと言うのです。

そこで気になって、店長に経緯を訊ねてみました。

店長の話はこうでした。改装工事をする一週間ほど前、携帯電話を販売しているという、ある企業の人間が来て、この店舗を購入したいと言ってきた。しかし自分はこの土地で育ち、酒屋の時代から営業をつづけているので、いまさらここを動くつもりはないと断った。ところが相手は懲りず、今度は、自分たちの販売する携帯電話を店舗におかせてくれと頼んできた。フランチャイズ・チェーンのコンビニとはいえ、これまでもそういうことは結構やっていたので、その申し出は受けることにした。そうしたら、商品棚を新設したいから、店舗を改装させて欲しいと面倒なことを言いだした。その間、営業ができなくなるし、その必要もないと断ると、驚いたことに改装費用はおろか、工事中の損失補償もしてくれると提案。そこまで言うのならと、店長は工事を受諾。すぐに店は改装作業がはじまり、そして再オープンした。だが、終わった店内を見て店長も訝った。内装が改装前と大して変化がなかったから。変わったのは、アルバイトの面々だけ。それまで働いていた店員たちが、みな辞めてしまったからです。

秋山さん、この話、面白いと思いませんか」

「奇妙ですね」

「その、携帯電話の販売会社と称するところが、店舗を買い取りたいとやって来たのが、先月末の日曜日だと言うんです。事件が起こった日の翌日ですか。偶然にしては、ずいぶんタイミングのよい話ですね。

わたしは、自分が幸運な人間だと痛感しました。そのバイク便のライダーに、コンビニ店員時代のことを訊ねたら、よく覚えていましたよ。夜勤だった彼がレジにいたとき、やって来た客が、とんかつ弁当やしょうが焼きの弁当なんかを大量に買っていったことを。茶色の長髪に日焼けした若い男と、ロマンスグレイを撫でつけた品のいい老紳士。店の前にはバスのような車が停まっていて、袋をぶら下げた二人が乗りこむと、すぐに走り去ったそうです。

バイク便のアルバイトは、記憶力には自信があると言っていました。

また店長も、不可解な改装工事を提案してきた相手だから、顔は忘れてないと断言しています。預かってきた名刺や契約書の写しは架空会社のものでしたが、相手の人相は、首実検で必ず割りだせると確信しています。

多忙のところ恐縮ですが、ご協力いただけますか。秋山企画本部長」

「その必要はありません」

秋山は立ち上がった。そして、まるで荷を降ろしたかのように、ゆっくりと肩をまわしはじめた。

「ワゴン車ではなくて、キャンピングカーですよ。奥田専務の車です。おひとりで旅行に出られるときは、いつもそれで」

「羨ましいかぎりです。別荘が三軒に、キャンピングカーまで」

秋山は専務のデスクを離れると、笑顔を取りもどし都築を見た。

「屋上に出てみませんか。この部屋は息が詰まります」


喧騒が、ビルの下から聞こえてきた。そろそろ始業時間である。屋上からは見えないが、スーツの襟を立てた気難しい顔や、眠そうな目が、変わらず今朝も足早に、勤務先であるビルを目指して不規則な行進をしているのだろう。

「考えるのは簡単でした。しかし大変だったんですよ、計画を実行するのは」

パラボラアンテナが立ち、ソーラーパネルが並んでいる屋上で、軽く腕組みをしながら、秋山は思い返すように呟く。

「机上の空論とは、よく言ったものです。そのとおり、いざ実行してみると、ハプニング続出で大騒ぎ」

ふっと笑った。都築は黙って、うしろで聞いている。

「剣崎たちの殺害については、上野さんがすべて処理してくれました。ですが最初の手違いは、石井常務が悲鳴を上げたあと、ぼくたちが二階へ上がったときに起こりました。奥田専務には、佐藤さんが万一にでも部屋を間違えないようにと、寝室の割り当てを説明していただいたんです。そこで専務は、石井常務の寝室を、廊下の一番奥の『右』だと言われた。にもかかわらず、悲鳴を聞いて駆けつけた佐藤さんの前で、ぼくが常務の部屋を訊ねたとき、専務は一番奥の『左』と間違えてしまった。

それぞれの寝室におかれた死体は、どれも撲殺でしたから、栗原と菊池の死体の発見順序が逆になったとしても、それ自体に大した問題はありませんでした。携帯電話の破片があるか無いかの違いでしたし。でも、部屋の取り違えミスを佐藤さんに気づかれては厄介です。彼が手洗いなどで席をはずした隙に、ぼくたちはアクシデントの修正対策で揉めました。結果、佐藤さんを混乱させるために、死体を見つけるたび互いに容疑のなすり付け合いをすることにしたのです。ぼくと江尻さんで、粗だらけの推理を必死に展開してみたりもしました。奥田専務は、自分の犯したミスに責任を感じたこともあって、すでに心臓の痛みを訴えておられましたよ。

精神異常者の真似もしました。死体を見た佐藤さんに、冷静な観察判断をさせないために。はじめの、常務と上野さんに見せかけた死体は、いずれもバスローブ姿や半裸だったので問題ありませんでしたが、後半のぼくや専務に見立てたほうは、明らかに服装が異なっていましたから。専務の寝室で殺した加藤などは、Tシャツ姿だったし」

「そのへんの段取りまでは、うまく行かなかった」

都築も呟くように訊いた。秋山は前をむいたまま、うなずく。

「前日の深夜に到着した五人には、胃の内容物を考慮して、早朝たたき起こして無理やりに食事をさせたのです。死亡推定時刻の問題があるので、殺害は佐藤さんがやってくる時間ぎりぎりまで遅らせたかった。剣崎は裸で歩きまわっていたから、食後に部屋へもどったとたん殴殺、栗原は朝風呂を浸かってくれたので、バスローブ姿のところを殺せた。でも、ほかの三人は、服装まで手が回りませんでした。ぼくと上野さんで、最後の犠牲者になった五人目の、菊池の着ていた服を破っているときに、佐藤さんが来てしまったんです。そとに出ていた専務が大声で、到着した佐藤さんを呼んだのを合図に、ぼくたちは全室の換気扇をまわし、大急ぎで応接間へ降りた。何事もなかったように佐藤さんと挨拶を交わしながら、内心では生きた心地がしませんでした。

奥田専務は、こういうことには不向きな方でした。もっとも、人殺しに適した人間の下でなど、ぼくは働きたくありませんが。

専務は、別荘内部を手分けして調べるときにも、ミスをされました。寝室の調査は上野さんがやる予定だったのに、専務は江尻さんに作業を割り当てた。もっとも、それならそれで、次は江尻さんが死んだことにすればよかったものを、上野さんは血相を変えて文句を言った。そして強引に、寝室を調べるのは自分だと主張したんです。ほとんど自分でやったくせに、上野さんは死体だらけの別荘から早く出て、さきに常務の休憩するキャンピングカーに行きたかったのでしょう。しかし、何も知らない佐藤さんからすると、やはり不自然な言動に映ったと思います。

そのほか、応接間で終始、計画を詳述した手帳を見ながら話す江尻さんにも。まったく、見ていて冷や汗ものでした」

乾いた笑いが流れていく。それを聞きながら、都築は抱いていた疑問を投げた。

「石井常務は、本当に上野さんに将棋盤を投げつけたのでしょうか。あの温厚な人が、ちょっと信じられないのですが」

「そんなことも、ありましたね。あのときの常務は、上野さんを糾弾していたのですよ。五人の殺害は、上野さんがひとりで行ないました。金属バットを片手に、殴り殺してまわったのです。あの人は、楽しそうでした。そのうち、バットは飽きたと言いだして、リネン室から掃除機を持ちだして、それを担ぎ上げて凶器にしたりもしました。掃除機を使用するなど、もちろん予定にないことです。上野さんを叱責すると、あの人は無神経にも、佐藤さんに掃除機を触らせればいいと言うだけ。おかげで佐藤さんにホースを持たせたり、掃除機にむかって突き飛ばしたりと、ぼくは余計な仕事をするはめになったんです。

そんな上野さんを、常務は忌み嫌いました。殺人を見たあと、激しい動揺から将棋になど集中できない常務に対して、勝ったことを喜んでいる能天気な上野さん。そんなあの人に、生来の犯罪者気質を見抜いて、常務は激昂したのです。

将棋盤を投げたときは、ぼくも驚きましたが、その後がまた大変でした。床に散った駒を、すべて回収しなければなりませんでしたから。剣崎たち五人のなかには、将棋が趣味の者はいないんです」

「そこまでして、やる必要があったのですか。この計画を」

「もちろんです」

秋山が振り返る。そこには、上級管理職特有の、非人間的で厳格な顔があった。

「あの五人は、顧客情報を持ちだして売却し、不正に収入を得ていた。その事実が露見すれば、我が社は信用を失う上に、データベース設計にかかわる一切の開発プロジェクトから除外されてしまうのです。剣崎たちが摘発されたところで、流出した情報は二度と回収できない。そこで我々が取るべき手段となれば、当事者を消し、漏洩の事実を隠蔽することしかなかった」

「そのためには、五人を殺害した犯人を捏造する必要があった。佐藤さんは、あなた方の企業を救うための、スケープゴートにされたわけですか」

「佐藤さんには、悪いことをしたと思います」

秋山は顔を伏せる。だが都築にはわかっていた。この男、本心から佐藤に謝罪しているわけではない。

「恐れ入りました、大したものです刑事さん。顧客情報の漏洩を内部告発した、企業内の異分子については今後検討の余地ありですが、まさか事件の真相が看破されるとは、思いもしませんでした」

「自分ひとりの成果では、ありません。多くの人たちから、助言をもらったおかげです」

「いい友人が、いるんですね」

「白状すると、ヒントを与えてくれたのは、こちらで少し前まで働いていたアルバイトくんなんです」

それを聞いて、秋山の顔が険しくなった。

「あいつか。失敗したな」

「事件の概要を、秋山さんから聞かされたと言っていましたよ。以前に撮った別荘の写真まで見せられて」

「そうか。最後まで、不愉快な奴だ」

「藪蛇でしたね」

「気に入らなかったんですよ。大した苦労もしていないくせに、企業や地位にとらわれぬ自由人を気取っているところが、癇に障って。それで、あいつの頭脳を試すつもりで、この事件が内包している謎を、うっかり出題してしまった」

「彼は、問題を解いたわけですね」

「ぼくは、負けたとは思っていません。今回のことで痛感しました。問題は、解くよりも作るほうがはるかに難しいことを。奴に言っておいてください、真相を見抜いたくらいで得意になるな、お前も、事件のひとつくらい起こしてみろ」

「犯罪を、勧めろと」

「ああ。刑事さんに何を言っているんだ、ぼくは。失礼しました」

風が出てきた。さすがに肌寒い。

「先週、上野さんが出張へ行かれるところを見かけました。秋山さんが、同行を中止したんで、淋しいからとアルバイトくんを車へ引っぱりこもうとしていたんです。どうして取りやめたのですか、出張を」

「専務の容体が心配だったものですから。刑事さん、そろそろ降りましょうか」

「そうですね。あとは、専務にお訊ねします」

「奥田専務と話すことは、もうできませんよ」

「どうしてですか？」

「刑事さんが見える前、病院から連絡がありました。明け方、息を引き取られたと」

風は強くなり、耳元でピューピュー唸りはじめていた。

「銃のことなんです、お訊ねしたかったのは。地下室に飾ってあった二丁のモデルガンが、捜査陣が踏みこんだときは消えていた。佐藤裕一が、確かに銃が、ケースにあったと言っていたものですから」

「専務が持ち去りました。半狂乱になった佐藤さんが、別荘を出たあとで取りにもどったんです。おそらく専務のご自宅か、ほかの別荘にあると思います」

「モデルガンが、そんなに大事だったんですか」

「本物だったからですよ」

「それでわざわざ。みなさんで苦労して、殺人現場から痕跡を消したにもかかわらず」

「地下室で、専務が佐藤さん相手に、ご自分のコレクション自慢を長々とされているとき、上では残った四人が室内点検に追われていました。必要以上に自分たちの指紋が残っていないか確認し、足跡を拭いた。自分たちが食べた残骸の処理。専務に洗っておいてもらったビール瓶に、二階の五人の指紋をつけてまわる作業。連中には、前日の車内から缶ビールを飲ませていましたから。剣崎と河本など、朝も飲んでいたし。

それから風呂場の清掃。上野さんが、五人を殺したあとに洗い流した血液のルミノール反応は消せないにしても、上野さんや江尻さんが入浴した痕跡が残っていてはまずいですから。

最後に、玄関に剣崎たちの靴をならべて、ころ合いを見計らって、専務は自殺を決意する演技をして地下室から出てくる。そのまま、別荘裏側の森に隠してあったキャンピングカーにもどったのです。これで計画は完了したも同じでした。あとはエンジン音を気づかれることなく、静かに現場退避をするだけですから。

ところが突然、専務が忘れ物をしたと言いだしまして。それが銃でした。あれを警察に見られては困ると。それで仕方なく引き返し、佐藤さんが地下室にいないことを確認してから銃を回収したんです。そしてあらためて車を出したんですが、途中でバッタリ佐藤さんと遭遇してしまいました。金属バット片手に、裸足でフラフラしている姿には、正直慄然としました。表情から、心神喪失に陥っていることはわかりましたが、錯乱して車に飛びかかって来たりでもしたら台無しです」

思いだしたように、秋山は大きくため息をついた。

「車が、佐藤さんの横をすり抜ける間、まったく生きた心地がしませんでしたよ」

「どうしてまた、本物なんか。ご趣味がこうじたのですか」

「専務には、自殺願望があったようですね。

十五年ほど前。すでに五十を過ぎていたのに、いい歳をしてアイドル歌手に心奪われた時期があったそうです。まあ、人の趣味を批判するつもりはありませんが、はっきり言って失笑ものです。

ところが、その歌手が、あろうことか自殺してしまった。それで悲観して、後追い自殺を思い立ったとか。そのとき、たまたま海外の工場視察で立ち寄ったショップで、あの銃を見つけて持ちこんだそうです。もっとも、我が社に専務として迎えられてから、自殺のほうは考えなおしてくれたようですが」

銃が本物だったとは。奥田の自殺願望などはどうでもいいが、この事実は問題であった。

「刑事さん。ひとつ、お願いがあるんです」

変わらず、呟くように喋る。風のせいで、ややや聞き取りづらくなってきた。

「この事件を起こしたのは、ぼくと奥田専務、そして上野さんの、三人だったことにしてもらえませんか。石井常務と江尻さんには、家庭や兄弟があります。娘さんやお孫さん、姪っ子に囲まれて平穏に暮らしている。配送会社の社長にしても、ぼくがこんな計画を立てなければ、アリバイの偽証をさせられることもなかった。みんな、平凡に暮らす善良な人間ばかりです。常務と江尻さんは、この事件には関係なかったことに、何も知らずに別荘へ呼ばれていたことに、していただけませんか。事実、二人とも殺害には加担していません」

「罪は、あなたと専務がすべて被ると。上野さんも」

「ぼくは首謀者ですから当然です。奥田専務は天涯孤独の身ですし、それにもう故人ですから、怒ることもないでしょう。上野さんは、捕まえてください。あの人は、このままでは危険です」

そう言って、秋山は振り返った。都築は逡巡していたが、やがてひとこと「努力してみます」とだけ言った。

その言葉に、秋山は安堵したように目を伏せた。

「ところで、秋山さん。富士五湖って、何県にあるかご存じですか」

「静岡でしょう。何ですか藪から棒に」

都築は少し笑い、そしてわずかに首を振った。

「佐藤を犯人役に選んだのは、彼を目撃者にした理由は何だったんですか」

「さあ。何だったんでしょう」

「もうひとつ。別荘で、江尻本部長は変装をしていましたよね。実際よりも老けたメイクをしていたのは」

「そろそろ、下のほうが騒がしくなってきましたね。うちの社員を、驚かしてやるかな」

秋山は両腕を上げ、大きく伸びをした。

次の瞬間、あっと思う間もなく、秋山が弾かれたように走りだした。

ゴールは高く張られた金網だ。いや、その一画にある、金網で作られたドアだった。アンテナ工事などで、業者が出入りするためのドア。そこに、鍵はかかっていなかった。

刑事が叫ぶ間もなく、秋山はドアを蹴破り、そして跳躍した。褐色の長い髪をなびかせて、若き企画本部長は、落ちていった。

屋上から秋山が姿を消し去るまで、都築は言葉にならない言葉を叫んでいた。刑事の声は、その耳に届いただろうか。いや、死にゆく者には、頬をなぶる心地よい風の音しか、聞こえていなかったに違いない。

8

通勤途中のサラリーマンとOLが、野次馬に変貌した朝の大手町。その中にはもちろん、テクノ・マーベル・ブレインの社員もいた。墜落死した若い男を前にしながら、不快そうに顔を歪める中年、口元を押さえながらも妙に興奮した面持ちの女。目の前で起こった飛び降り自殺を、携帯電話で誰かに伝えている男。

やがて救急班が到着すると、祭りの終わりを告げられたかのように、見物客たちは興ざめ顔で散っていく。この日、大手町のオフィスへ通勤するサラリーマンの、相当数が遅刻したのではないだろうか。

都築は、遺体搬出が終わっても解放されることはなかった。実況見分に立ち会わされ、秋山が最後に言葉を交わした人間として、現場で事情聴取を受ける側にされてしまった。さらには、地方の一刑事が管轄外の事件に首を突っこんでいたことも発覚して、厳重注意を受けるはめになった。

それらがひと通りすんで、ビルの一階ロビーへ降りたったとき、すでに時刻は昼を大きく過ぎていた。

長かった。だがとにかく、これで事件は終わった。剣崎勝をはじめとする、システム開発課の五名の殺害は、チームの同僚である佐藤裕一の精神錯乱による犯行ではなく、同社の企画本部長、秋山正史首謀による隠蔽殺人として解決しつつあった。

　都築の捜査報告を受けて、江尻と石井は午前中のうちに連行されていた。上野の出張先にも、地元の県警が出ていることだろう。奥田の入院先へも、すでに捜査員がむかっているはずだが、秋山の言ったことが事実かどうか、部外者である都築はまだ連絡を受けていなかった。

　とはいえ、これで事件は終わったのだ。

　肩の力が抜けたとたん、腹が鳴った。そういえば、朝から食事をとっていなかった。また定食屋にでも行くか。そして腹が膨れたら、会津へ帰るか。本来の上京目的である、佐藤との面会は実現しなかった。だが、所在がわかったのだから、またの機会を待ってもよい。別に急ぐことはなかった。

「すみません、刑事さん」

　少し眠くなった目をこすりながら、ビルを出ていこうとしたとき、受付に座る制服の女性から呼び止められた。朝、秋山との面会で訪れた際に声をかけられたのと同じ、化粧なれした彼女だった。ただしいまは、いくらか憔悴《しょうすい》したように見える。

「あの、これ」

　やや上目づかいで、受付嬢はおずおずと茶封筒を差しだしてきた。

「何でしょう」

　宛名など何もない封筒を、訝りながら受け取る。

「刑事さんに渡してほしいって。アルバイトの方から、預かっていたんです」

　封を切ると、中から折り畳まれた数枚の便箋が出てきた。広げてみると、ギッシリと文字が並んでいる。金に困っているような話だったが、プリンターで印字されているところを見ると、現代人が必要な機材は取り揃えているらしい。それとも、会社で仕事中に打ったのか。

微笑しながら読んでいた、都築の表情がこわばった。

「そんな……」

いっきに読み終えた刑事は、受付嬢を見る。

「この手紙は！　いつ？」

「月曜日に、預かりました。本部長たちに聞きこみをしている刑事さんが来たら、渡してほしいと。田舎へ帰る前に、立ち寄ったと言っていました」

都築の鼻息が荒くなる。

仕事は、まだ終わっていなかった。休暇願は、さきほど捜査応援のための出張扱いに変更した。申請を福島県警が受理してくれたから、まだしばらくは東京にいられる。

「会わないと、何としても佐藤に」

受付嬢に一礼したあと、都築は手紙を握りしめビルを出た。大手町のオフィス街を、ひとり場違いに全力疾走する。訴えるように腹が鳴った、もう少し待ってくれ。今年で三十三だが、まだまだ足はもつれない。その足は、警視庁にむかっていた。

第四章

1

都築文太は、病院の面会室にいた。

時間帯のせいか、それとも、めったに見舞い客が訪れないのか、広い面会室にはテーブルと椅子のセットがいくつも用意してあったが、どれも空席だった。

その一角、白を基調とした清潔なパイプ椅子のひとつに、都築は背すじを伸ばして腰かけていた。

テーブルをはさんだむこうには、佐藤裕一が座っていた。

初対面であった。これが佐藤裕一なのか。この男から話を聞くために、自分は東京へ来たのだ。パジャマ姿の面会相手を前に、刑事はいささか緊張していた。

「お顔色を拝するところ、体調のほうは、よろしそうですね」

「ずいぶん、楽になりました。薬の量も、減りましたし」

「それは、よかった」

努めて温かい笑顔を浮かべながら、佐藤の返答に相槌を打ってやる。

「すでに、東京の刑事から聞かれたと思いますが、今回の事件で、佐藤さんの証言は全面的に認められました。これまで、あなたの供述は虚言として処理されていましたが、すべて撤回されました」

「聞きました。そのおかげで、面会が許されたんです」

「当局の不始末から、このような事態を引き起こしてしまって、本当に申し訳ありませんでした」

「いいんです。わたしが不安定になったのは、自分が弱かったせいですから。拘束服は、金属バットを振りまわしたりなんか、したから。それに、警察の方から暴力を振るわれたりとか、そんなことは無かったですから」

都築の謝罪に、佐藤は力なく笑ってみせた。笑うと、目尻にしわが現れる。

「恐縮です。ご退院のほうは、めどが立ちそうですか」

「ええ。先日の刑事さんから、わたしの言ったことは正しかったと聞かされたとたん、幻覚は消えてしまいましたし、夢も見なくなりました。ですから、そんなに遠くないと」

幻覚も悪夢も消えたのか。では、大丈夫だろう。都築は意を決すると、足元においてあったバッグを取り上げ、綴られた十数枚のコピーを出してテーブルにおいた。

「実は、本日うかがいましたのは、これを見ていただきたかったからなんです」

「これは」

「覚えておられますか。佐藤さんは高校生のころ、今回と似たような、奇妙な事件に遭遇されていますよね。これはそのときの、あなたの証言を記録した、当時の供述書です」

「事件、高校」

「はい、十六年前の事件です。ご本人にとっては、思いだしたくない出来事でしょうが、そこを何とか、もういちど読んでいただきたいんです」

「覚えて、います。こんなもの、読まなくても。覚えていますよ。だって」

喋る、佐藤の唇が震えだした。

「ここに書いてある出来事は、いまでも暗唱することができるんです。だって、ここに書いてあるのは、本当にあったことなんだから!」

いけない、発作だ。憑かれたように立ちあがろうとする、佐藤の両手を反射的に握りしめる。

「佐藤さん」

「第一話、記念写真。夜空には満月。耳を澄ますと聞こえてくる、コオロギの鳴き声」

「佐藤さん、落ち着いて。あなたが怖がる必要は、何もないんです」

全身が痙攣《けいれん》をはじめた。両目をカッと開いてあらぬほうを見ている。都築は立ち上がると、佐藤の体を抱えるようにしながら背中をさすってやる。椅子に座らせようとするが、なかなか言うことを聞いてくれない。

「大丈夫ですよ、佐藤さん」

けっして声を荒らげることなく、穏やかな口調を保ったまま、耳元で囁きつづけた。だが、佐藤の喘ぎはいっこうに収まらない。やはり、自分の手には負えないのか。これ以上に暴れられたら、看護師に聞こえてしまう。

「佐藤さんの言うとおりです。あなたの証言は、事実だったんです。わたしは信用します。佐藤さん、あなたは嘘を言わなかった」

「嘘、嘘じゃない」

突然、佐藤の痙攣がとまった。必死に体を押さえようとしていた都築を、無表情で見上げている。

「刑事さん、は、信じて、くれるんですか」

「はい」

患者の体から、力が抜けていくのがわかった。

「本当、ですか。本当なんですね」

「本当です。だからこそ、ここへ来たんじゃないですか」

かたわらで何度もうなずいている都築を見て、佐藤は安心したように、グッタリと椅子に腰をもどしてくれた。

「よかった。ぼくのこと、信じてくれる人がいた」

そう言うと、佐藤は、今度はメソメソと泣きだした。都築は背広のポケットをまさぐる。ハンカチはなかったが、駅前でもらった金融会社の広告入りティッシュが出てきた。それを渡すと、佐藤は激しく鼻をかんだ。

その様子を見ながら、都築は軽く息をついた。

「わたしは福島の、会津署から来ました。あなたが生まれ育ったのも、会津ですよね?」

落ち着いてくれたところで、都築は、自分の出身地を明かした。

「会津の、警察の人は嫌いです。あのとき、ぼくの話を全然、聞いてくれなかった」

同郷人をアピールしたのは、失敗だった。

「申し訳ないことをしました。ですが、わたしはあなたの言うことを、すべて信用していますから」

「目の前で、みんなが殺されたんです。福田くんも小池くんも、若月さんも。なのに、誰も信じてくれなかった。宮野くんが、ナタを振りまわしたんです。それで」

テーブルに肘を突いて、髪をかきむしる。都築はなだめるように、穏やかな口調で大丈夫ですと、くり返し言った。

「ぼく。あのことがあってから、やめたんですメガネ」

「コンタクト・レンズに変えたんですか」

佐藤は勢いよく首をふる。折れてしまうのではと、都築が心配するほどだ。

「メガネをしなければ、目が悪ければ、見なくてすむでしょう。嫌なもの」

都築は微笑した。これでは別荘で死体を見て、服装や体格の違いに気づかなかったとしても、責めることはできない。

「被害者には、中村敬子さんも、いたんですよね」

「中、村」

「ショートカットの、髪の短い生徒でした」

「敬子さん。いた、いました。最初に、宮野くんが殺した人」

都築はパイプ椅子の上で姿勢を正すと、テーブルにおきっぱなしだったコピーの、ページをめくりはじめる。ふと、自分の腕に血がついているのに気づいた。発作を起こした佐藤から引っかかれたらしい。

「佐藤さん。わたしが上京したのは、今回の事件で、あなたが東京にいることがわかったからなんです。わたしは、あなたに尋ねたいことがあった。それが、中村敬子さんのことだったんです」

「中村さん、は、殺されました」

「ええ。ですが、わたしは十六年前の事件について、捜査陣の見解を鵜呑みにしていました。わたしは佐藤さんに、本当に中村さんを殺したのか、あるいは失踪したか、失踪したのなら、どこにいるのか消息を訊くつもりだったんです」

「中村さんは、中村敬子さんは殺されたって、ぼく言ったじゃないですか！」

「信用します。大丈夫です安心してください。何度も申し上げます。佐藤さん、わたしはあなたを信じています。だから、ここへ来たんです。そして十六年前に遭遇した事件の、あなたの証言が正しいと、ここに書かれた供述が真実であると思ったからこそ、お聞きしたいことがあるんです」

目を見て、ゆっくりと、佐藤の表情に注意しながら、都築は言った。

「正しい、真実」

「そうです。わかっていただけますか」

「は、はい」

佐藤は、生唾を飲みこみながら、返事をした。

「よかった。では」

都築は途中でとめていた、コピーをめくる手を動かしはじめる。

「ここです。佐藤さん、わたしは、あなたを疑ってはいません。だからこそ、この個所に不審を感じたんです」

ページの一カ所を広げて、佐藤の前にさし出した。

「このページから、第三話の『窓から覗く少女』がはじまっています。この怪談を聞かせてくれたのは、髪をショートカットに短くした女生徒であると、書かれていますよね。ですが、このときの彼女の挙動に、少し納得の行かない点があるんです」

「三つめの話。したのはショートカットの」

「この女生徒は、ひどく怖がりな子だったんでしょうね。最初からずっと震えていて。だったら、こんな怪談会など、参加しなければよかったのに」

「怖がり。中村さんは、震えていました。ずっと、ずっと」

「ところが、この第三話を披露したのが、そんな怖がりのショートカットの少女なんです。

　おかしいのはここです。それまで、ずっと震えていた彼女が、自分の番が来ると、噛んでいたガムを吐き出すんです。そしてそのあとに、こう言うんです。『それじゃ、はじめるね。えーと、お父さんから聞いた話なの』とても怖がりな少女とは思えない、のんびりしたセリフだと思いませんか。それだけじゃない」

　言いながら、都築はせわしくページをめくる。

「話し終えた女生徒は、ショートの髪をポリポリかきながら、自分の前に立つロウソクを吹き消した……。震えが、パッタリとまってるんです。それまでの彼女とは、まるで別人のように。ところが第四話のあとで、このショートカットの女生徒は、ふたたび震えはじめます。『震えていたショートの女子が、やはり震えた声で言った』これは一体、どういうことなんでしょう」

「ショートカット、中村さん、震えていたんだ。彼女は、怖がっていたんだ。ずっと」

　佐藤の表情が苦痛に歪んだ。また発作がはじまる、だが都築は動かない。ただじっと、目の前の患者を凝視したままだ。

「刑事さん。本当に、本当のことなんです。中村さんは、震えていたんです」

「では、この文章の齟齬は、何を意味してるんでしょう」

ふたたび髪をかきむしりはじめた。爪が頭皮に食い込んでいるのが、テーブルをはさんだ都築の目にも痛々しい。

「ぼくは、嘘は言ってない！」

「わかっています！　だから思いだして。佐藤さん！　思いだすんです！」

そのとき、乱暴にドアが開けられ、屈強な体躯の男がはいって来た。

「何をしてるんですか！」

看護師は二人だった。半袖の看護服から突きでた太い腕で、ひとりが暴れる佐藤を抱え上げた。

「この患者は退院が近いんです。あなたは、この人の未来を台無しにするつもりなんですか」

もうひとりが、怒りと憎悪のこもった目で都築をにらみつけた。

「そんなつもりでは。すみません」

謝るしかなかった。せっかく面会の段取りをつけてもらったのに、また冨士原の顔を潰すことになりそうだ。

「二人、ふたり」

抱えられたまま、連れだされようとしていた佐藤が、呟いた。妙に冷静な語調だった。

「待って！　降ろしてください」

力強い声の響きに、二人の看護師は顔を見合わせる。

「刑事さん。思いだしましたよ！」

そう言うと、佐藤は抱えられていた男の肩から、もがきながら飛び降りた。

「そうだった。どうして、いままで忘れていたんだろう」

またも頭をかきむしる。だが今度は、爪が食い込むような、狂気性を感じさせるものではなかった。

「もうひとり、もうひとりいたんです。怪談会に参加したのは、七人だったんです」

看護師たちが呆気にとられる中、佐藤は断言した。

「七人目のメンバーがいた？　それは一体」

「あの場には、ショートカットの女生徒が、二人いたんですよ！」

やっぱり！　そうだったか。興奮で都築は眩暈を起こしそうだった。

「髪の短い女生徒が、もうひとりいたんです！」

「その子の名前を、覚えていますか」

佐藤は天井を見上げた。唇をへの字に結んで、一点を凝視している。その姿は、さきほどまで不安と狼狽から痙攣発作を起こしていた患者とは、まるで別世界の存在であった。

「ペンを、貸していただけますか」

「はい」

胸ポケットからボールペンを出して渡すと、佐藤は供述書のコピー裏に文字を書きだした。

中山圭依――。

「なかやま、けい。これが七人目の、参加者でした」

「この女生徒も、あのとき化学実験室にいたんですね」

「そうです。怪談会の間、ずっと震えていたのは中村敬子さんでした。そして第三話を話したのが、中山圭依さんのほうです」

テーブルからコピーをつかみ取り、都築は部屋を走りでようとする。が、踏みとどまって振りかえった。

「ありがとうございました。佐藤さん、感謝します。これでやっと、福島へ帰ることができます」

刑事は出て行った。その行動は、さきほどの佐藤に負けず発作的であった。

2

上野五郎は、地元県警によって、出張先のホテルで身柄を確保された。

都築が上野と接見するのは容易だった。会津での捜査を終えて、ふたたび東京へやって来たとき、この大男はまだ拘置所にいたからである。

常務の石井は、保釈金を払って早々に出所していた。石井の年齢と肉体の衰えから、直接殺人に関与したとは断定しづらかったから、解放することには異論が出なかった。だが、江尻と上野の二人に関しては、重刑は逃れられそうになかった。

あのときは広島だったか、出張する上野をビルの前で見送ってから、それほどの日数はたっていないはずだ。にもかかわらず目の前にいる被疑者の風貌は、もはや企業の管理職といった雰囲気を感じさせるものではなかった。理由もなく相手をにらみつける、悪辣な面相と化していた。

「顔色を拝するところ、いろいろ苦労があったようだね」

「ケッ」

　都築の社交辞令が気にいらなかったのか、面会相手の形相は、輪をかけて野卑になる。

「あんた、まだ東京にいたのかい」

「昨日まで帰ってた。きょうの昼、また来たんだ」

「行ったり来たり、田舎の刑事ってのは、ずいぶん暇なんだ」

「そうでもないさ。きみに会うために、もどってきたんだ」

「だったら、差しいれのひとつもして欲しいね」

　上野は減らず口を叩きつづける。だが、

「宮野敏也」

　都築がその名を呼んだとたん、血相が変わった。

「何だと？」

「高校生だったときの、きみの名だ」

「冗談じゃない」

「冗談じゃないさ。きみは会津の出身なんだろう」

「違う！　おれは東京で生まれた」

「いまの戸籍ではね。殺されたはずの宮野が上野家の養子として生まれ変わってからは。そのくらいのことはすぐに調べがつく。いくら田舎の警察でもね」

　上野は、しばらく無言だったが、やがて笑いだした。観念したように、天井を見上げて乾いた笑い声を上げる。何だか、ひどく陳腐な光景だった。

「あのとき、高校の化学実験室で、怪談会が催された。きみはそれを利用して、参加メンバーたちを殺害した。凶器に使用されたのは、ナタ」

ヘラヘラと笑いつづける相手に構わず、刑事は説明をつづける。

「ただひとりの目撃者となった、高校生の佐藤裕一は、宮野は自分以外の全員を殺害したと証言。だが地元の警察が駆けつけてみると、現状は証言内容とは正反対だった。焼け落ちた教室にあったのは、ひとりぶんの切断された焼死体だけだったんだ。また、怪談会に参加していたはずの生徒たちは、事件当日みな家にいたことが確認された。そのせいで佐藤裕一は、一転して被疑者扱いとなり、また目撃内容と現実の甚だしい齟齬から、本人も精神に異常をきたしてしまった。現場にはもうひとり、女生徒の中村がいたはずだったが、事件後に行方不明となり、消息はいまだにわかっていない。

本件は佐藤裕一の犯行、あるいは消えた中村敬子との共犯という形で決着。佐藤は心神喪失により罪科不問となったが、代わりに五年にわたる入院生活を余儀なくされてしまった」

「面白いなあ、その話」

「だが、佐藤裕一の証言は、虚構ではなかった。いや、厳密に言えば、半分は事実だったんだ。犯人は、確かに宮野敏也だった。宮野は参加者だった女生徒を殺害した。被害者は中山圭依、そして中村敬子の二人。現場の焼死体は、その二人だったんだ」

上野の笑いは、ヘラヘラからクスクスに変わっていた。

「殺害後、遺体は焼かれ、腕や胴体、足を切断された。そして手首や足首、首や腰といった重複する部分を除いて、二人の少女の体は、ひとりの長身の男子生徒に見えるよう並べられたんだ」

「そんなの、司法解剖ですぐにわかるだろう。二人の女を、ひとりの男に見せかけたなんて」

「ふつうならね。だが、司法解剖は行なわれなかった。その理由は三つあった。

ひとつ。被害者の遺族、この時点では宮野さん、あんたの遺族だね。その家族が、解剖に出されることを頑に拒んだこと。炭化した体を切り刻んだところで何がわかるわけでもない、そんなことをしても息子は帰ってこないのだから、このまま眠らせてやってほしいと切望した。

二つ。佐藤が証言した、参加者だと言う高校生たち。福田正史と小池昌幸、そして若月由香の三名が、会津にある精密機器工場の社長や重役の子息だったこと。佐藤の供述が虚言と結論されたとしても、事件が新聞紙面を飾れば、芋づる式に福田たちの名や、ひいては工場までもがマスコミにさらされるのは時間の問題。ニュースが大々的に報じられてから、自分たちは怪談会には参加していないといくら否定したところで、尾ひれの付いた人の口に戸を立てることはとめられない。だから事件は早急に終息させてほしい、そう言って会津署に提言した。いや、圧力をかけたと言ってもいい。

そして三つ。唯一の目撃者である佐藤裕一の話が尋常でなく、かつ取り調べ中に精神錯乱を起こしてしまったため、本件は異常者による殺人であるとの先入観が、すでに署員の間で不動になってしまっていたことだ。

この三点によって、十六年前に起こった殺人および放火事件は、会津のローカル新聞に小さく掲載されただけで、片づいてしまったんだ。

事件後、校舎はすぐに新築された。出資したのは、福田の父親だった。高校側は、どうして費用を用立ててくれるのかと訝ったそうだが、息子たちの名が出た以上まったく事件と無関係ではないからと、よくわからない回答を受けたそうだ。結局、当時の校長は、この申し出を歓迎した」

「めでたしだな。だったら、それでいいじゃないか」

「だが、それで済まない人もいた。中村敬子の家族だ。佐藤とともに犯人のひとりと噂され、両親は迫害の果てに町を出ていくはめになった。父親は、福田の親が経営する工場の技術者だったんだが、ずいぶんひどい仕打ちをされたらしい。追い立てられるように辞めていったことを、当時の同僚が涙ながらに話してくれたよ。消息を追ったところ、娘さんがいなくなってから数年後に、自殺されていた。

それからもうひとり。中山圭依の父親も、気の毒な被害者のひとりだ」

そこで言葉をとめると、都築は唇をなめた。

「会津で起こった奇妙な高校放火殺人。この事件の真相は、中山圭依さんのお父さんが口を開いてくれたからこそ、明らかになったようなものだ」

「生きていやがったのか、中山の鬼オヤジ」

「お宅を訪ねたら、すべてを語るときが来たとばかりに、洗いざらい喋ってくれた。事情を知らない人間が聞いたら、佐藤裕一と同様、異常者扱いされかねない話だと前置きしたが、わたしが佐藤の証言を事実と解釈し、すでに裏付け捜査もはじめていると説明したら、ずいぶん喜んでくれたよ。

　この事件が常軌を逸した方向にむかってしまったのは、七人目の参加者、そして二人目の被害者である、中山の存在が消えてしまったからなんだ。そして、そうなった原因は、佐藤が錯乱のために中村敬子と中山圭依の名を混同し、同一人物だと思い込んでしまったこと。それと中山圭依の家族が、彼女について捜索願などを出さなかったこと。それだけじゃない、家族は事件後、突然に圭依さんの退学届けを提出し、本人不在のまま高校を辞めさせてしまっていた。

　圭依さんの家族は、なぜ娘について沈黙を守ったのか。どうして退学などと、消息不明の事実を隠蔽するようなことをしたのか」

「わかった。わかったよ、刑事さん。あんたの勝ちだ。そこまで調べ上げたんなら、カブトを脱ぐしかないないだろうな」

　笑いながら、上野は西洋人のように肩をすくめた。そして天井にむかって、

「おーい秋山、お前の計画、全部バレちまったぞ。お前、自分で思ってるほど、頭よくなかったぜ」

　そう言ってから、都築を正面から見た。その顔には、なぜか晴々したものがあった。

「中村と中山、二人とも工場の主任技術者だったんだ。中村は開発部門、中山は環境管理だったかな。あの工場は、当時二千人からの人間を抱えていた。だから会津のあの町に住んでいるのは、ほとんどが従業員の家族か、工場と取引のある連中ばかりだった。当然、高校に通う奴らの親も、ほとんどが工場で働いていたのさ。

町にとって、あの工場は命の綱なんだ。あそこが傾いたり、不祥事が発覚したりすると、それはもう、町全体の死を意味する。だからみんなで、力を合わせて盛り上げたもんだ。

　ところが、あの二人はそうじゃなかった。中村と中山の親父たちは、工場側の言うことをきかなかったんだよ」

「工場の、廃液問題か」

「そうだ。環境管理の責任者だった中山が、長瀬川で魚が大量死しているのを見つけた。調べてみたら、廃液処理施設の不整備が原因だったことがわかった。中山はただちに上長へ通報し、緊急会議が開かれた。だが結果は、大したことではないとして、終わったんだ。そのころ工場が製造していた機器は、数カ月の注文作業だったから、製造が完了すれば汚水のレベルも回復するだろうと。それに処理施設の改良に投資できる予算が、そのころは確保できなかった。

　だが、中山たちは決議の結果に納得しなかった。数カ月でも放置すれば、いずれ廃液は猪苗代湖へ流入してしまう、そうなってからでは遅いと。上層部が、いくら説得しても聞かなかった。それどころか、同僚だった中村にも情報を洩らし、二人で告発すると脅してきた。昇給や昇格をはねつける頑固な二人に、重役連は困り果て、業を煮やしてしまったんだ」

「それで、二人の娘さんを」

「殺してやった、脅しのつもりでな。親のほうを殺っちまったら、仕事場での人間関係を疑われたりで、工場に迷惑がかかるだろ」

「計画を立案したのは、秋山だったのか」

「あのころは、まだ福田だった。父方の姓を名乗っていたから、福田正史。

福田の親父さんは、工場をあそこまで大きくするのに、裏では相当に危ない橋を渡って来たらしい。会社では誠実な代表取締役を演じていたが、家では毎日、中村と中山をブッ殺してやると息巻いていた。それで誰か手ごろな鉄砲玉はいないかと、裏稼業の人間を通じて探していたんだ。そしたら息子のあいつが、ただ殺したんじゃスキャンダルが面倒、実はこんな計画があるんだと言って、提案したのさ。ちょうど夏だったから、学校の教室を借りて、夜に怪談会をやる。そこで誰かが狂った振りをして、中村たちの娘を殺してしまう。その後で、犯人がわからないように死体を細工するってな。

高校生の息子が立てた殺人計画に乗るなんて、ずいぶんイッた親父だよな。佐藤だって負けるだろうぜ」

「その佐藤裕一を、怪談会のメンバーに入れた経緯は？」

「別に。たまたまだよ。敬子と圭依を誘いこむことに成功すれば、あとは目撃者がひとりいればOK。だから誰でもよかったんだ」

「彼が、精神障害を起こすことは想定していたのか」

「そんなわけないだろう。佐藤は、彼女たちとは初対面だったし、似たような名前だから混同するかも知れないと福田は言っていた。けど発狂までするとはな。もっとも、あいつが正常だったとしても、話なんか誰も信用しなかったろうし、中村の家族と一緒で町を出ていくはめになっていたぜ」

「二人の殺害は、本当にきみがひとりでやったのか」

「刑事さん、十六年も前の話だぜ。おれも、未成年だったんだ」

「わかってる。参考までに聞きたいだけさ」

「参考か。どうせ死刑だ。剣崎たちも殺ったんだからな」

上野はニタリと笑った。

3

上野との接見は、二日間にまたがってしまった。三十分の規定時間内に話が終わらなかったからだ。結果として事件を解決に導いたとはいえ、伊豆高原別荘大量殺人事件においては担当外の、福島県警の一刑事なのだ。実行犯である上野五郎に対し、過去の事情聴取を行うとなると、このほかに手段がないのだから仕方なかった。

長い話だった。だが、すべて決着がついた。溜飲が下がるとは、こういう気分をいうのだろうか。

それから数日後――。

東京での裏付け捜査を終え、帰郷を控えていた都築は、やや疲労の残る足で、ふたたび佐藤裕一の病院へむかっていた。その日は、彼が退院する日であった。

京王線のとある駅で下車し、高架線を抜けて少し歩くと、左手に広い正門が見えてくる。初めて訪れたときと同様、正門横の警備室で患者の氏名を告げて、面会表にペンを走らせる。

「佐藤裕一さんでしょ、きょう退院される方ね。そのままはいって下さい。面会表は結構です」

警備員に言われて、都築はペンを途中でとめた。

正門から病院の施設入口まで、また少し歩く。ここは大正八年に設立され、六五〇〇〇坪もの広大な敷地を有している。どこで調べたのか誰から聞いたのか、なぜか数字だけは記憶に残っていた。

施設内へはいる必要はなかった。佐藤裕一が、玄関に姿を現したからだ。

厚手のスーツを着た彼は、どこから見てもひとりの企業人であり、社会人としての自信に満ちあふれていた。レザーのコートに袖を通す、何気ないしぐさにも落ち着いた雰囲気がある。冬の太陽に照らされて、彼の顔はいっそう輝いて見えた。

「佐藤さん」

声をかけると、すぐにそれが都築だと気づいて、佐藤裕一は軽く会釈を返した。

「来てくださったんですか刑事さん。お忙しいのに」

「退院が白紙になる寸前まで、あなたを面会室で追いつめてしまったんです。お見送りくらいは、させていただきますよ。それに事件の報告も、しなければと思いまして」

「とんでもない。あのおかげで記憶がもどったんです。感謝しています」

佐藤はもういちど頭を下げたあと、そばにいた婦人から手荷物を受け取った。身内の人間だろうか。彼は、天涯孤独だと聞いていたが。

「事件のほうは、もうすべて終わったんですか」

「ええ。宮野敏也が、すべて白状してくれました。十六年前、宮野は暴力事件を起こしていて、少年刑務所へ送致される寸前だったんです。それを、福田の父親が揉み消した。目的は、宮野に二人の女生徒、中村敬子さんと中山圭依さんを殺させるためでした。殺害後、遺体を身元がわからなくなるまで念入りに焼き、切断した。そして並べ替えたんです。ともに一五〇センチ弱だった二人の遺体を、自分の死体に見せかけるために。あのとき焼け落ちた教室で見つかったのは、合成された女生徒たちの焼死体だったんです」

「あのときの死体は、中村さんたちだったんですか。それは、犯人の宮野が、身元を隠すのが目的で？」

「それもありますが、被害者を宮野にし、犯人を敬子さんと圭依さんにすることで、中村さんと中山さんの家族を町から追いだす目的もありました。ところが、目撃者であるあなたは、なぜか七人目の参加者、中山圭依さんの存在を失念されてしまった。そのせいで福田の父親は、中村さんを辞職に追いこむことには成功したが、中山さんのほうは失敗。福田の計画意図を感じ取った中山さんは、行方不明となった娘について、あえて沈黙を守った。下手に捜索願などを出してしまっては、娘があなたの共犯者にデッチ上げられる恐れがあったからだと。

中山さんのお父さんは、これまでずいぶんと苦悩されてきたそうです。娘さんが殺されたことに、うすうす気づきながら、どうすることもできなかった。同僚の中村さんが去り、奥さんが亡くなっても。職場で嫌がらせを受けても、じっと堪えた。会社を辞めるのは負けたことになる、それより、何とか工場の不正を暴くことができないかと頑張った。結局、中山さんは定年までおられたそうですが、しかし退職してからも、野良犬の死骸を送りつけられたり、家に火をつけられたり嫌がらせをされたようです。そこで一計を案じ、村の話題になるような噂を捏造し、周囲の注目を引くようにした。そうすることで見物人が頻繁に訪れ、自分に何かあった場合すぐに通報してもらえるよう画策されたのだそうです。

今回、真相が判明したのは、すべて中山さんの証言によるものでした」

「ぼくの錯乱が、あの事件を不可解なものにしてしまったわけですね」

「佐藤さんのせいではありません。事件性は明らかなのに、司法解剖もしなかった当時の警察に責任があるんです」

「事件のあと、宮野は上野本部長になるのですね」

「ええ。上野五郎です」

まだ役職で呼んでいる。サラリーマンの、性というものか。

「この十六年前の事件は、被害者だけでなく、多くの人を不幸にしてしまったようです。福田正史の母親は、事件後の夫の言動から、真相に気づいてしまった。それはまた、父親が取締役のひとりであった小池昌幸の家族も同様でした。結果として福田と小池の妻たちは、高校生の息子を連れて、逃げるように離婚してしまうんです。まさか、わが子が殺人を計画し加担したとは思いませんから。やがて、福田の工場は時代の波に乗れず、経営が悪化していく。そこで唯一、業績を上げていた生産システム管理部材を切り離して、情報処理会社を立ち上げた。取締役には、工場から天下りした人間と、母方の姓を名乗っていた息子たち、そして上野を就任させて」

「それが、あの会社」

「佐藤さんは契約社員だったので、テクノ・マーベル・ブレインの社長をご存じないと思います。会社案内のパンフレットを見ると、しっかり写っていますよ。福田、いや、秋山正史の父親が」

「見たくないですよ。それにもう、あの会社を訪れることもないでしょうし」

目を伏せる佐藤に、都築も目を閉じて相槌を打つ。

立ち話が長くなってしまった。相手の体調を思い、都築は早口になる。


「福田から秋山へ、小池から江尻、そして宮野敏也から上野五郎と名を変えていた三人は、あなたが派遣されてきたのを知って、ひどく驚いたそうです。上野などは、神の思し召しだとさえ言っていました。あなたがいなければ今回の、別荘での計画は実行しなかったとも」

「利用したわけですね。前例と入院歴のあるぼくを」

となりの婦人が、腕時計に視線を落としたので、都築はそこで説明をやめた。

「これから佐藤さんは、どうなさるんですか。派遣社員として、また別の会社へ？」

「会津に帰ります。むこうで気持ちを落ち着けて、それからあらためて、違う仕事を探そうと思います。わたしにでも、できるような」

「惜しいですね、情報処理業界では、有能な人材だったのに」

「治ったと言っても、またいつ、どこで不安定になるとも知れません。秋山さんや、上野さんたちのような人が、これでいなくなったわけでも、ありませんから」

そう言うと、佐藤は気分が悪そうに顔をしかめた。

「安心してください。いまの会津に、悪人なんかいません。福田の工場があった跡地も、いまはカメラのレンズ工場が建っています。だからまったく新しい気持ちで出発できますよ。十六年前、宮野敏也として埋葬された遺体も、すでに掘り起こされてDNA鑑定がはじまっています。それが終わって、二人の女生徒が、彼女たちの墓に埋葬されれば、この事件はすべて終わりです」

そう。都築の中でも、この事件は終わる。

「いろいろありがとうございました。刑事さん、またどこかで、お会いできますか」

「もちろんです。わたしはふだん会津署に詰めています。それに、同窓会なんかでも。あなたとは同級生ですしね」

「同級生？」

「こう見えても、佐藤さんや秋山たちと同い年なんです。事件があったとき、実はわたしも、あの高校に通っていました。化学クラブだったんですよ。化学実験室が放火されたせいで、廃部になりましたけどね。新築された教室は、使わせてもらえなかったんです」

都築の懐かしそうな顔を、佐藤は驚いて見ている。

「それじゃあぼくたち、三人とも同級生だったんですね」

「三人？」

今度は、刑事が驚く番だった。

「彼女も、同じ高校だったんです」

佐藤は、かたわらの女性を紹介した。都築が頭を下げると、時計を気にしていた彼女は、少々機械的に会釈を返した。

「今度の事件を知って、会津から駆けつけてくれたんです。若月由香さん」

若月由香。十六年前の怪談会の、参加メンバーだった三人目の女生徒。供述書からは長髪で茶髪で、蓮っ葉な子という印象を受けたが、そこに立つ婦人は。

「彼女も、これまで相当に苦労してきたんです。お父さんが、やっぱり重役のひとりだったので、あの事件の共犯者になるしかなかった。でも、あとで罪悪感が芽生え、苦しみ苛まれた末に、失語症を患って……。

これから、どうなるかわかりませんが、ぼくたち二人で、人生をやり直してみようと思います」

ああ、そう言うことか。都築は笑顔になった。ただ、ただ笑顔を見せた。

「陰ながら、応援しています。二人とも若いんだ、いくらだって、やり直せますよ」

「まだ、三十三ですから」

そう言うと、最後の会釈をして、佐藤裕一と恋人は、去っていった。

「若月さんの声、聞きたかったなあ」

正門を出ていく、二人の背中を眺めながら、都築の声は羨ましそうだった。

「まあいいか」

呟いたとたん、刑事はブルと体を震わせた。もうすぐクリスマス。今年の冬も、会津の雪は激しいのだろう。

ひとり病院の玄関に立ちながら、都築は東京の、冬の雲を見上げた。

「敬子さん。十六年間も待たせて、ごめん。あなたがお墓にはいったら、必ず会いに行くからね」

一件落着したとたん、激しい空腹をおぼえた。

そのへんで定食屋を探すことにした。

駅が近くなると、飲食店がチラホラ見えてくる。その中に、とんかつ屋があった。

「とんかつか」

店にはいろうとして、都築は思いとどまった。

テクノ・マーベル・ブレイン社で出会った、アルバイトの青年——。

今回の事件、別荘での入れ代わり大量殺人と、十六年前の放火殺人事件。どちらの解決も、あの青年が与えてくれたヒントと、置いていってくれた手紙のおかげだった。

彼に、またおごってやろう。いつになるかわからないが、再会したとき、腹いっぱいに喰わせてやろう。それまで、とんかつはしばらく封印するか。

そう思って、店の前でまわれ右をした。そのとたん、

「あ」

都築は、青年の名を聞いていなかったことに気づいた。

足をとめ、コートの内ポケットをまさぐる。あのとき、受付嬢から渡された手紙を取りだした。広げて見直すが、やはり氏名はなかった。

とんかつ定食とホットココアをご馳走になった者、後付けには、そう書いてあるだけだった。

大失敗、大失態だ。どうして、いままで気づかなかったのか。

事件の参考人でなかったから、記録しなかったのか。それとも、あのときはあのまま帰るつもりだったから、仕事の意識が失せていて聞き忘れたのか。あるいは、いい歳をして定職にもつかない人間を、心のどこかで見下していたのかも知れない。

福島県警会津署の刑事、都築文太は、空腹を押さえながら、自分の未熟さを責めていた。

終章

「もしもし。冨士原さんですか」

「おう都築か。お前、いまどこだ」

「新幹線のホームです」

「何だ、帰るのか」

「ええ。すべてやりつくしました。佐藤裕一の退院を、見送ることもできたんで」

「佐藤？　お前、佐藤に会ったのか！」

「ええ。昼前に、八幡山の病院で」

「都築。佐藤裕一は死んだぞ。殺された」

「何ですって！　バカな、そんな」

「駅前の甲州街道で。目撃者の話だと、後ろにいた女が、いきなり佐藤を突き飛ばしたって言うんだ。杉並と世田谷で非常線を張っているが、女はすぐ逃げちまったから、難しいだろうな」

「若月由香」

「何だって？」

「退院のとき、佐藤に付き添っていた女ですよ」

「そんなことはないだろう」

「どうしてですか。確かに若月由香だって、佐藤が紹介したんです」

「十六年前、怪談会に参加していた生徒のひとりだろう。彼女は死亡している、とっくにな。その子の父親も、工場の管理職だったんで、行きがかり上あの計画に加担せざるを得なかった。繊細な子だったんだろうな。事件後しばらくして、失語症になってしまったんだ。そして、それを苦に自殺したよ。遺書には、沈黙を強制されたがゆえの病気で、これは天罰だと書いてあった。若月由香のこと、お前にまだ話してなかったっけ？」

「第三話だ」

「何？」

「人生をやり直そうと思ったら、そのとたんに死んだ。三番目の、あの話と同じだ」

「何を言ってるんだ？　大丈夫か。しっかりしろ都築！　おい、都築！」

百色眼鏡《ひゃくいろめがね》の灯《ともしび》

2008年11月 5日　1刷発行

著　者　松尾詩朗
発行者　南雲一範
装　丁　KDF
　　　　久保芳秀
印刷所　株式会社木元省美堂
製本所　有限会社松村製本所
発行所　株式会社南雲堂
〒162-0801　東京都新宿区山吹町361
TEL 03-3268-2384　FAX 03-3260-5425
E-mail　nanundo@post.email.ne.jp
URL　www.nanun-do.co.jp

Printed in Japan　<1-479>
ISBN 978-4-523-26479-8 C0093

撲殺島への懐古

松尾詩朗著

新書判　304 ページ

定価 998 円（本体 950 円）

格闘技の道を究めることを志していた五人。彼らは気が合い、一緒の仲間だった。瀬戸内海の孤島へ卒業旅行。待ち構える孤島。

異形の館で起こる密室殺人！

そして事件は思いがけない展開へ !!

星野君江の事件簿

小森健太朗著

四六判上製　264 ページ

定価 1,575 円（本体 1,500 円）

名探偵・星野君江嬢が遭遇する七つの事件 !!

富豪の転落死の謎を追う「ロナバラ事件」、インドの急行列車内刺殺事件を解き明かす「インド・ボンベイ殺人ツアー」ほか七編の本格ミステリ !!